河出文庫

紅殻駱駝の秘密

小栗虫太郎

河出書房新社

「紅殻駱駝の秘密」を書いたあの頃の思い出

私が、五百枚を越えた、この長篇を書いたのは、たしか、大正十四年の夏頃からだったと思う。そして、その年の十一月末には、もう完成されていた記憶がある。

と云うのは、当時私は、大塚の終点で印刷屋をやっていた。車庫のある側で、辻町寄りの七軒目あたりで、いま鴨志田と云う、土管屋さんの二軒手前だ。そこへ、店を構えて、以前は、仲々景気もよかった。何しろ、震災があって、それを動機に、私も店も、だんだんに肥りはじめた。そして、機械も殖やし、大塚仲町の、潰れた工場なども買って、二十二、三の若僧にしては、天晴《あっぱれ》出来過ぎた腕前であった。

顧客《とくい》も、近海郵船など、三、四の一流会社があって、その儘、稼業専一と励めば、何も今、原稿用紙の垢を甜めることもなかったろう――と、時折は暗然と涙に暮れることがある。

それほど、当時は、我儘の限りを尽していたものだ。それも、その筈である。朝は、九時頃起きてそれから一時頃まで、読書をする。それが済むと、顧客先へ出掛けて、用を聴いて歩くのだが、大抵、それも五時頃には済んでしまう。サア、それからが、僕の世界だ——と云うような塩梅式で、毎夜十二時前に、家の閾《しきい》を跨いだことのない、仕様のない男だった。

そんな訳だから、注文は沢山ある。が、仕上げるまでの工賃に、普通の倍以上、支払わねばならなかった。何しろ、御本尊様が、本と首っ引だったり、家にいた事がないと云うので、自然職人は怠けるし、期日も迫れば、夜業も止むなしと云う有様。しかも、毎日それだったので、だんだんに僕の店も、ジリ貧的に痩せて往った。もう、十四年の夏頃には、にっちもさっちも、往かなくなってしまっていたのである。

とりわけ、私に一番苦痛だったのは、例の軍資金の欠乏だった。毎夜灯がともると、身体中がムズがゆくなって来て、どこかに、自分の本当の家があるような気がして来る。しかし、一文なしでは、どうにもならない。そこで、その苦痛を、如何にして凌ぐべきか考え付いたのが、この探偵小説の長篇なのであった。

ああ、世間広しと雖《いえど》も、数あまたある探偵小説家諸先生がたの中にも、煩悩の犬を逐うべく、心に映る、紅燈の影を消さんがために、小説を書いたと云う、大馬鹿者がいるであろうか。

しかし、それが懸値なしの真実である以上、どうにも偽ることは出来ない。

そうして、この長篇を書き上げ、その年の十二月には、はじめて工場の床を踏んだ記憶がする。だから、今でも、簡単なものなら組めるし、文撰も、素人活版並には、やれるつもりである。所が私には、その頃もう、長篇を書くだけの、素地《したじ》が出来ていた。と云う、抑々《そもそも》の始まりは、遠く中学三年の頃に発している。私は、大して出来もせぬにも拘らず、奇異《ふしぎ》なことに、語学に対するカンだけが恵まれていた。それで、当時生意気至極にも、正則英語学校の高等科に通っていて、はじめて、コナンドイルを読んだ。

それが、病み付きであろうか、私も拍子付いて、それから、探偵小説と名の付いたものを、七、八冊ほども読んだ。そんな訳であるから、新趣味や新青年の出現以前、すでに、探偵小説の何たるかを知っていたのであった。

しかし、当時は、創作しようの翻訳しようのと云う、情熱はなかった。ただ、文体が平易で、内容にも、通俗的興味が盛られている。面白い、――どうせ勉強になることなら、これに限ると云う訳で暫《しばら》く私は、探偵小説を教科書視していたことがあった。

所が、その後次第に、関心が、純粋文学の方に移って往った。そして、忘れるともなく、震災頃まで、振り向きもしなかったであろう。ところへ、一度退いた潮《うしお》が、ひたひたとまた押し返して来たのであった。もしその時、「新趣味」（或は「新青年」だったか其の辺の記憶たしかならず）が私の眼に止まらなかったならば、私と探偵小説とは、未来永劫由縁《ゆかり》がなかったかも知れぬ。

それが、たしか震災の年か、もしくは、その前年だったと記憶する。はじめて、その時、日本人の書いた探偵小説を読んだ。作者の名前はお預りするが、現存○○○○氏の短篇であった。しかし、読んで、私は、こいつは下手だったと思った。それで、こんなものなら、吾輩でも書けると云うので早速二十枚ばかりの短篇をものにしたのである。

それが、昭和○年○月号「探偵趣味」に、「××××××」と云う題が載っている。

但し、本名でもなく、虫太郎でもなく、△△△△と云うのが筆名である。

その一篇が、ともかく、小説と云うものを書いた、皮切りであって、次が、この長篇と云う順序になる。しかし、書き終ってみても、私には、これを何処かに、送るなどと云う意志はなかった。もちろん、編輯者が読むまいとも思っていたし、採るか採るまいか、そんな事で、クヨクヨするのは、頭から御免だと考えていた。

しかし、この長篇が動機となって、私は、商売の閑散《ひま》、また、二階にいるのが、居留守を使うに持って来いの方便だったので、それから、店を畳むまでの一年の間に、更に二つの短篇を書いた。

その一つが、今年の一月「ぷろふいる」に出た。「源内焼六術和尚」であって、もう一つは、今なお手許にある。

そして、最後に書いた「源内焼」と共に、私の探小熱は再び影を潜めてしまった。

つまり私には、処女作と云われる、「完全犯罪」以前になお四つの作品があるのである。そして、その一つ、長篇「紅殻駱駝の秘密」を、今や世に問おうとしているのだ。

しかし、この一篇には、作家前期の作品とか、或は書いた時代を、顧慮に入れる必要はないのである。で、仮りに対照として新潮社発行の、「新作探偵小説全集」を持って来ることにしよう。

あの十巻の中で、佳作と云えるものは、まず四篇しかない。それに比べて、毫《ごう》も敗《ひ》けをとらぬ、自信が、私にはある。それでなければ、一部のトリックやアイデアを、私が、「寿命帳」に使う気遣はない。

ともあれ、相当通俗味もあり、興味深いと信ずるが故に、今度、春秋社から上梓する決心をしたのである。

昭和十一年一月　初雪の夜

著　者

紅殻駱駝の秘密 ◉ 目次

紅殻駱駝の秘密

第一篇　彼奴は紅殻駱駝——と言った

一　シドッチの石

「近来は、時の流行とでも申しましょうか、非常に殺気立って参りまして、惨劇また惨劇と云う有様。寄ると障ると、この噂の絶え間が御座いません。日々各新聞を見まするに、ソラ切った、ソラはったなどと、種々の噂の絶えた事のないと云う、たしか明治十四、五年にも、こんなことがあったかと思われます」

内神田は小柳亭の昼席——。

撒水に立ち上った埃りが、煙のように、スラッと格子を潜って来る。中庭には、落ち際の皐月《さつき》、何もかも、五月中席の釈場と云う体《てい》。

その日は、神田明神の祭礼だと云うのに、かなりな入りだ。今しも、釈台を前にしているのが、馬頭軒鯉州であった。

「実に、話しまするも、無惨に絶えません。かような事実が、続々と世の中に出来まする事、真《まこと》に嘆かわしき義に御ざりまする。私が今夕を相勤めまするは、小菅《こすげ》監獄怪死事件の実録――」

「オヤ」

「吉つぁん、お前は、昨日も、此処へ押しかけたと云ったね」

「そうよ」

「だが、話がどうも違うらしいぜ。アリャ、小猿七之助じゃねえ」

「フム」

「今日あたりが、七之助と御守殿の濡れ場になる――お前たしかに、そう云ったじゃねえか」

「ちげえねえ」

「アッサリ、そうは恐れ入るね」

「だって、仕様がねえ、ちげえねんだからな」

「だから、乙なところを、タップリ浸み込ませて、今夜、玉の井へ繰り込む、腹ごしれえにしようと思ってたんだ。所が、鯉州の野郎が、いま何と云った」

「小菅監獄怪死事件だ――。なるほど、こいつは妙だな」

市場の兄哥《やつちやばあん》ちゃんらしいのが二人、お揃いの前を合わせて、ムックリ起き上った。

此処に、戸部林蔵と云う無頼漢。生れは、南葛飾郡奥戸《おくど》焚字《たきあざ》上平井。小力があって、こいつが草角力の大関です。

仕様のねえ野郎で、畑にも出ず、のらくらと不正のことのみをして居ったのであります。しかし、人間が小利口で、中々小才が利く。そんな訳で、近村の浮気女などが、やれこれと申して仕送りなどをいたしたことも、随分あったそうでございます。すると、縁と云うものは、不思議なもので、この林蔵を慕いまして、是非女房になりたいと、遂に同村の六百二十七番地高橋六一の長女しんが、望んでこの家に嫁入りと云うことになりました。

やがて、夫婦の間に、正一郎と云う子さえも挙げましたが、さて人間は、生れついての性分となると、どうにもならないものと見えます。

相変らず、林蔵のやつは、酒と博奕と女狂い、三道楽は、どれもこれも卒業と来ているから溜りません。

「お前さん、御性だから、三つのうちどれか一つ止めておくれな。女だてらに、こんな事をいっちゃあね。悋気《りんき》をするの、おれの嬶《かかあ》は焼餅やきだのと、お前はお云いだろうけれど、少しはマア、私の身にもなっておくれ。

好き好んで、この家へお嫁に来て、こうやって辛抱していたが、実家《さと》の親父は、手前がすき好んであんな詰らねえ奴の女房になどなったんだから、子まで出来て、苦労をするのは自業自得だ。

身から出た錆だと諦めろ——の何のって、酷い事を云われ、家へ帰って見れば、お前は居やアセず年がら年中日泊り夜泊り、それじゃあ、私の立つ瀬がないじゃありませんか。

どうせね、三つが三つ、止めろといっても止めやあしないだろうけれど、せめて、お酒を呑んで、手慰みをするだけにでも、して置いておくれな。ヨウ御性だからサ、林さん」

「何をいやあがるんだ。いつもいつも、活版摺みてえに、極りきった事ばかり並べやあがッて。

ヨーきけよ。手前に意気地がありゃあな。おれの困る時には、どんなやり繰り算段でも、してくれなくちゃあならねえじゃあねえか。だからおれが、蓮っ葉な女《あま》っ子《ちょ》をだまくらかして、博奕の資本《もとで》を拵えるんだ。色の恋のって、云う訳じゃあねえんだ。みんな、これは商売だと思ってろ」

「なんてえ、勝手な事をいうんだろうね。お前さんだって人並勝れて、智恵があるじゃあないか。女ぐらいの物を取らないで、どうにか成りそうなものでしょう。あんまり分らない」

「つべこべ云うない。お前達にな、そんなゴタクを列べられるのを、きいちゃあ居られねえ。耳がかいいや。文句を云わずと、黙っていろ。

今に見ろ、二頭立の馬車に乗っけて、お前達を連れて、歩いてやるような、すばらしい、おれにゃあ目的《あて》があるんだ。

その時には、お前をはじめ、近所近在の奴等まで、胆を潰すだろうと、おれは、今っからお可笑《かしく》ってならねえ」

「又しても又しても、そんな勝手な事を、よく云われたもんだねえ」

「云わなくってよ。云うだけの事があれば、云うじゃあねえか。儘にしやあがれ」

一杯気げんの林蔵は、勝手次第のたわ言を列べ散らしては、日々放蕩無頼。八方に借りが出来、四方《あたり》の人々には排斥をされ、所詮村内には居にくい所から、ついに逐電をしてしまいました。

それから、浦安の船宿「寿《ことぶき》」方へ参りまして、万事の厄介を受け、食客《いそうろう》を致して居りましたが、頃しも明治十八年、秋も最中の事で御座います。

小菅監獄の看守長、殿村力三郎。

どう云う訳あってか、薄給の身にも拘らず、月に両三度は「寿」方へお出でになる。それも、訝《いぶ》かしいことに、舟を天神澪《てんじんみよ》に纜《もや》って、辺り一帯の浅瀬に、引き鍬を入れる。御承知の通り、引き鍬とは、ザクリと泥をかき上げて、貝類を漁る万鍬《まんが》のようなものです。

「それが、この両三年、ぶっ通しに続いているのですから、いくら上々の客とは云え、その所業《しわざ》には不審を抱かずには居られない。もちろん、これには、訳がある――」

「訳なんざあねえ。どうでもいいやい」

「鯉州」

「オイ小猿はどうした。この……持ってき場を、どうしてくれる」

客席が、そろそろ湧きはじめて来た。

小猿七之助の続きを演らず、今まで、高座でも速記でも聴いたことのない、新講談。おまけに、当の鯉州が、その都度、声のする方へピョコリピョコリと頭を下げる。満面紅潮して、いかにも苦し気な体であるが、しかし物語を止めようと云う気配はなかった。

「此処で話が、ちょっと小三百年ばかり遡りまして。正徳五年、小石川は茗荷谷の切支丹屋敷。そこに起りましたるは、ジョアン榎と云う紅毛哀話。それが、殿村力三郎の奇行に、いかなる関係がありますかは、扨置《さて》きまして……」

鯉州師の張り扇が、パチリと一つ入ると、客席がシーンと鎮まった。外は、屋台のシャギリ。昭和の今日とは云え、依然相も変らぬ夏祭りの風景である。

……………………………………

西暦一六六八年、西の涯なる伊太利パレルモに呱々《ここ》の声を揚げ、正徳五年、東の涯なる日本の江戸で、息を引取った哀れにも勇ましい英雄僧の事蹟で御座います。名は、ジョアン・バプチスト・シドッチ。貴族の生れで、羅馬に学び、枢機官《カルディナル》フェルラリの知遇を得て、若年にも拘らず重要な聖職に就いていた。

所が、シドッチは、曾て海の東に、日本と云う国があり、其処には、わが基督教の花、一時盛に咲出でたが、思わぬ嵐に無残と吹散されたことを聴いて、いかでかその地に渡って遺れる根を培かい、再び花の春に逢わしめばやと、方外な望みを抱くようになりました。

恰《あたか》も好《よ》し、法皇クレメント十一世の特派使節、司教トゥルノンが比律賓《ヒリッピン》へ行くことになった。これ実に千載の一遇、機を逸して、又何《いず》れかの時志を遂ぐべきやと――。

此処に、洋々たる未来の希望を胸に抱き、悦び勇んで、ジェノアの港に纜《ともづな》を解いたのが、西暦一七〇三年――。

それを、日本に直しまするると、元禄十六年の春の初で、かの赤穂浪士が、本所松阪町は吉良の邸に乱入いたし、上野殿の御首《みしるし》を頂戴いたしましたる、翌年。

未だ見ぬ日本に憧れて、東の空を眺めつつ、波に暮して、その年もはや末つ方。

十一月の六日と云うに、漸《ようや》くポンジシェリイに到着した。そこで、トゥルノン総司教の勤めを助け、使命を終えると、翌年の七月二十一日比律賓に向って出帆した。そして九月には馬尼剌《マニラ》へ上陸することが出来たのであります。

使節は、其処から羅馬へ戻られたが、シドッチは、一行に別れて独りこの地に留まり、四年の長き歳月を、日本に渡る折もあらばと心を砕いて居りました。

その間にも、シドッチは、曾て、この地へ追放された日本信者の子孫や、漂流した漁師などを尋ね出して、後日の準備にと日本語を学んだのでしたが、そうしているうち、いよいよ渡日の機会がやって来た。

比律賓の総督ドミンゴ・ザルバルブル・ルシェペルリが、その志を聞いて、一切の費用を負担してまでも、一艘の舟をシドッチに提供した。

名を、聖三位号《セントトリニタス》と云う——。おまけにミゲル・デ・エロリテガ提督が、この命懸けの航海を指揮するべく自ら船長となった。

かくて、シドッチが多年の志を遂げ、第二の故郷とも云うべきマニラの地を去り、聖三位号に乗込んだのは、西暦千七百八年八月二十三日のこと——。

その日は、土地の老若男女、みな埠頭に馳集って、我が生みの父に別れるが如く、永の訣別を告げたと云う。

「では、水変りを気を附けてね……」

「彼方《あちら》へ行ったら、お便りを下さいよ」

と云う中にも、砲手のベンケルと云うのが、素晴しい好男子で、当時マニラ切っての伊達男でした。こいつが、首と云わず手と云わず、娘っ子の投げるテープで卍がらみに絡まれちまいやがった。

「ベンケルさん、ちょっと此方《こちら》を向きなさいってば」

「向けろったって、お前、これじゃどうにもならねえや」

ベンケルが悲鳴をあげたのも、その筈です。何しろ、マニラと云えば、麻の名産地。腐らせたって仕様がないってんで、紙の代りにまで使ったそう。またこの騒ぎの中に、何やら、恭々しく取り出す女もあった。

「ちょっとベンケルさん、日本の海には、何でも、知盛とか云う化物がいるそうで、お前さんみたいな名前の人が行くと、海からぬぬうと出て来るそうじゃないの。その時の用意に、あたいとも思ってね、これを肌身につけといておくれな」

それが、水天宮様の御守だったと云うが、これは当にはなりません。さてそうこうしているうちにオールド・ロング・サインの楽の音が起って、聖三位号は縹渺たる大海原に乗り出した……。

その航海は、非常な難航で、風は荒《すさ》び、海は暴れ、船は木葉のように動揺する。シドッチは、幾日の断食苦行を重ね、祈禱に日を暮し、黙想に夜を徹して、辛くも十月三日夢寐にも忘れかねた、日本の土地を眺めることが出来ました。

それが、大隅種ケ島の山だったのです。

そこでシドッチは、機会の来ったことを知って、あらゆる準備を整えた。法皇へ奉るべき書簡、諸所へ宛てる通信を書き遺し、平素の如く、船員たちの告白も聴いたとか云うそうです。

兎角するうちに、日は西の波間に沈んで、夜の幕は聖三位号を包んだ。舷《ふなべり》に砕ける波の音のみ淋しく、短艇《ボート》が水の上に下されたのでした。

荷物が、其処へ運びこまれる。

悲哀の聖母の額が一面、先年長崎で殉教したマストリニ神父から伝わった十字架が一個、聖務日課書と聖祭用の器具。その他は、聖油を収めた小箱と数冊の書類。二冊の教典書。二枚の裘衣《かわごろも》。それに提督の添えた襯衣《シャツ》一枚と若干の食糧。

ただこれだけの物でありました。

やがて、船橋《ブリッジ》に現われた、シドッチの服装《いでたち》はと見れば――。前額から、頂辺《てっぺん》にかけて剃りこぼち、日本風に束ねた髪、髭も残らず剃り捨てて、何時《いつ》の間に準備したものか、羽織袴をきちんと着けていた。両刀を、腰に手挟《たばさ》んで、宛然たる日本武士の姿。

一同に向い、いんぎんに別れを告げ、短艇《ボート》は、波を衝いて闇の中に消え去ったのであります。

かくて、シドッチは捕えられて、江戸表指して護送されました。

筑波颪の身に泌みる、極月《しわす》の初旬――。

江戸に着くと、小石川は茗荷谷の山屋敷、俗に云う、切支丹屋敷の吟味所へ舁《かつ》ぎ込まれた。手取り駕籠の中から担い出されて、白洲の土を踏むこと数十度。

所が、吟味に当って新井白石は、シドッチの人物にひどく感心してしまった。

かかる人物を、徒らに牢獄につなぎ、余生を空しく終らせることは、策を得たものではない。寧ろ我が国法の重んずべき所以を悟らせて、便船で呂宋《ルソン》に送り還すのが、得策であると説いた。

しかし、ついにその意見は容れられず、シドッチは終身禁錮ということに、決ってしまったのです。

ああ、罪なくして見る配所の月、福音の使者とは云え、澄める心も濁江《にごりえ》に、影を射さねばならぬことはなかったのであります。

さて、この切支丹屋敷は、所謂切支丹坂下の西続きに建てられた一構え。この縁起を尋ねれば、三代将軍家光公の御世に、井上清兵衛と云う者あり。以前は、蒲生飛騨守氏郷の家臣。天主教の信者であったが、一たび禁教の令と共に、教えを棄て、怯《おそ》くも身の安全を計った卑劣漢。

蒲生家滅亡の後は、江戸に入り、遂に、寛永四年筑後守に任ぜられた。同十年には大目付役となり、十七年には、下総国高岡新知一万石を賜り、宗門切支丹奉行と云う重職をも兼ねることになったのでありました。

そいつの別邸が、この切支丹屋敷なんです。

寛永五年の文書によれば、先ず、入口の小川には獄門橋と云う小橋が架けられ、渡って石段を上ると、厳《いかめ》しき門があり、その欄間には、禁教の制札が掲げられてあった。その表門より、二十間ほどを隔てて、おおよそ構内の中央辺りと思《おぼし》き所。二十間四方高さ一丈一尺の石壁を繞《めぐ》らし、外は、土手の如くに土を盛かけ、牢屋は、中の隅に在って五間に十間。檜の厚板を以って外部を張り、一見宛《さな》がら土蔵に似たり。石壁の潜門を入れば、左側に、三間に二間半の南向の番所があって、其処には、与力二人同心三人昼夜交代で詰めていた。

また、東南の方には、三間に二間半の二階建土蔵があって、その中には没収した祭器、その外一切の関係書類を蔵めて置く。石壁囲いの外、西の方に当っては、二間に七間玄関附の吟味所が建っている。

さてシドッチは、この厳しき牢獄の裡に幽閉《とじこ》められて、全く外部との交通を絶たれ、身の側に仕うるものは、ただ長助という老人と妻のお春の二人――。

この長助お春の二人は、曾て黒川寿安（フランシスコ・ジョアン）と云う者の召使でありましたが親の罪によって召捕られ、切支丹屋敷の給仕人にされた者であります。

この二人は、予《かね》て教えの事はきいていたが、政府《かみ》の咎を恐れて奉ずるまでの決心はなかった。所がシドッチに感激して、或る日、遂に洗礼の覚悟を打ち明けた。シドッチは深く喜んで、やがて夫婦の望に任せ、罪の汚れを洗ってやったのでありました。

それから正徳四年、長助等は、改宗の事を時の奉行の許へ申し出でました。

朝露の儚《はかな》さもただならぬ、現世《このよ》の生命《いのち》を貪ろうよりも、神の掟に従いて、涯なき来世の幸をこそ冀《ねが》え。国禁を犯したる罪重しとならば如何ようにも処刑し給え。

火刑、磔刑、打ち首も、更々厭い申さぬと――凜たる勇気を現わした二人の者。

その結果、長助等夫婦は、シドッチから引き離されて、別の牢屋に入れられることになりました。

が、さて、シドッチに対しては、

「その方儀、これ迄厚き御思召に依り、裕《ゆるやか》に保護を加えられ候ところ、国法を軽んじ、禁制の邪宗を伝える段、重々不届きの次第に付き、以後密室に閉込め厳しく糺明申付くる者也」

それ以後は、これまでと異なり、一際狭くるしい一室へ、押しこめらるることとはなったのであります。

やがて、その年も暮れ、春は再び帰り来ったけれど、シドッチ等の運命は、依然として変ることはない。夏も過ぎ、秋も早や末つ方のこと、千草にすだく虫の音の、哀れを喞《かこ》つ十月の七日、長助は病のためこの世を去りました。

次いでシドッチも、多年の辛苦が身にこたえてか、重き病の床に打ち臥して、憫《あわ》れや、侍る人もなく看護の手も届かず、長助が逝きしと同じ月、それが二十一日夜半の頃でありましたが、淋しい山屋敷の一室に、最後の息をば引取ったのでありました。

時に享年四十七歳。

横田、柳沢両御奉行の検屍が終って、屍骸は、牢屋敷の西北の隅に葬られた。墓の上には、榎を植えて、後日の目標《めじるし》としたのでありました。

この榎、後年成長して、ジョアン榎と呼んだ。弦月高く梢にかかる頃、梟の声もきこえて、そぞろ人をして凄愴の感あらしめたものでありました。

そこで、パチリと高く張り扇を入れて、馬頭軒鯉州は、いよいよ本題に入った。

この榎は、後に寛政の頃、取り払われましたが……。さてお客さん、後年、明治十八年になりまするってえと、怖ろしげな惨劇を、小菅監獄内に起すこととはなったのであります。

それにはもう一度、古歴の御清聴を煩わしたいので御座いますが……さて。

寛政四年の九月になりまするると、当時の老中、松平越中守様の御建議によって、この山屋敷が、いよいよ廃獄と云うことに相成りました。

倉庫の祭具や秘密書は、残らず竹橋の多門櫓に移し、与力同心などは、みな他の組へ組み入れまして、ここに全く切支丹屋敷なるものの存在が跡を絶つ事になりました。

所が、多門櫓の御番衆の中に、殿村八九郎と云う御旗下がいた。

この方が、年に一度の品点検《しなあらため》――それが、土用の二度目の子《ね》の日のことで御座いますが、御勤めを終り、御宅で汗に染った、帷子《かたびら》を脱いでお出でになると、ふと、袂の中に硬い手触りがした……。

取り出してみるとそれが、綺麗な、マン円い小石――。

しかも、石一面に渉って、虱のような細字で切支丹の経文が認められてある。

「ホウ何だ。一向に読めんが、たしかにこれはシドッチの手だ。しかし、品書の中には、この石の記載がない」

殿村八九郎、しばし両腕を拱《こまね》いて、凝《じ》っと考えはじめた。返したものかそれとももと――とつおいつのうちに、この石が、とうとう殿村家の土蔵深くへ収まることとはなった……。

所が、その後星移り年変って、慶応の元年――。

京洛詰めとなった、殿村家八代の清左衛門が、死後後難を懼れて、シドッチの石を、浦安沖は天神澪の浅瀬へと投げ入れてしまったのでした。

その、清左衛門と云う方が、小菅監獄の看守長殿村力三郎殿の御尊父なんです。と、此処まで申し上げれば、なぜ殿村力三郎が天神澪の浅瀬を捜るか――その奇《ふしぎ》なる行為に、大凡の御推察がついた事と思われます。

実に以って、運命禍福はあざなえる縄の如しとやら、茲《ここ》にシドッチの石に、どえらい値段のつくような事態が差し起りました。

と申しますのは、西暦は一八六二年、吾が国に直しますれば、即ち、文久二年六月八日と相成ります。伊太利羅馬は、聖《サン》ピエトロの会堂に於きまして、かの殉教二十六聖人の聖人儀式が差し行われました。

実に、それが機会と相成り、法王庁よりして、何か聖人殉教者の遺品もがなと云って参りましたけれど、生憎と、数度の火災に遇って影形もない。

そうなると、求める方でも、やっきとなり民間にでも潜み居るものあらば、それを高額にて買い上げん――と云うまでになった。値段も、ぐんぐん鰻登りに騰って、来た。

そして、最後には七十万円――。

これでは、父の云い伝えを知る殿村力三郎。薄給ながら、繁く浦安に通うのも、道理と申さねばなりません。が、シドッチの石は、未だに発見《みつ》からない。

――ここで、話を、もとの浦安沖に差し戻しまする。

二　囚人祭り

　その時、殿村力三郎、手にした引き鍬を、グイと引き寄せるはずみに、どうしたことか、掛けていた眼鏡が、ポタリと海中に落ちた。

「アッ、旦那の眼鏡が」

「これは困った事が出来居《お》った。何ぞして、欠かずに拾い上げる工夫はないか」

折から、船の隅に、ヒッソリとしていた林蔵が、眼鏡が落ちたのを見るや物をもいわず、着物を脱ぎ捨て、ザンブとばかり飛び入りました。

　そのまま、水底へ潜ってゆきましたが、その水練の見事なる事、鵜の如く、河童ならずば水神かと怪しまるるばかり。

「アリャ何奴か」

「エーあれは、最近参りました林蔵と申すもので、旦那さまの眼鏡を探そうと、ああいう業をいたしたのでございます」

「そうか。それは気のきいた奴じゃ」

と、殿村看守長が水面を見詰めて居ります所へ、果して水底より、林蔵が眼鏡を咬えて浮び上りました。これが、御愛顧を被る手初めと相成って、遂には、シドッチの石の秘密を明かすまでになったので御座います。

　所が、そうして奸悪林蔵を信じ、打ち明けたのが、殿村力三郎の運の尽き。

そこが、お客さん、人間に寸善尺魔ってえやつで――。何とかして力三郎を殺し、シドッチの石を手に入れようと、悪い野郎が、悪智恵ばかりをこそぐり出して絞りはじめた。

所が、この林蔵と云うやつ、小才の利くところから、やはり、「寿」の上客である、男爵園崎安賢閣下に可愛がられていた。やがては、この方の御意に叶い麻布本村町のお邸へ住み込むことになったので御座います。

しかし、奸悪邪智な林蔵は、片時も、シドッチの石のことを忘れる暇はない。場所は浦安沖の天神澪《や》――。殿村に先手を喰っちゃ、七十万円の大金儲けに空泡《あぶく》を摑むことになる。よし、殺っちまえ。

悪い奴に逢っちゃ、まことに叶いません。そこで、殺意を起した林蔵が、機会をと狙ううちに、当時小菅監獄に典獄をお勤めになっていた石沢謹吾殿。その方の許へ、鮮《あたら》しい羊肉を持って、使いに出されたのが、十一月九日。

計らずも、その夜、殿村が非番なるを知って、小松川の堤に待ち伏せ、絞り殺してしまったので御座います。

屍体は、翌日発見されましたが、何者の所行とも分らず、遂に、殿村力三郎の死は迷宮に入りました。所が、林蔵のやつ、空吹く風も何かとばかり、口を拭って済まして居りまするところは、実《まこと》にや悪盛んにして天に勝つ――。

殿のお気にも叶い、朝夕種々と目を掛け、御遣わしになるうちに、追々、持った性根の横着心が募り、そろそろ増長致して参りました。

所が、その揚句、林蔵は気儘になる所から、ある時立派なる扮装をいたし、御乗料の馬車をソッと挽き出して、一頭立ではありまするが、園崎家の馬車いと美々しきのに打乗って、一鞭をくれ、己れの故郷南葛飾郡奥戸村までやって来た。

同村には、いと物珍しき馬車、ごうごうと、轍を軋しらせ来るを村の者が眺めまして、

「おい、何だね、大そう立派な馬車でねえか」

「そうよ、勅任官様が乗る馬車だあな。何てえ人が御座らしたんだんべえ……こりゃ見ろよ。えれえ事だ」

「何だ」

「何だってのう、そーらあれ、林蔵の野郎ばらだ。何しに、あんな物に乗って来やがったんだんべえ、碌な事もし出かさねえで、野郎来たんでねえかな」

「そうでなかんべえ。あの野郎ばら、悪いは悪いが、剛《えら》いまた智恵ある奴だ。何でも、何か一つ考え出したんじゃねえかよ。だから、俺がこの位になったと、自慢面こいて、のこのこ出て来やがったんだんべえ」

「そんな事だかなあ」

噂とりどりのうちに、林蔵、高橋六一の門口に馬を留め、

「やあ御無沙汰しました」

這入って来たのを見て、主人六一は、

「おや、珍しい林蔵。お前、どうしたんだい。家を、黙って出てしまって、何処にいるか知れねえから、俺の方でもおしんを家へ引取って、どんなに案じているか知れねえ。お前をゾッコン思い込んで、嫁に入った娘だから、俺は引取って、親子だから世話をしてやるもいいが、またおしんに取って見ると、貴様に置いて行かれてしまったと思うと、親の俺に、顔の向けようもねえと云う始末だ。そこも、少しは察してやれや」

「御尤も様でございます。先ず御一別以来、御健勝の体《てい》賀し奉ります」

「えれい、六《むず》ケ《か》しい挨拶をするな。そんなマア、面倒な挨拶はどうでも宜いだ。一体今、お前何して居た」

「爺《とっ》つぁん、マア喜んで下さい。世間では、いろいろ僕のことを、冷評いたしますので、どうか、この汚名だけは雪《そそ》ぎたい。と云う熱心で、図らずも知己を得、只今では、麻布本村町園崎男爵家に随従いたして居ります。云わば、同邸の家令同様。就いては、不日妻も又倅も引取りまするから、どうか今暫くのところ、両人《ふたり》の面倒を見てやって下さい。失礼ながら、この後は、貴方も東京へ引き取ってお楽申させたい——とまず、かような心構えでございます。そうなりますれば、決して、斯《か》ような汚《むさ》い、農業などは致させんでも、宜しいだろうと思いまする」

「ああ、そうか。それは、よう云うて呉れた。俺は、そんな栄華をしたくはねえが、せめて、孫と手前と娘とが、睦ましく暮してくれ。斯んな、うれしい事はねえだ。必ず、無事にやり損わねえよう村中で、恥を掻かせた奴に、顔を見返してやれ。頼むぞ」

田舎気質の六一は老の一徹、正直者。林蔵の偽りとも知らず、誠と思い詰め、斯く答えしは、誠に気の毒な儀にござりまする。

林蔵は、真しやかに偽り了《おお》せ、妻子にも、飽《あく》まで偽りを述べ、漸く此処を立出で麻布に戻り参りました。尤も、なかなか抜目のない奴ですから、当分自分より便りするまでは、麻布の屋敷へ来てはならんと、堅く断わって置いたのであります。

それ故、妻子も、遇うて話したき事もありましたろうが、なまじ尋ねて行くは夫の不名誉と、便りのあるのを、明日か明後日かと心待ちに待って居りましたが、皆目、梨の礫の音沙汰なし。

どうしたことであろうかと、余りの事に気もいらだち、或るとき父六一に、

「余り、便りがありませんのが、気になって堪りませんから、正一郎を連れて行っちゃあいけませんでしょうか」

「そりゃあ宜いとも、お前が何ぼ、便りをするなと云われたかって、丸《まる》っきし、五ケ月も、六ケ月も黙っているって事はねえ。彼奴、男ぷりが好いから、出世した、浮気したなんてえ事があっては、手前も馬鹿を見るからな。それとなく、孫を連れて、二人で行って見ろ」

「だけどねえ、お父さん、あんなに、来るなって断わられた所へ行くのは、何だか、待て暫しがないようで、極りが悪いじゃないか」

「馬鹿あこけ。手前、気が揉めるったではねえか。そんなら、行けてえば気が揉める、

何故、女てえものは、こう分らねえだろう。あの野郎ばらに、悪くお前惚てるだな」

「あら厭だよ、お父つァん、極りの悪い」

親子の中の水入らず、詰らぬ事を云わるるも、今に夫の出世を知らして、父共々に喜ばせんと——支度もソコソコ。

整えまして、出掛けましたのが翌朝のことで、さすがに極り悪く、邸の外をモジモジ致して居りましたが、

「少々伺いますが、此方へ、奥戸から上って居ります者がございましょうか」

「奥戸だと、建具が何とした？」

「いいえ、そうじゃありません南葛飾郡奥戸村の林蔵か。ああ、あれはもう居らん」

「ああ、南葛飾郡の事で」

「ハテ、どうして居りませんのでしょう」

「どうして居らんって、そんな事は知らんワ。居らんから居らんちゅうのじゃ」

「何時《いつ》頃からでございます」

「四ケ月ばかり前からじゃが」

「ああ、アノ全くでございましょうか」

言葉は詰り、目には涙、相手に話をせんにも、まだ物弁《わきま》えのない正一郎。如何にせんと、とつおいつ、屋敷外をウロウロいたして居ります所へ、折しも門内より、一人書生体の男が出て来た。

「少々物を伺います」

「何ですか」

「貴方様は、この御屋敷の方でございますね」

「ハア左様、僕は当邸の書生です。何ですか知りませんが、僕の心得ちょる事なら、即答を与えるから、聞き給え」

「それでは、お言葉に甘えて伺いまするが、アノウ、この屋敷に林蔵と申すものが……」

「ああ、居ったよ。五ケ月少し前に、放逐になっちもうた」

「マアそれは、どうしたと云う訳でございます」

「そりゃあね。君がお尋ねだから、僕が知っちょるだけを話しますが。実は、彼奴《きやっ》め、奸智に長け居って、所謂目先がきくというような訳。俗に、素走っこいちゅうじゃろう。それが、殿のお気に叶うて浦安から、ノソノソこの屋敷に住み込んだんじゃ。なかなか、それは身分不相応な事をやらかし居った。しかし、怪しからんじゃないかの、当屋敷に、奥勤めをして居った婦人と密会をなし、その婦人を籠絡して、貯蓄を使い果し、不義の快楽を貪り居った。それがお上に聴えたから、奉公人の示しにならんと云うて、とうとう両名とも放逐してしもうた。

　聴けば、昨今は二人が好いた同志とやらを、やっちょると云う話だが、郷里には、妻子ちゅう者があるじゃろう。これらの前途が思いやられて、気の毒に堪えん。さだめし、この事を聴きよったら、ビックリして血の道でも起しおるじゃろう。しかし、僕は用があるから、これで別れるよ。では婦人失敬」

　所がその頃、戸部林蔵のやつ、娑婆にはいなかった。以前犯した、強盗の一犯がばれて、八年の苦役を、小菅監獄で服して居りました。

　ただ今の小菅監獄は、その頃、小菅集治監と云った。大体、この敷地は小菅御殿の跡、もとは、将軍家の御別荘でありました。

　御殿と云う程だから、内部《なか》には築山があり、泉水ありと云う有様。

　樹木は鬱蒼として繁茂し、わけても、春の花咲く頃には、桜が咲き出て、まことにそれは、美しい景色だったそう。その中を、清水を湛えた小川が、桜樹緑樹の間を縫い、青苔を這って縦横に流れ、所々に、風雅な小橋が架せられてあった。

　それを、今は感応橋と名附けているが、もとは、たしか観桜橋と書かれてあったようです。

　御維新の際には、一時、籾倉になっていたことがあったが、幾許《いくばく》もなく、周囲が、高い煉瓦塀で廻らされた。それには、監獄と云う恐ろしい名がつけられて、重罪犯人の労役場とはなったのでございます。

　集治監は、六棟に建てられてありまして、仮留監が三棟、旧刑監が二棟、徒刑監が一棟。また、その向って左側に、少し離れて、つるべ井戸があったそうです。

　そのうち、仮留監は、明治十八年一月以後の処刑囚、徒刑監は明治十五年一月より、同十七年十二月までの処刑囚。

旧刑監は、明治十五年以前に於いて、処刑と相成りましたるものというように、配分をして収容されて居りました。

そして、その六棟の監房には、監残伝告と云うものが一人ずついて、めいめいその監房を取締っていたものです。

その、監残伝告と云うのは、丁度昔の牢名主と云ったようなもので、永らく、その監獄に服役している古参の者がなっていた。

大体、昔の牢名主ってやつは、牢内の畳を、全部一つ所へ積み上げまして、その上で胡座《あぐら》をかいて威張っていた。監残伝告も、一般の囚人よりは、一段と高い座を置きまして、その上で頑張っていたものだそうで御座います。

他の囚人のように、労役をすることがなく、下に一名の書記を使って、囚人の成績を記録させていた。或は、種々の事項を調査して、それを看守に報告するのが仕事でありました。もし、病気だったり、願い事でもあるときは、一々聴き取って書記に認めさせ、伝告が適宜な処置を取ってやったものです。

その他、囚人の役附きに、棚長と云うのがあった、つまり、監房を六つに分けて、それぞれに棚長と云うのがいた。それが、その室の囚人を取締っていました。

しかし、これには、監残伝告のように、権力は御座いません。云わば、小頭というような訳で他の囚人と同じく労役に服して居りました。

所が、最初の日、やあお前は——と声をかけられたので吃驚して見まするに、これが船頭仲間の金森伝吉――。

「オウ、林蔵じゃねえか」

「ウム、伝吉か」

浦安の「寿」で、一つ部屋に寝食を共にいたして居りましたる二人の無頼漢、それが監房の中でパッタリと出合った。伝吉は、当時林蔵のおります房の、棚長を勤めて居りました。

二人は、奇遇に驚くと共に、それとなく語り合い、潜かに脱獄の計画を編みはじめた……。

「なあ林蔵、おれは型抜き、おぬしは、貨車に煉瓦を積み込む雑役囚だ。こう二人が離れ離れじゃ、どうにも仕事の出来る気遣えはねえ」

「そうよ、こんな中で、八年も働かされちゃ、いい加減、苔らが生えて熊手を持つようにならア。何とかして二人が一所になる思案はないもんかのう」

当時の監獄は、製煉作業の労役場でありましたので、囚人のする仕事も煉瓦造りが主で御座いました。

製煉には、練り土、型抜き、仕上げ、干し方――と、云うのがあって練り土と云うのは、字の如く土を練るもので、型抜きというのは、練った土を型に入れて打ち抜くもの。仕上げは、読んで字の如し。干し方は、仕上げた煉瓦を、並べて干す。

中でも干し方は、雨が降れば雨天休、曇天なれば曇天休と云い、休みが一番多かったそうです。干し方の次に休みの多いのは、練り土の方で、これは雨が降れば、雨天休と云って休んだ。仕上げ、型抜きは、雨が降っても曇りでも、仕事には一向差支えがないので、休むことがない代りに収入は多かった。

そして、構内には、引込線があって、一台、原始時代のボロボロ汽罐車が動いていた。それには、鐘形汽室《スティーム・ドーム》を赤く塗って、一般の汽罐車と擬《まぎ》らわぬよう、区別して居ったそうであります。

所が、そうこうしているうちに月日が経って、十一月も、小雨のそぼ降る佗しげな一夜のこと――その夜、林蔵と伝吉が夜番に当った。

四人の夜番なんて考えれば実に可笑しなものではありまするが、当時は現今とは異なり、四人に自治生活を許していた。と、その中途で、伝吉が四辺を窺い、グイと林蔵の肩を摑んだ。

「オイ、林蔵」

「何でえ、いやに改まって云うじゃねえか」

「お前、おれに、何か隠しちゃいねえか」

「冗談云っちゃいけねえ、兄哥《あにい》と俺の仲に、隠し事なんて、ホンのこれっぱかりも有るもんかな。オッ、放しねえってことよ」

「フム、無えって云うのか、そうか。それじゃ、俺の方で云うが、いいか。お前、殿村さんを殺《ばら》したなア、お前じゃねえか」

「ええ、何を云いやがる」

流石《さすが》の林蔵も色を失って、総身が怪しく顫えはじめました。伝吉は、さも、してやったりと微笑む。何しろ、悪どさにかけては、一枚上手だ。

「シドッチの話を聴いたのは、お前ばかりじゃねえ。殿村の旦那が、お前に話をしてるのを、済まねえが、船板の下に蹲《かが》んで聴いていたのだ。三里四方、帆影一つもねえ、浦安沖。誰一人、知るめえと思うのは、大変な眼力狂いさ」

「エッ、それじゃ、あの時……」

「そうよ。訳がなくって、あの看守長風情がよ。わざわざ浦安沖に、銭なんぞ捨てに来るもんかな、こいつは、きっと何かある――そうと睨んだ、見込みに驚いたって訳さ。あの晩おれは、賭場にドサを喰って、小松川の分署にいた。してみりゃ、殿村の旦那を、お前以外にゃ、殺す人間はねえ事になる。オイ、林蔵、シドッチの石を、お前、一体何処へ隠した！」

「か、か、隠すどころじゃねえ。そりゃ、お前の邪推だ。飛んでもねえ、殿村の旦那を殺すなんて……」

「まだ、ほざくか。七十万円の石捜し……おのれの手が、悪戯《わるさ》をしねえと云う道理はねえじゃねえか」

所が、林蔵を極めつけてゆく伝吉の声を、誰知るまいと思いの外、そっと立ち聴きしていたものがあった。

それが当夜の当番看守、今木野七三郎――。

樋の破れ目から、ドドッと落ちる雨水を避け、耳を、二重扉の合いにピタリと附けていた。

「そうか、そう飽《あ》くまで白を切られちゃ、おれも取りつく島はねえ。よし、断念《あきら》めた。しかし、シドッチの石をあきらめる代りに、今度は、お前の身体が所望だ」

「エッ」

「エッじゃねえ。悪党らしくもねえ、諜《いぬ》者同様の所業《しわざ》だが、お前を売って、刑期の三つ一つでも減して貰おうか」

「じょ、じょ、冗談じゃねえ。マア、待ってくれ」

「それじゃ、云うか」

「ウン」

「殿村の旦那は、お前が殺したな」

「そうだ」

「では、シドッチの石を発見《みつ》けたか」

「…………」

「どうした、はっきり云いねえ」

「…………」

「生命《いのち》の滓《かす》の、五百や六百よりや、俺は、そいつを聴きてえんだ、林蔵、お前も悪党らしく、此処できっぱり観念したらどうだ、どうだ、発見《みつ》けたか」

「ウム」

「して、その隠し場所は、何処だ」

その時、林蔵の目は異様に耀いて、それは、何ともつかぬ呻きのような声でありました。

「そ、それは……」

「何処だあ？」

「あの、紅殻駱駝……」

「なに、紅殻駱駝だ……」

息も窒《ふさ》がらんばかりのこの瞬間に、伝吉は、ハッと気を抜かれた。途端に、交代の時刻。他の房で響く、撃柝《げきたく》の音に、伝吉は二度と聴き返すことが出来ませんでした。

所が、今木野看守――。この御人が、なかなかの策士でした。こいつは、思わぬ聴きものだ。なまじなま半、職務に忠実振ってあたらな機会を遁すよりも、一番林蔵を抱き込んで、隠し場所を吐かせてやれ。

――しかし、紅殻駱駝とは、一体何のことであろう。紅殻駱駝――、紅殻駱駝――ハテナ。

早速、応急の所置として、二人の不穏行為だけを、翌日上司に具申した。そして、今木野看守は、二人を引き離してしまった。今度は、伝吉が運搬囚、林蔵は、型抜き掛りに廻ることになりました。

所が、警固厳しいこの監獄の中で、計らずも場所ならぬ怪死事件が起ることになりました。それは年も明けて翌年の正月。

囚人が一番楽しいのは、正月であります。

監獄では、正月の三日間を全く自由に解放して、夜の十二時まで、出来るだけの楽しみをさせた。

相撲を取るものには相撲を取らせ、芝居をやるものには芝居をやらせ、その他芸ごとの出来るものには遠慮なくやらせたので、各自に有りたけの、隠し芸を出して騒いだものです。だから、正月が近づいて来ると、囚人は、催物のために、いろいろと準備に忙しかった。

相撲をやるものは、土俵を築いたり四本柱を建てたり、芝居をやるものは、舞台を作り桟敷を架け、衣裳を拵《こしら》えるやらで……また、桟敷には、赤毛布《あかげつと》を掛けて飾り立て、衣裳は紙で作って、それに色模様を描いた。

そして愈々《いよいよ》正月になると、典獄を始め、看守教誨師を、全部お客様として桟敷に据えた。その前で各自勢一杯の、隠し芸をやろうと云う……。

監房内にも、種々飾物をするが、これがまた実に美しかった。

お飾り餅は、蕎麦粉で拵えて、それに、赤青、色とりどりの束《あずま》あられをつけて、美しく飾る。鯛や海老も、矢張り同じ方法で拵えた。そして、囚人たちは、ジゴボタと云うのを食べて、舌鼓を打ったものです。

そのジゴボタと云うのは、地獄牡丹餅の意味で、やはり蕎麦粉か何かで牡丹餅を作り、それに黄粉《きなこ》をつけてパクつくのでした。

酒を呑むものは、ニスに水を混ぜて酒精分を遊離させ、それを呑んでトラになったと云う。中には鮨を拵えて食べるものがあったが、それは薄めた醋酸を、酢の代用にして飯に混ぜるのでした。

こうして、いろんなものを拵えるために、囚人たちは、前々から心がけていた。一日三銭の割で倹約すれば、一ケ月には九十銭になる。そういう金で、種《いろ》んな材料を集めて、その三日間を、吾が世の春とばかりに楽しむのでありました。

さて前置きは、この程度にいたしまして、いよいよ正月の元日――。

催しものの番組も、数重ねまするうちに、林蔵の勢い獅子となった。

此奴、肥桶《こえたご》臭い、葛西のせなあの癖にして、いやに気取りやがった。触れ込みは、神田明神の祭礼と云う……。紙で作った獅子面を冠って、笛太鼓の鳴物に伴い、ヒューヒャラリと踊りはじめた。

元来、器用な奴ですから、踊りも、なかなか手に入ったもので、典獄はじめが、やんやの喝采です。

すると、踊りの半に、何としたことか、獅子ならぬ、林蔵の足がガクリと折れたかと思うと、前のめりに、ツ、ツウと滑って砂場に俯伏せになった。が、そのまま起ち上ろうともしない。

「オイ、林蔵」

「どうした」

「五百二十番！」

まるでお籤札《みくじ》でも、頂くような騒ぎでしたが、ふと不審に思った、一人の看守が面を剝いで見ると、アッと叫んで一、二歩跳び退いた……。

手足をピクピク顫わせて、唇から一筋の血を流し、顔はさながら蠟のごとく。ゼーゼーと、微かな喘鳴《ぜんめい》の音も遠くなって、林蔵は異様な死を遂げてしまいました。

何しろ、医学の進歩の、まだ遅々たる頃おい、帝大に廻附しましての解剖も、結果は何ら得るところは御座いません。

かくして、林蔵の死は、他殺とも自殺とも自然の死ともつかずにそのまま迷宮入りとはなった訳で御座います。

今木野看守は、間もなく職を辞し、金森伝吉は、刑期を無事に勤め上げて、出獄いたしました。

以上、不手際ながら、小菅監獄怪死事件の実録――。

ヘエ、御退屈さまで……。

三　第一の惨劇

馬頭軒鯉州が、汗を拭き拭き楽屋に戻ると、そこには苦り切った席亭が、一人の紳士と共に待ち構えていた。

「オイ、師匠、困るじゃねえか」

「ヘエ、何とも……」

「相済みませんで――お前さんの方は、それで済むかも知らねえが、何しろ、この席には市場《やつちやば》が大切なんだ」

「ヘエ」

「大分、湧いたらしいぜ」

「ヘエ、湧きましたようで」

「平気なもんだね。だが師匠、そのネタを、どこで拾ったか、お前さんに聴きたいと云う方がいる。この方だ。有難てえことに、御用繁多のお身にも拘らず、永年、こうやって席《うち》の御常連になっていて下さる。御名前を、存じませんとは云わせないよ。これが、それ、小岩井の旦那だ」

「なに、小岩井の旦那、その旦那がこの方で……」

聴いた鯉州は真蒼になり、小鼻を伝わって、一筋汗がポタリと落ちた。

それが、警視庁強力犯係りの主任、小岩井貞造であった。猪首で、ずんぐりした血圧の高そうな男、艶のいい丸顔に、ちょんびりと口髭を生やし、顎のいぼにこの人と云う特徴があった。

鯉州が坐ると、小岩井警部は、物柔らかに切り出した。

「師匠、僕も永年、講釈をきいているがね。迷宮事件を、警察以上に喋られたのは、今がはじめだ。あれは大したものだよ」

「ヘエ、御冗談もんでして……」

「いや、冗談どころか……。実は、今朝手紙を呉れてね。小柳亭の昼席で、鯉州の講釈を聴けと、云ってよこした者がある」

「エッ、このあっしの」

「そうだ。それのみか、今日、神田明神の祭礼中に、あの小菅事件の糸が真紅な血まんだらとなって咲く――と予告した」

「エッ、何ですって」

鯉州と席亭の、二人の声が、ピッタリと合ったが、小岩井警部は平然と続けた。

「殺人を予告する――よくある奴さね。蓋《けだ》し大抵は冗談半分か嚇《おど》しに過ぎないのだが、今度のだけには僕も異常な迫真力を感じている」

「と云いますと」

「それが多町の鍾馗《しょうき》だ。あの山車《だし》の上で、一人必ず殺されるものがいる――と云う。しかも、その場所が、佐柄木町から、万惣《まんそう》のまん前に出る、四ツ角――と指定して来た。警備を、いやが上にも厚うされたし――これが、そいつの結び文句だったよ」

「しかし旦那方の眼が、ズラリと並んでいる所で……いや、きっとそいつは狂人かも知れませんぜ」

　席亭が口を入れると、警部は、俄然坐り直して鯉州を見た。

「いや、決してそうじゃない。多分、そいつが狂人でないと云うことは、ねえ師匠、君が一番よく知っている筈だ。誰だ、君にそのネタを持って来たのは……」

「ヘエ」

「ヘエじゃない。修羅場から叩き上げて、甲越、三方ケ原軍記。槍襖、雨霰と降り注ぐ、矢弾の中をかい潜って来た君じゃないか。話し給え、君は、平壌の攻撃に、素手で清兵を七、八人殴り殺したとか云うが」

「じょ、冗談を、ほんとにされちゃ困りますよ。ですがね旦那、実は少々金を貰いましたんで」

「ああ、そんなことか。いや、一向に構わんよ」

「そ、それから……」

「それから、命と引き換えの約束をしたと云うのだろう。よくある手だ。君が、訊問をうけると云うことは、ちゃんと、犯人の予定表《スケジュール》に繰り込まれている。すると、こうだね。山車が佐柄木町の角に来るまでは、いかに責め問われようとも絶対に、実を吐いてはならん――と」

「エー、そうなんで」

「もし、違約の場合には、一命はないものと覚悟して置け。たしか、そうじゃないかね。

とんだ芝居掛りだが、そんな事は、君の杞憂に過ぎん」

「正に、ちげえねんですが。実は旦那、あっしには、若い女房《かみ》さんがありやしてね。人魚の刺身を、喰ったと云う訳じゃありませんが、第一、その女を取り持ってくれた、仲人と云うのが悪かった。そいつが、三枡家小勝だったんで。何しろ、あっしが、ズブリとでも殺《や》られちまった日には、その若い女房さんが……」

「いや、決して心配はない。『人魚の嘆き』を見る前に、犯人は僕の手で、その場所でふん捕まえてやるよ。師匠、もう時間がないんだ」

「分りやした。それじゃ一部始終お話いたしますが、実は、昨夜のことなんでして……」

と、馬頭軒鯉州が鼻先の汗を拭って語りはじめた。

「マア、大馬鹿三太郎この上なしと云う、話をお聴かせするようなもんで。ほんとは、昨夜ばかりは一っぱい、まんまと喰わされましたよ。それも、一度ならず二度まで、してやられましたんで。馬鹿馬鹿しいったら、お話にもなりませんや」

「ちょ、ちょっと、前置は、それだけにして……」

「実は、何でしたよ。公園の金車亭のトリが終って、龍泉寺の宅に向い、ブラリブラリとやりかけますと、江川の裏手で、オイ師匠と声をかける奴がいた。そいつが、また馴れ馴れしい奴で、こっちもつい助平根性から、うっかり客と信じたのが、千載の恨事でげした」

「で、それから」

「芝崎町にある貝料理で、カンバン間際まで飲まされて、前後の見さかいも附かなくなると」

「では、その男の人相を云って貰おう」

「サア、ちょっと小肥りの、云っちゃ悪いが旦那によく似た男なんですが、ちょっと甲州なまりがあって、風体と云えば、合百師《ごうひゃくし》みたい……」

「で、それから、どうしたね」

「二人連で、ブラリと外へ出ますと、今度は、そいつが麦酒《ビール》を飲もうと云い出した。あっしも、意地の汚ねえ話ですが、うっかり釣り込まれて、ふと側を見ますと、そこには、酒場の目印になっている麦酒樽があった。すると、そいつが、この樽に満々《なみなみ》と入れて、その中に、師匠を漬けてやりてえてんで。西洋には、鯉州を漬けた、リシュールと云う酒があるってえ話ですが、それにしてやりてえ。そうしたら、酒好きの師匠が、なんぼか喜んで、溺れ死をするだろう……」

「それで、君は何と云ったね」

「酒ならば、金魚鉢に頭を突っ込み、溺れ死をしてもよしと云ってやりましたよ。但し、そいつは倅の漫画にありましたんですが、私は、つくづく思いまするに、それと腹上死が、男子の本懐ではなかろうかと」

「あと三十分しかない。話はぐんぐん飛ばしてくれ給え」

「実は、そこに微妙なる綾が御座んすので。で、……。そうなりますと、私の方でも意地です。よろしい、ではこの中に入る！　君は、上から満々と注ぎ給え。てな具合になって、酔いどれの浅間しさ、ふらふらと、入ったが最後、正体がなくなりました」

「フム、それで」

「所が、眼が醒めると、驚きやしたね。そこは、樽の中でも自分の家の二階でもない。不思議なことに、見なれない立派な洋間に居りました。ウワッと、声を立てようとすると、側のカーテンの間から聴きなれない男の声がしますんで。静かに、声を立てると――と云って、ヒヤリと冷たいものが、あっしの脊頸を撫でました」

「その声は、前の男の声だったかね」

「いいえ、まるっきし違いますんで、男と云えば高いし、女と云えば低いしと云った訳で。ですが、その時ほど、はっきりした事を、云われた事がないんで、斯《こ》うなんですよ。――お前は金がいいか、命を取られるのがいいか。あっしは、随分と出来なかった方で、先生を散々手古摺らせたもんですが、その時ばかりは、ハイッと云って手を挙げた……」

「もちろん、金か……」

「そうでげす。これは少ないがと云って、拾円札から見ると幅の広いやつを二枚。ですが、そいつを種に、何をやらせようって云うんだろう。小倉の色紙は、懐にはないし、と云って、悟空に非ざる手前、虎力仙人と闘って、生胆を取り出す訳にも参りません。所が、そいつの曰くです。ネタをやるから、これを明日、小柳亭の昼席でやれ、こっちは小岩井警部を呼び出して膳立ては万端整えて置くから……」

「フーム」

「と云って、渡されたのが、この一冊でした」

と懐中から取り出したのは、菊判の洋紙にタイプライターで打った一冊。

「つまり、あっしの喋った通りが、こいつに書いてあるんですが、続いて云われたのは、いま旦那が仰言《おっしゃ》った、あの嚇し文句でした。そうして、後向きになれと云われて、その通りにすると、いきなり、あっしの眼に布が掛りました」

「では、その室の模様を記憶しとるかね」

「それが、知ってるの、知らねえどころの話じゃない。画に描《け》えた龍宮が、あれかって云う代物なんで。なんでも、覚えてますのは、壁から引き出す仕掛になっている寝台と、もう一つは寄木細工の戸棚の上へ、大きな姿見と、時計が載っかっていたこってす」

「何か、人声でもしなかったかね」

「サッパリ、物音が御座んせんで。空屋でもなけりゃ……」

「フム」

「どえれえ、大きな屋敷だろうって訳なんでさア」

「それから、君が、眼隠しをされてからだが、通った所に、例えば臭いとか人声とか、マア何だな。広い狭いくらいは、空気の揺れ方でも分るが、何か、そんな点に気附いたところは、なかったか」

「御座んせん。カラッキシなんですから、そうとしったら……」

「とは、どう云う訳だ」

「あれを噍むんじゃなかったんです。何しろね、あっしがガタガタ顫えていましたんで、そいつを見たんでげしょう。師匠、どうした、大分寒そうだねえと云いやがった。あっしもね、怖かねえんで――なんて云うのも業腹《ごうはら》だから、当今は、いやに底冷えをしますんでと云った」

「フム」

「すると、そいつの曰くですよ。それじゃ、この舶来のブランデーを、飲むかと云われて渡されたのを、止しゃよかった。飲んで少し経つと、室中がグルグル廻りはじめた……」

「なるほど、痲睡薬を一服盛られたと云うところか」

「前後正体なかりけり――ってえんで飛んだ清元の明烏でしたよ。それからは、いい夢を見てね。男は、かねて用意の一腰……忍び忍んで屋根伝いって寸法で、あっしの身体が、ツツツンツンと運ばれちまった。そして、眼が醒めたところを、旦那、一体何処だと思います？」

「すると」

「そこが、あっしの家の、叩きなんでしてね。眼を明けると、女房《かみ》さんが、一生懸命に財布の中を数えている。旦那の前だが、裁縫《おはり》は出来るし、読み書きはするし、ねえ、やっぱり女は泥水を噍まねえ方がいいねえ」

「すると、それで終りと云う訳か」

「いいえ、それから、もう一事件ありましたんで」

「それは何だ」

「女房さんが、その二枚の百円札を見て、相好を崩したまでは、いいんだが……」

「フム」

「お前さん、こりゃ一体何だね――と、あっしの前に突き付けたものがあった。見ると、そいつが、紙にペタンと捺された、紅え駱駝なんで。ともあれ、御覧なすって下さい」

と、内懐をもじもじと探って、取り出したのが、一枚の上質紙に、赤いインクで描かれている駱駝であった。それを見ると、警部は妙に迫ったような息を吐いて、

「なるほど、この膳立の、念入さ加減は、どうだ。とにかく、あと十四、五分で、何もかも分るんだ。だが師匠、この駱駝は、君の所へは絶対に行かんから、安心し給え」

「そうでしょう、此奴の行く先は、きっと桜木町の（柳家小さんの住い）にちげえねえ」

浮世離れがして、ちと軽妙洒脱とも、云い兼ねる鯉州との問答を終って、小岩井警部は小柳亭を跡にした。

沿道には、配下の私服が、数十名が立ち混っていて、両側の家並から、群集の一人一人にまで警戒の眼を馳せている。

すると、連雀町の角から抜けて来た、山車の先頭が現われた。はじめが、幇間連の囃

し屋台、それに手古舞いが続く。濛々たる埃に牛のいななき、群衆がドッと押しよせたときに警部の眼が、先頭の一台に止まった。

それが、多町の鍾馗――。紅駱駝の怪人が、今日この祭りを汚す、犠牲とばかりに予告した、それであった。

しかも、眼差す佐柄木町の角には、もう幾許《いくばく》もない。警部の胸は、漸く弾みはじめて来たが、考えて見れば、時もあろうに、この陽眩《まばゆ》い白昼である。通り魔でもない限り、捜査課の俊英を前に、何事を行おうとするのであるか。

一間一尺と、次第に近附いて行くうちに、漸く、自分の緊張が莫迦らしいもののように、思われて来た。が、その時――。

まさに、歩道を過ぎて、山車が往還に出ようとすると、首、首――と云う声が、下にいる世話役から掛った。

そこには、電話のケーブル線が低く垂れていて、人形を斜めにしなければ、通れないと云うところだった。

その声に、人形の背後にいた一人が、胴を抱えてグイと反らした時、警部の眼に、それは思いもつかぬ出来事が映った。

その首が、ポロリと前に落ちたのである。

そして、前にいた、手古舞い姿の芸妓の一人に打衝《ぶっつか》るとそれ諸共、直下三丈の地上に墜落してしまった。

「アーッ、桃奴《ももやっこ》姐さん！」

その瞬間、物音がピッタリと止んで、帝都の中心が怪《け》を見たような沈黙に鎖された。

それは、熱のある時見る悪夢のように、鋪道は異様な陽炎《かげろう》に揺いでいた。花笠、牡丹に蝶の衣裳、男髷の中から、割れた頭蓋骨を破って滾々と吹き出る真紅の泉。

四　紅殻駱駝とは……

それから、一時間後には、この惨劇のすべてが明らかになった。

白昼、群集環視の中で、不慮の最期を遂げたのは桃奴と云う講武所の芸妓であった。土地に鳴る分咲本の抱えで、なかなかの売れっ児でもあり、早くから旦那がついて、情痴沙汰とは鳥渡《ちょっと》考えられぬと云うのだった。

しかし山車人形の首は、巧妙に切り離されていて、それと目立たぬよう裏張りがしてあった。それでは、絶対に過失であろう道理はない。すると、犯人は？　動機は何か——。

けれども、小岩井警部は、錦町署の楼上で、他のことを考えていた。それは夢魔のように彼を悩ます、三つの暗合だった。

——第一は、鍾馗の首の中から、例の、紅殻駱駝を書いた紙が発見されたこと。

——第二は、現場の角が、駱駝屋と云う洋品店だったこと。

——第三は、神田明神の祭礼と云い、手古舞い姿と云い、その昔、戸部林蔵が小菅監獄内で、怪死を遂げた時の状況に酷似していること。

以上を総合してみると、紅駱駝の予告は真も真も全くの真実であり、しかも、今なお陰々と蠢《うごめ》く、シドッチの石を廻っての、暗闘が感知されるのだった。

あの時、もし戸部林蔵の死が、他殺だったとすれば、当然それは、今木野看守か金森伝吉であるに相違ない。してみると桃奴の死が当然復仇の意味ともなり、戸籍を洗い、二人の何《いず》れかの裔《すえ》ともなれば、残るところ犯人の輪は、戸部林蔵の後裔の上に落ちねばならない。

そうして、小岩井警部には、この事件が、外見《みかけ》の絢爛難渋さとは異なって、案外底が浅いのではないかと考えられた。

そこへ、一人の私服が、報告を齎《もた》らして来た。

「主任殿、本庁の検屍が終りましたが、やはり死因は、頭蓋骨の裂傷だと云うことでした」

「ウム」

「それから、あの時人形を抱えた男を、検束してありますが」

「それは、すぐ此処へ連れて来るとして。どうだ、君がいた位置からは、判然《はっきり》と見えたろうが、当時高台の上にいたのは、あの二人だけだと云ったな。つまり、被害者の桃奴と、その男の二人だ」

「それに、ちがいありません」

「で、その男の名は、何と云う」

「申しません。実に頑強な、落ち着き払った奴でして。主任殿の前でなくては、云わぬと白を切って吾々を小児のように扱《あし》らうのです」

「そうか、案外これは、解決が近いかも知れん」

小岩井警部は、クスリと微笑んだ。その男の、悪びれない、如何にも前科者らしい行為は、実に、一道の光明とも云えるのだった。

「所で、君は駱駝を知っとるかね」

「ヘエ、駱駝が……!?」

「そうだ。石を喰うんだ」

「サア、石を喰いますかなア。こうっと、羊は紙を喰うし、象は藁を喰う。もし、何でしたら帰って倅に聴いて参りますが」

「いや、それには及ばんよ。もし、その駱駝が、とうに石を喰っていたのだったら、あの桃奴姐さんが殺されはしなかったんだ」

「ホウ」

「石を喰いたがる、駱駝だ」

「一体、それは何のことですか」

「ただ、この事件の解決が、その謎々の言葉一つに懸っていると云うことだ。いいから、君は、その男を連れて来て呉れ給え」

「所が、そいつ、到底判断のつかぬような、不思議なことばかり云うのです」

「何と云ってるね」

「主任殿の前に出る時には、花笠を被らしてくれ——と云うのです」

「フーム」

「如何でしょうか」

「差支えない。如何にも、紅駱駝らしい芝居気たっぷりな男だ。よろしい、儂も、その男に早く遇って調書を書きたいものだよ」

「それから、桃奴の身分は、この謄本で、大方《あらかた》分るだろうと思いますが」

私服が、一枚の戸籍謄本を、卓上に置いて去ると、警部は、一本莨《たばこ》をつけて徐《おもむ》ろに取り上げた。

が、その面上を、サッと失望の色が掠《かす》めて、二度と烟を吐き出さなかった。と云うのは、それが今木野、金森は愚《おろか》、似ても似つかぬ異名異姓だったからである。

福島県相馬郡中村町大字猪間衣小字堂前四百二十一番地
士族　角倉平次郎長女　す　え
「ああ、こりゃ不可《いか》ん。角倉か。金森でも今木野でもなかった。それに、現在が、巣鴨町宮仲に寄留か……」

そして、尚も念のためと、謄本の上に眼を走らすうち、警部は、自分の希望が全く絶たれてしまったのを知った。

あるいは分家したのではないか、それとも、養子ではないか。警部は、漠然とした期待を抱いて桃奴の父の欄を見た。が、それは嫡子であって、彼の期待に添うものは一つもなかった。

と、その時扉が開いて、花笠をグイと前に傾げた、一人の男が連れられて入って来た。

「いよう、これは駱駝君、願わくば、鼻ぐらに綱を通して、今度は檻の中に入って貰いたいね」

「なに、駱駝……」

花笠が微かに揺れて、その男は、細い嗄《しやが》れたような声を出した。

「そうよ、御所望なら、君の顔に紅殻ぐらいは塗ってやる！」

「フム、すると君も」

「君……」

警部は、瞬間聞き咎めたような声を出したが、愉快気に笑った。

「ハハハハ、例の紅駱駝さ。君は、なかなか用心深く、筆蹟もタイプライターなんかで隠しているようだが、しかし、本庁の名簿にも筆蹟だけは取っておらん」

「そうか、小岩井君、君もか……」

「オヤオヤ、莫迦に、馴れ馴れしいじゃないか。すると、君は誰かな。僕が扱った連中は、まだ一人として、刑務所を出て居らんのだが」

「刑務所にはいないが、病院には、それは永くいたがね」

「では、その花笠を取って貰おうか。僕の知っている範囲で、永らく病院にいたと云うのは、ただの一人しかいない。しかも、それは、最も畏敬に価する友人なんだ」

「ああ、あの男か。あれなら、大して畏敬にも価《あたい》せんよ」

その男の、花笠の陰で嘲《せせ》ら笑うような声が、警部を煽って嚇《か》っとさせた。

「だまれ。一体、君は誰なんだ」

と腕を伸ばして、花笠をグンと突き上げた時、警部の口から、アッと微かな声が洩れた。中腰もそのままキョトンとなって、眼前の人を、夢かとばかりに瞠《みつ》めているのだ。

「アー、君は」

「そうだ。君の最も畏敬に価する友人の一人だ。この事件に君は、尾形修平の出現を予期していたかね」

心持蒼白い顔を斜めにして、警部の顔を面白そうに眺めるのだった。

尾形修平とは誰か――。

丈のスラッとした眼鼻立ちの端正な、渋みと鋭さを兼ね、年配は、やや小岩井警部より下とも思われる。この人が、警視庁に欠いてはならぬ、不思議な助言者であった。常に、功名の蔭に隠れて、表面には、決して出ることはないが、それだけに、下っ端刑事などの知らぬ顔であることは、云うまでもない。

元来が、少壮刑事弁護士としての、名だたる一人であるが、この一、二年は、胸を病んであらゆる俗事から遠ざかっていた。

小岩井警部は、この人の思わぬ出現に驚きもし、且《か》つは、協力者を得た悦びに、打ち顫えるのだった。

「どうだ小岩井君、これで万事分ったろう。僕も紅駱駝氏の招待の栄に浴した一人なんだ」

「それで、若い衆の一人に化けて、鍾馗の山車に乗り込んだと云う訳か」

「そうだ。しかし、紅駱駝の仮面を剝ぐこの手で、僕は、桃奴をあの世へ送ってしまった。偶然とは云え、この事件を、是非とも明るみに出さねばならぬ責任を痛感しているよ」

「すると君は小菅の怪死事件を知っているのか」

「ウン、知らされたんだ。この出来事を、予告した手紙と一緒に、一冊、タイプで叩いた因縁書を貰ったよ。何《いず》れにしろ、この事件の配役《キャスト》は、シドッチの石を繞《めぐ》るあの連中以外にはない」

そう云って尾形は、警部の莨を、一本摘んで火をつけた。

「つまり、シドッチの石に絡《か》らんで、暗闘が今なお続けられているか。それとも、あの怪事件の、余燼かも知らんね。ダンマリか、もしくは、大時代な仇討物かと云う所だ。いかにも、紅駱駝氏の好きそうな、大赤々ものさ。所で、桃奴の本名は分ったろうね」

「分ったが……分って、却って失望と云うところさ。マア見給え。せめて、殿村と云うのでも、これに出てくれりゃ、楽しみ自ら他にありとも云えるが、弱ったことに全くの異人さ」

警部は、一つ弱々しい息を吐いて、その謄本を相手の前に押しやった。

「角倉《すみくら》じゃ、喧嘩にもならんよ。この事件、最初の闇黒界、迷路さ」

「なるほど、角倉」

その謄本を、尾形は暫く眺めていたが、やがて、彼の顔が波打つように微笑んで往った。

「ヤレヤレ、これで尾形修平様、御出馬の値打ありか。ねえ小岩井君、僕の存在理由《レエゾンデートル》は、一つに、この偽名にありさ」

「なに偽名だって？」

「そうだ。但し、この角倉は偽名じゃない。この謄本を見て、もし君に、偽名の必要があるのだったら、何と附けるね」

「…………」

「この、桃奴の父の欄を、一列読み下せば、ちょっとした音韻の符合で、聯想出来るものがあるじゃないか」

「分らんよ。僕は正直に兜を脱ぐ」

「それでは、聴いて居給え。いいかね。

福島県相馬郡中村町大字猪間衣……

どうだ、猪間衣、猪間衣……」

「ああ、なるほど」

「分ったね。猪間衣は今木野に通ずさ。桃奴は、今木野看守の曾孫なんだ。角倉七三郎が、あの時今木野と名を変えて、小菅の看守を勤めていたんだ」

「なるほど」

と警部の顔が、暫く煙の中で動かなかったが、

「だが、尾形君、いかにも、それはよく分ったがね。しかし、分らんのは、何のために、角倉が今木野と偽名しなければならなかったか……」

「そうか、では時代を考えて貰うんだね」

尾形は、静かに云った。

「簡単だ。それは、この一点に尽きる。つまり、維新の際朝敵だった、会津藩や中村藩の藩士は、その後、官吏として奉職するには、何かと不便だったのだ。そりゃ、明治四年に、会津藩士の邏卒採用などと云うことは、あったけれど、昇進やその他の点になると、てんで問題ではなかったそうだよ。多分、今木野と偽名したのも、理由は、その辺にあるらしいと思うね」

「なるほど、それで何もかも、はっきりしたようだが……」

と云って、警部は、何かしら嘆息めいた呼吸をした。

「だが、ますます、分らなくなったのが、この事件だよ。殿村――林蔵――金森、今木野と、所謂シドッチの石を繞る、三角関係さ。それが、一体どうなっているんだか、ま

た、今日の事件が、二つも三つもある、動機のいずれから発しているか……」

警部は、組んでいた腕を外して、真剣に尾形の顔を見た。

「最初まず、林蔵が殿村力三郎を殺した——。次に、今木野か金森か、いずれかの一人が、その林蔵を殺したと見て差支えない——。しかも、その二つの惨劇が、シドッチの石に踊らされているんだ——。ねえ尾形君、今日の事件は、決して、林蔵の死に報うなんて云う、浅いものじゃないよ。林蔵の子孫が、眼に眼を以って酬いる意気で、今木野の後裔を殺す——ただ、それだけの話かねえ。しかし、この大掛りな、気狂い染みた、大見得はどうだ」

「ハハハハ慷慨悲憤は、君の柄じゃないね。一歩一歩、踏み堅めて、ネチネチ牛のように進むんだ。とにかく、シドッチの石に関係のある子孫を全部洗ってみようじゃないか」

そうして、事件の第一日は終った。

結局判明した事実は、被害者の桃奴が今木野看守の曾孫であること。

そして、前夜のうち、置場へ忍び込んだ犯人が、山車人形の首に、仕掛を施したのではないかと云うことだった。

所が、関係者の調査は、意外にも暇取って秋になっても、一向に眼鼻がつかなかった。なかには、失踪したまま絶家になっているのもあったり、また、生れた子を他人の籍へ入れて、産婆まで調べた労苦を、徒労に帰せしめたのもあった。

そんな訳で、小岩井警部も、いい加減焦《じ》れ出して来た。

やがて、九月が十月となり、十月が十一月となる頃には、頬もゲッソリと痩《こ》け、髭にも指にもやつれが眼立って来た。

すると、月末近くになって、珍らしくも尾形がやって来た。

「莫迦にふさいでいるじゃないか？」

尾形は、警部を一目見るなり、激励するような言葉を投げた。そして、無造作に、帽子と上着を引っかけてどっかと警部に対座した。

「そんなに見えるかい。でも、こうして一生懸命になっても、手懸りがないと全く悲観しちまうぜ」

「少し頭を休ませるさ。それから捜査の方針を変えてみたらどうだ」

「ウン、そうと思ってはいるんだが、気になって仕方がないのは、例の鯉州が連れて行かれた家の事だ」

と警部は不味そうに茶を啜り込んで、

「しかし、近頃では、鯉州とのこんにゃく問答にも、つくづく呆れが来てね。ただ、専一事なかれと祈る始末だよ」

「あれから、紅殻駱駝は、不思議にも沈黙を守っている」

「それが、怖ろしいんだ。薄気味悪いにも、こんなゾッとさせる沈黙はないじゃないか。恐らく、この儘黙り了せる気遣いはなかろう。しかし、将来はどうでもいいとして、さしずめ既往の問題だが……」

「マア、そんなに焦るな。待てば海路の日和とやらで、第一、君にも似合わんじゃないか」

尾形は、いつになく、落胆している、小岩井警部の肩を叩いた。

「実は、僕、今日は曙光と云うやつを持って来たんだ」

「なに、曙光だ――」

「そうだよ。時に、君の方へ、正霊教から脅迫の届出があった筈だね」

正霊教と云うのは、一種の邪教であって、この二、三年眼に見えて勢力を張って来た。大体が、教祖騎西駒子の行う神懸りが魅力であって、千畳敷の大講堂、銅瓦《あかがわら》――と、その膨脹は、悠に人目を奪うものがあった。

尾形は、警部の意気込みに、思わず、ニヤリと微笑んだが、

「そこで小岩井君、君はその脅迫状の件で正霊教の御殿へ行ったね」

「ウン、行った。教祖は病気で寝ていた」

「会ったのは、教祖だけか」

「病室で、教祖と話していたら、一人、威厳のある男が入って来た」

「牧医学博士じゃないか」

「そう、そう、そんな名だったね」

「どんな男だ」

「白髪を生やした大男で、抜け目のない面付をしていた。所で、その男がどうした……」

「いや、まだ何事でもないが。君は、教祖の駒子を、一体誰だと思う」

「誰って――。僕は、単純な脅迫状しか見なかったがね。つまり、こうなんだ。正霊教のために倒産した。覚えて居れ――ってやつだ」

と警部は、ゴクリと唾を嚥んで、

「云ってくれ給え。君の云いぶりじゃ、どうやらこの事件に関係がありそうだが」

「あるとも、あるとも、大ありなんだ。あの女が、金森伝吉の血を受けた一人なんだよ」

「エッ、どう、どうして君が」

「なあに、ちょっとした事だがね」

「フム、教典の一つに、志度智論《しどちろん》と云うのがある。むろん掻き集めもので、問題にならぬほど与太なもんだが、しかし僕は、その語呂に、異様な響きを感じた」

「なるほど、志度智にシドッチか……」

「そうさ。僕は、それに暗示《ヒント》を得て、捜った。それで、いつか君が、金森の家を調べたときだね。たしか女の子が一人、生れたには生れたが、それを何処かへ呉れてやって、いま金森の家は、絶家になって居ると云う話だった」

「そうだ」

「所が、その女の子が駒子、生みの親とも、死ぬまで一所にいたと云う話なんだ、つまり、父親の前科を懼《おそ》れた訳さ」

「なるほど、それで、金森については、やっと判った。しかし、眼に一丁字もないそうだが、あの教団には、きっと黒幕がいると、僕は睨んでいるんだが」

「名察だ。それが、君の見た牧医学博士だよ。怖ろしい策士だ。きっと、シドッチの石の事も、くめから聴いて、知ってるにちがいないと思う」

「フム、それで」

「実は、あの人の細君が、僕の女房の友人でね。これは、古い提琴家《ヴァイオリニスト》なんだが、ホラ、高折頼子。いまは、むろん牧姓を名乗っている。その人の話によると、帷幕のうちで計をめぐらすのは、駒子と博士の二人だけだと云うがね」

「しかし、それが、この事件になんの関係があるね」

「マア聴き給え。所が、僕と頼子夫人との対話の中に……不思議じゃないか、殿村と云う、あの一言が出て来たんだ」

「なに」

「殿村だよ。マア、焦《せ》かずに落着いて聴き給え。それで、僕がそれとなしに捜りを入れてみると、殿村と云うのが、誰あろう、殿村四郎八のことなんだ」

「アッ、あの百万長者か」

「そうだ。日露戦争で、先代が、一躍百万長者の列に入り、今は音楽家のパトロンだ」

「しかし、あの殿村が、殿村力三郎の裔《すえ》とは信ぜられなかった。真逆とも思ったし、第

一、あまりに突飛だからね。だが君は、どうして、それと知ったね」
「それは正霊教が、頼子夫人を介して、しきりと殿村に、接近を求めているからだ」

「フム」

「所が、四郎八氏は、若いけれども、音楽家を愛すると云うほどでね。まず、水と油で、いまだに頭を振らんと云うのだ。夫人は、四郎八にとると、提琴《ヴァイオリン》の先生に当るんだがこればかりは、無理には薦められぬとこぼして居ったよ」

「それでは、残る所が、戸部林蔵だけじゃないか」

「そうだ。だが小岩井君、紅殻駱駝云々は、別の問題にしてもだね。殿村と騎西駒子との接近が、今後興味の焦点じゃないか。シドッチの石を、未だに狙っていて、一縷《いちる》の望みを、殿村に繋いでいるらしい」

　すると、小岩井警部は不審な顔をして、相手の顔を、まじまじと見詰めはじめた。

「だが、ちょっと待ってくれ給え。殿村一家は、あのとき林蔵の怪死前後には、もう何の関係もなくなっている筈だぜ。林蔵が、シドッチの石を見出して、それを隠したことも、また、その隠し場所として、紅殻駱駝などと云う、奇妙奇天烈な言葉を吐いたことも――みんな知らん筈じゃないか」

「フム、僕も全然知らんだろうと思うよ」

「すると、何故……」

「それは、紅殻駱駝と云う、謎の意味が解けたからだよ」

尾形修平の、底深い智能の瞬き――それを警部は、今やしかと、見て取ったような気がした。

ああ、紅殻駱駝とは……?

第二篇　解決殺人

一　演劇挑戦

「分った。しかし、それは、どっちでの意味でだ。人としての紅駱駝か、それとも、隠し場所としてか」

「むろん、隠し場所としてだ」

尾形は、静かにそう云って、衣袋《かくし》から二、三冊の本を取り出した。どれも、表紙が相当に痛んでいて活字本ではあるが、明治初期のものに思われた。

「まず、この一冊の此処を読んでみるんだね」

パラパラと頁を繰って、開いた個所を、グイと卓子の上で折った。それは、明治二十一年七月発行の道楽新誌であった。

警部は、字面を見ただけで、驚いたように尾形を見たが、しかし、疑わず静かに読みはじめた。

——此時、一人の男が温湯《ぬるゆ》好きと見えて、水船より小桶にて、せっせと風呂へ水をはこび、板にて風呂の湯を廻わせしが、此方に背中洗うていたりし男が、手拭い片手にはりひじで、風呂場に来たり。（鳶の者柴井町の藤松、坂東家橘の身ぶりのせりふ）

「風呂場だから、熱けりゃうめてもかまやしねえが、うめる奴等に理屈っぽく、ぐちを並べて云うのもやぼだが、湯に来りゃあ一つ風呂の風呂仲間、熱湯温湯の差別なく、五一三六どし込みに、風呂の中の客仲間、ちったアえんりょも有ろうのに、しまい湯、ぬけ湯を見るような、騒ぎより、こっちの顔や体に湯水がかかり、洗っていられねえ、どころか、廻わす小板があたっても、ただの一言のあいさつがねえから、文句を云いに出て来たんだ」

その声聴いて、彼方を見返り、

「事新しく申さずとも、我れは名におう温湯好き、其の熱湯を引受けて、僅かの小桶の水、いか程叩けどうめぬ故、廻わしてもうめぬといえば、卑怯の振る舞い、さいげんなき故、一個の桶を幸い、水をはこんで、熱湯をうめ、一足飛に水溜へ、後詰を頼みに往った所、承引あって十分の水、今加勢ある事を、一の桶を以って浴内へ、最早うめせし上からは、とても叶わぬ熱湯勢、わくまで顔を洗って待っていろ」

「さては、最前裏手より運びし水は、風呂へ後詰を知らせの合図なりしか」

「打捨置かれぬ大罪人、彼が五体をきしきし洗え」

「水うめ邪魔だて、成敗なさん」

一素より流しはする覚悟、さあ洗え。併し、只の素人、近所に威《い》を振い、人も恐るる温湯好き、主人ももとより知ったる上は、洗《なが》しを助けて熱湯にせよとは、迷惑千万此の桶一つが、溜桶の三ばい余の、水と汲みかえ、サア存分に洗わさっせい」

これを聴いたる、彼の男が、あかすり片手に、小桶をさげて、

「サア、洗うから、此処に来たり」

と、是よりひとしく大立まわりの、流しあいの所へ、番頭出来《いできた》り、幡随院長兵衛団十郎の身振りにて掛合となる。

「お若えの御待ちなせえ」

「まてとお止めありしは、身共が事で御座るかなあ。何ぞ、用ばしござってか」

「さようさ、釜焚方から流しへ、多く出入がわしの商売。それと、がた付ありようは、水汲み半分流しにかかって、思わぬ暇いり、どうでお上りは日の暮と、流し、洗い済せたもとり桶、汲みかかった桶の湯、お若えお方のお手の内、あまり見事とかんしんいたし、思わず見とれておりました」

「手の内、にぶき素人もの、おはずかしゅうぞんじまする」

「ぶしつけながら、また一風呂の、お入りまえ、お一人湯で御座りまするか」

「御らんの通り、某《それがし》は。勝手ぞんぜぬ浮世風呂、ながしをすませてゆるゆると、浴《ゆあみ》したる風呂際にて、一人湯とあなどり、水をうめたる無法狼藉、きゃつらは正しく熱湯好き、水をうめたも気の毒と、ぞんじたなれどつけ上り、やむ事を得ず不敵もの、湯場のけが

れと、存じたなれど、浴の人の為にと存じ、斯くの仕合でござる。アア、お湯も焚かずバ、うめまいものを、益なき事をいたしました」

「ハテ、大丈夫ナ、お若イ衆さま。現われたやつ等は二人、あなた様には只お一人、若年のお手際驚き入りました。今流したと済したと、おっしゃりは、何にてお洗いなされしや」

「サ、別の品でハござりませぬか、まましき母のさずけにより、心に思ワぬ不自由品、是は則ち糠袋《ぬかぶくろ》、父のすすめに力を得て、お湯はよいとうけ給わり、一風呂いたさん望みにて、なれぬ流しをして見れば、そこもとハ湯殿のお方と見え、お深切の御たずね、しるべ便りもござらぬ拙者、御言葉にあまえお頼み由す」

「なる程、御身分一通り、承りて、御尤もにぞんじます。併し、とめ桶なしとは云うものの、あらわれた人は二人、この御手練を見る上は、尚更御流し致し、あなたの背中をよく洗いましょう。シテ御背中を」

「サア、御流し下さる其許へ、背中を出さぬにあらざれど、人のからだを洗うには、われが廻って、洗うが、本意で御座れば」

「なる程、これは不調法。かかる流しを眼前に、見聞いたした私の役は、何にも出来ねえ身の上でござります。只今申し上げた、湯番より、身は住みなれし釜の下、焚いたりうめたり流しの業、湯殿で噂の、流しの番頭と申するもの」

と、云いつつ、彼の男の後へまわり、いざ背中を洗わんと、手拭い取り揚げ、背中を

見て、

「いや背中はそちに望みがある」

「なに、背中にお望みとは」

「外でもないが、其方が顔と背中一面の、その腫物《できもの》、如何いたして受けたるぞ」

「サア、この腫物は」

「この場の流しに、咄して聞かせよ」

　読み終ると、小岩井警部は、少し怒ったような眼で、相手を見た。

「一体尾形君、この頁の、どこに紅殻駱駝が隠れているんだ。君、こりゃ、古く高座で演った『芝居風呂』の種本だ」

「ああそうそう、悪かった。これは、僕が謝る。僕の云うのは、この表の頁ではなく、ホラ、二枚折りになっているだろう。つまり芯に、挟んである、この一枚を云うんだ」

と、尾形修平は、一枚の折目をスウッと引き裂いて、芯にしてある印刷屑《やれ》を一枚取り出した。それは、日本紙に印刷したものを、二枚折りにするとき行う方法だった。つまり、洋紙を芯にして、表の一枚が、崩れぬようにするためである。

　しかし、読み下してゆくうちに、それが、単舟千島占守島《シュムシュ》を守った、郡司大尉の講演集であることが分った。

（作者のお断り――以下、文体非常にたどたどしいのですが、ともかく原文のまま採録することにいたしました）

此の間に、自分に考えて見ますに、退職下士卒は、将来どう云う生活をするのが本当であるか。日本では退職するものが尠いが、外国あたりでは、どう云う風にするかと云うに、外国の海軍の退職者は夫々《それぞれ》使い道は沢山あるそうです。

海軍に長く居ったものは、大変良い習慣がある。朝早く起きる、また、食事時間以外物を食わず、厳格の規律に服従して、言い付けられたることは必ずするから、古城の番人や燈台の番人に、主に退職者が使われると云うことであります。

然るに日本では、海軍退職者が使われる道が付いて居らない。郵船会社でも、海軍の水兵を雇って呉れるかと云うに、そうはしてくれない。なぜなれば、海軍兵には、大変善いものもありますけれど、又大変悪いものもありますから、一概には言われません。

つまり、自分が悪いのですが、全体海軍退職者は、どう云う生活をして居るかと、航海の度毎に、その郡役所又は役場などに就いて、海軍から暇を取ったものの、生活の程度がどんなものであるかと、段々に尋ねて見ました。

所が、彼等が言うに、海軍から帰って来たものは、実にいけませぬ。当り前の職業は出来ず、乱暴で気位が高くって仕様がない。村に帰って来ても、長くも居られず。遂には、どこかへ行ってしまうと、また、たまさか、残って居るものの姿を見ると、殆んど人の奴隷となって、牛馬同様の仕事をして居るものを沢山見ました。

それで、この海軍退職者を、私に言わせて見ると、立派な腕の、資本を持って居るものがなぜ用いられずに、斯う人の奴隷となって牛馬同様の仕事をして居るか……。

併し、退職者が、資本を持って居ると云うのはどうかと云うと、方々へ航海に出て居る為に、身体が達者で、暑い所へ行っても、左程めげない。また、寒い所へ行っても、左程めげない。

身体は、寒暑に鍛えてある。それと、規律に服従する習慣が、ちゃんと出来ている。また、船を使用させても、立派に使います。また、鉄砲を持ち、帆も縫うし、綱を造ることも出来ます。自分等の着物も、自分で造ることが出来る。鍛冶屋も、大工も桶工も、塗具工もあって、色々種々なものがいる。

故に、是等の人々が、若《も》し一団《ひとかたま》りとなって集ったならば、随分面白い仕事が出来る。

是等の一団の中に、学識徳望のあるものが是を統轄して居ったら、大事業をすることが出来ようと考え付いて、始めて、千島と云うことが頭に泛び、坐を打って喜んだのであります。

この人等が、拓殖と云うことに心掛けたら、身体は寒暑に耐えているし、海にも、もとが漁夫か農夫で、長らく海軍に居った人間でありますから、どっちに廻っても、拓殖するには宜《よ》かろうと思いました。

けれども、これは中々、容易に行われないことだろうと考えました。

是を、集めて来た所で、其れを使ってゆく、人を得ると云うが第一難しい。若し、その人があっても資本を得ると云うことが、中々難しかろう。

折角、斯う云う人間があるのに、資本もなし、その人もなし、為に是等を散り散りばらばらにして、牛馬同様の仕事をさせておくかと思いますと、実に残念でなりませんと考えまして、其の事が始終頭にあって、千島と云うことが浮んで来る度に、退職下士卒と云うことが頭を離れぬで居りました。

二十年の十二月、満珠《みたま》の分隊長に補せられました。

此の満珠は、神戸の小野浜で、半ば落成した頃に乗ったのでありますから、自分の志す所の学術ではあり、造船艤装のことを研究することが出来ました。

是は、今回の事業を助ける、一つを得たのであります。

けれども、其の時得たのは、もっと大きなことを得たのであります。

満珠の乗込員と云うのは、半分は、竜驤艦の廃艦になったものと、半分は、横須賀の屯営から来たものであります。

横須賀の屯営と云うのは、其の当時は、殆んど水兵の、やくざ者の集り所と云って宜い位の勢いがあって、どこの艦でも、望人《のぞみにん》のないものが、横須賀の屯営に集っていた。

丁度、満期のものか、或は、刑罰を受けて監獄に往き、刑期を済ましたものとか、或は、病院から来たものとか、屯営に居るものは、大体碌でない奴が集っている。その内から、半分来たから、なかなか烈《ひど》い。なかには、満期前の人間も沢山あるのです。

それ故、それ等の人間は、働いた所で、昇等の道もなし、もう何月かたつと、満期になると云うので、中々他の水兵同様働かない。

併し、一つそこに敵があった。

千珠艦と云う艦が、同じ時に出来上って、其れと競争をしたので、事業上は著しき進歩をしました。

満珠には、四等行状のあばれ者も居るから、働くときには、著しくして仕事が能く出来るので、面白くやって居りました。

それからも、大変勉強して、事務を執って居りましたが、仕事は能く出来るが、そんな者でありますから、上陸しても非常にあばれるので、警察署には、始終往来しなければならぬのでありました。

それが為に、警察署とも懇意になりまして、段々と海軍水兵のことに付き、警察署長の意見を聴きましたら、海軍の水兵は実に困る。

なぜなれば、退職者は、多くは密猟船に乗込むと。それを、聴いたときに、私は本当にしなかった。まさかに、退職したからと云って、水兵は水兵である。現役にある時分、若し軍艦が、密猟船を見付けたとすれば、それは立所に拿捕《だほ》しなければならぬ。

しかし、水兵の行状及び前身について、私は、署長から次の話を聴きました。

署長が、或る夜見廻わっていると、留置監から洩れてくる、話声に曰く、
おれが、陸にいるころ、親分とあがめて居った者は、永らく小菅の集治監にいた。

そこまで来ると、不精不性な小岩井警部の眼に、燃えるような耀きが加わって来た。

――そこでは、煉瓦を焼いていたそうだが、土を煉って型で抜く――そして、焼くまでにしたものを、色合いから云って駱駝と云うそうなんだ。

「ああ、駱駝……」

小岩井警部は、思わず、頓狂な叫び声を立てた。

「そうだ、林蔵が隠したのは、煉瓦の土の中だったのだ。そして、それに濃い紅殻を加えて、後日出獄した際、捜す目印にしたのだろう」

そう云って、尾形は、静かに小岩井警部を見た。

「紅殻駱駝……。ねえ小岩井君、これで、この事件最奥の一つが解けた訳だ」

「フム」

「シドッチの石は、林蔵が型抜きをした、紅色煉瓦の中にある！」

「なるほど、七十万円の煉瓦か……。しかし、皮肉じゃないか。眼に角を立てている、彼等にこれが分らずに、犯人を捕えあぐんでいる、吾々が知ってしまうとは……」

「所が、そうじゃない」

尾形が、グイと抑えるように云った。

「何者かこの謎を、とうの昔に解いたものがいるらしい」

「ホウ」

「その証拠がこれさ。今度は、小岩井君、安心して読んでもいいぜ」

と云って、差し出されたのが、同じく明治二十二年四月の「浮世新報」であった。

——此処の川端、彼処の橋と、暑さを避くる夏の夜の、納涼《すずみ》の人もいつとなく、傾く月の葉隠れに、我家を急ぐ寺々の、鐘の音さえも何となく、無情を告《つげ》る真夜中の、月に名残の虫の音をききつつ歩む池の端、下谷に曲る根性の、外面《うわべ》を包む頬冠り、てな具合にて、近来頻々と、各所の煉瓦作りを破壊し歩く怪漢あり。

まず手始めが、上野は池の端、乗合馬車の共立社車庫にして、銀座より外神田旅籠町までの間に、都合十一ケ所あり。

其の他の場所は、本町一丁目三ケ所、室町一二丁目に四ケ所、本両替町に一ケ所、駿河町に一ケ所、本船町に一ケ所、小船町に一ケ所、瀬戸物町に一ケ所、大伝馬町に一ケ所、新大坂町に二ケ所、通一丁目に四ケ所、西河岸に一ケ所、本材木町に一二三丁目に四ケ所、銀座一丁目に一ケ所、堀江町に一ケ所、蒟町に一ケ所、霊岸島に一ケ所、南新堀町に一ケ所、岩倉町に一ケ所、本石町に五ケ所、神田三河町に四ケ所、同龍閑町に一ケ所、同紺屋町に一ケ所、同旅籠町に二ケ所等——。

その他、多くが道路にして、怪行真に寸測の余地もなし。

「どうだ小岩井君、この広い世界に、狂人か、よほどの物奇きでもなけりゃ、こんな風にして、煉瓦作りばかりを、壊して歩く馬鹿者はいまい」

「フム」

「それで僕は、シドッチの石を得たいばかりに、何者かが行った所業と睨むがね。この観察は、どうだ」

「名察だ。しかし、先刻《さつき》も云った、全然その言葉を知らぬ殿村の子孫に、金森即ち現在の駒子が、接近を企むと云うのは、どうしたと云うことだ」

「すると、君はまだ、殿村の邸《やしき》を見たことがないのだね」

「ない、正にない。僕は正直に云うが……」

「あれが君、以前は、お抱えの外人のジェブソンの邸だった。そして、明治十九年に……小菅で出来た……煉瓦で建てられてある」

小岩井警部の眼が、畏敬と感激とに充ちて、じっと尾形に注がれた。

この事件を、闇に低迷せしめていた、いくつかの要素《ファクター》が、いまや整然と統一された。

今木野看守の後裔—被害者　桃　奴
金森伝吉　の　同—正霊教教祖　騎西　駒子
殿村力三郎の　同—百万長者　殿村四郎八
戸部林蔵　の　同—？

「すると、残ったのは、戸部林蔵のだけだ。疑問は、この一点以外にはないよ」

「ウン、そいつが、今のところ紅殻駱駝氏らしいのだよ。しかし、あいつめ、もう一度出て呉れないかなア。斯うして、薄気味悪い沈黙を守られてちゃ、結局、この事件は雲を摑むようなものだ」

　その時、扉が開いて、給仕が、一通の速達を手にして入って来た。

　警部が、手にとって、裏を返してみたが差出人の名がない。不審に思い、何やら、予感めいたものを感じながら封を切ると、

「ウーム」

　と、思わず唸って、突嗟《とつさ》に取り落してしまった。

「どうしたのだ。何だそれは」

「紅駱駝だ！」

「なに」

「紅駱駝だよ。しかも、御招待状とある」

　拝啓
　深思湧くが如きの御近況羨望の外無之候。拙者今般一時の出来心よりして、何かと御迷惑相煩はし候段、万死に価すべきやと存じ居り候。
　就いては、お二人方御慰労を兼ねて、今夕明石町小劇場に御招待申し上げたく、幸ひ貴意を得ば、幸甚この事に存奉候。
　同劇場には、マチネーとして近代座の公演があり、その第一『他界よりの俘虜』は、実に、かく申す拙者の創作にて有之候。

尚、幸ひにして、御鑑賞の暁には、何卒終幕解決の場に御注目願ひたく。一夕のお運び、遂に徒労《むだ》ならざりしを、その節お認めのことと自信罷り居り候。

開演は、一時半。

不取敢、御案内迄申上候。

紅　駱　駝

最後に、ベットリと赤く捺された、不吉な署名——。それが、真紅の血のような駱駝だった。

「ウーム、不敵な奴だ」

「挑戦状じゃないか」

「だが尾形君、終幕解決の場に、御注目願いたし——とあるのは、一体何だろう」

「云わずと知れたことさ。この手紙で、紅駱駝は、僕等に手袋を投げた。そして、幕切れになって、白い煙を銃口から出そうと云うんだ」

「判った。では、すぐ小劇場に手配させて、僕等は早速出掛けることにしよう。紅駱駝め。気取り過ぎやがって、今日こそ、命日となるか、皮を剝がれるかだ」

その時、ちょうど一時だった。

その十五分後には、明石町小劇場の内外は、隈なく手配されて、よもや紅駱駝の乗ずる隙はないとさえ思われた。

尾形と警部は、劇場に着くと、早速舞台裏へ案内された。

そこには、粗いカンバス地の裏をみせた背景が、大小とりどり、さまざまな形で重なり合っていた。一々番号が附けられて、前面には雑多な小道具が散らばり、天井には何本となく、綱が張り廻らされて、縄飛の様に弛み、或るものは、錨綱《いかりづな》の如く重く垂れ下っている。

その間を、男女俳優が、栄養の悪そうな顔を、いやが上にも蒼くして、右往左往する体も不安気に見えた。

やがて、支配人が揉手《もみで》をしながら、現われたが、

「いや、これはこれは、御名前は、予々《かねがね》から承って居りますが。しかし、今日の所は、一体どうしたと云う訳で」

「理由は、後程お話しますが」

小岩井警部は、会釈はそこそこ素っ気なく云った。

「所で、番組の最初にある『他界よりの俘虜』ですが、貴方は、この作家を御存知ですか」

「いいえ、少しも存じませんのですが」

「ホウ、では何故……」

「実は、無名の投稿で御座いましてな。もちろん、この倉橋七郎と云う名は、私どもで

勝手に作り上げましたもので。ただ読んでみると、非常に面白い。それに上演料は要らず、不振の折のことで、目先の変った探偵劇めいたものも、面白かろうと……」

「なに、探偵劇ですって」

「左様、実にそれが、奇抜なもので御座いましてな。明朝の新聞には、批評も出ますことで、明日からは、人も相当だろうと……へへへへへ、今から、狸の皮算用をいたして居りますんで。就きましては」

「何です？」

「今日、開場に差支えますことは、実に、この劇団全体の運命に……」

「いや、それは一向に差支えありません」

尾形は、警部の言葉を俟《ま》たずに、口を入れた。

「間もなく、開幕ですね。あと十五分か。では、案内して頂いて、一応点検しますかな」

それから、場内を、隅々まで調べたが、別に、これぞと云う不審な点はなかった。俳優その他も、みな一々点検されたけれど、結局不審な人物は一人もいず、やがて開幕時刻が迫った。

場外は、蟻も洩らさぬ私服の網――。

しかも、点検は、押蓋の下までも綿密に行われて終った。

紅駱駝よ――。いかに、鬼神の技を誇る彼とは云え、どの隙をどう潜り、尾形と警部に鼻を明かせようとするか。

「尾形君、どうやらこの儘、なに事も起らず、終ってしまうのじゃないかね」

「ハハア、君はそんな予感がするかい」

「するとも。何だか、ちがう意味で、翻弄されているような気がする。しかし探偵劇と云えば、まず豊満な未亡人が殺される。そして、右往左往する嫌疑者が何人かあって、最後には疑わしくも何ともなかった奴が、犯人となる。大体、定石と云えば、それ以外にないやつを、紅駱駝奴、どんな筋に仕組んで、僕等をアッと云わせるか」

「フムそうか。すると君は、紅殼駱駝の招待が、そう云う嘲弄の意味以外には、ないと云うのだね。そうか……」

警部とはちがい、尾形修平は何やら暗然たる予感を感じているらしかった。

やがて、二人は客席に下りた。

場内には、空席が数多《あまた》見えて、ガランとした、四分通りの入りだった。開幕を促す拍手もない、侘びしいほどの静けさ。

そのうち、電鈴《ベル》が鳴って、客席の電燈が消えると、フットライトがパット緞帳の裾を射上げた。

パチパチと閑散な拍手――。

すると、舞台の下手から、一人序詞役が現われて、此処に、紅駱駝の作『他界よりの俘虜』が始まることになった。

「作者はいま、南チロールのワイネルノイシュタットにいる。そして、細大洩らさず礼《レイ》馬《マ》から報ぜられて来る通信を記録しようとしているのだ。

朝、ワイネルノイシュタットの朝――。

白楊《ポプラ》の森、その間に清冽なザラ河が流れ、岸辺には残雪を装って、コクリコの紅い花が一面に咲き乱れている。

夜霧のような静寂、僧院のような山荘――。

しかし私は、耳にするツアッコニ警務総監の声に、胸がいやまし高鳴るのみである。

彼は、何事を報じているか――大事変、歴史的大事変。ロンドンの大火、リスボンの地震、熱月《テルミドール》の虐殺、いやいやそれ以上の大々異変であると云う。

混乱、報道差し止め、戒厳令――。その隙をかい潜って、私に筆をとらせようと云う意志は、聡明なる彼、いつか政変の際の生活費に当てようと云う。

しかし、この平和、ワイネルノイシュタットの朝。それにも拘らず礼馬は――と云う総監の物語りを、暫時役者の口からお聴き取り願いたい。

――と云う、作者の虫のいい話なんですが、なんせい、御承知の通りのガラ空で御座いまして、われわれ役者の身にいたしまするると、給金《しんしょう》も危ないし、腹も空く。

何とか、喋るのを出来るだけ少なくして、終幕まで、是非とも体力だけは続かせたいと存じますので。と云って、省くこともならず、演れば二十分あまりも費《かか》るし……。とつおいつ、私どもは、考えることになりました。

それで、結句の名案と申しますのは、吾々の喋るところを、お客様に読んで頂く。

つまり、要点だけを記しましたるのを、お目に掛けまして――ハイ、かくの通り。

（いくつも天井から、長い大きな巻紙のようなものが、垂れ下って来る）

時――
似太利亜《ジタリヤ》礼馬《レイマ》は、ガッツオリニ政府の末期。

場所――

礼馬の中枢繁華街ヴェネト通り。

最近、舗道が硬質硝子で、舗装されて、五彩絢爛、水晶街の名あり。

水晶街は、チベレ河畔にて尽き、橋の向うは広場となり、そこに、地下街のマンホールがある。地下街は、下層階級の居住区となっていて、昇降機にてマンホールより地上に昇る。

人物――
独裁首相ガッツオリニ
警務総監ツアッコニ

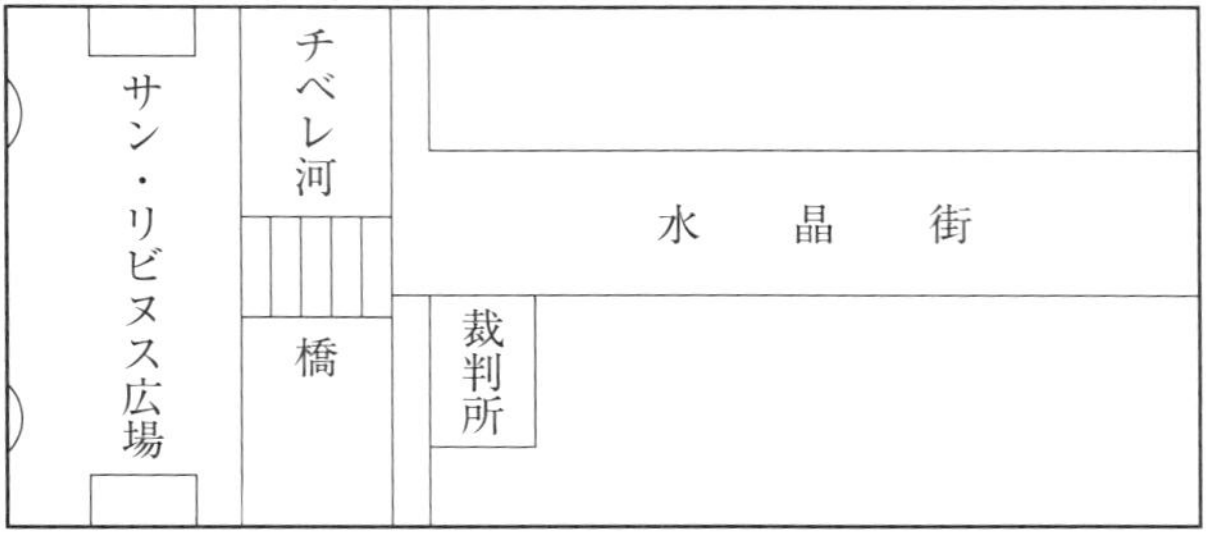

捜査局長フランチェスカ・グラマチカ老女史
女企業家エレオノラ・モナルディ夫人
シャーロック・ホームズ
（招聘されて、目下ガッツオリニ政府の秘密機関顧問になっている）
煙草売ピナ婆さん
カルミネ・ルジェリ
（似太利亜に於ける、社会運動者の最後の一人）
Z氏、

さて、これで十七分ばかり、手数が省けました。

しかし諸君、本劇たるや、そもそも大ホームズの出陣ですぞ。いかなる大惨劇大怪事の突発かは知らねど、われにホームズあり。それに、堂々相対峙して輸贏《ゆえい》を争うのが、モリアーチー教授ならぬ何者で御座いましょうか。

さて、此処で、開幕に先立ちまして、一言、ホームズの肉体的秘密に触れて置きます。

それが聖痕なんですよ、聖痕——つまり云えば、一種不可思議な心理現象ですな。いつか、知らず知らずに、自分の胸へ、耶蘇磔刑の聖像と同じ傷痕が現われる――。

ホームズの、胸の左側にも、やはり三日月形の、聖像と同じ傷痕があるんです。いいですか、それを宜く、覚えといて下さいよ。

ホームズは、それを聖痕だと云ってるんです。彼は、幼ない頃に、隙さえあると、聖像ばかり眺めていたそうですが、不思議にも、自分の胸の同じ場所に同じ形の傷痕が現われてしまったんです。

ホームズの言い草だと、こんな事は、世界中に三人――かなかったって。

一つは、十六世紀に名高い、チューリッヒの奇蹟、もう一人は仏蘭西のボアーデンにいる、ルイズ・ラトーとか云う女だそうだ。

これを、デュボアとかジャストローなんて連中は、催眠中、何かの衝戟による現象だと説明していますがね。ホームズに言わせると、心の不思議だって。

つまり、詐欺か、然らずんば奇蹟だと言うのです。

ですが、お客さん、これだけは是非覚えといて下さいよ。でないと、私の話が、終りになるまで、嘘になってしまいますからね……。

サア、幕を開けた。

どうか、お終いまで、御ゆるりと御見物下さい」

序詞役が退場すると、幕が上りかかった。しかし、永い間の休場のため、滑車が錆びついて、綱が何度となく外れた。

　客席は真暗であるが、その中で、尾形と小岩井警部がひそひそ話し交していた。

「ねえ小岩井君、紅駱駝め、いやに辛辣な諷刺を飛ばすじゃないか」

「フム、君を招待して、脚本の中には、シャーロック・ホームズを登場させる。考えたものだ。けれども、気になるのは、そこだ」

「なに？」

「君をホームズに擬したところは、まずよいとして」

「フム」

「肝腎の紅駱駝が、この脚本中何者に当るかと云うことだ」

「そいつが、最後に現われる、仮名のじゃないかね。しかし、こいつは観物だぜ。実に素晴らしいモジリ劇《パロディ》だ」

「ウン、舞台はホームズ対Ｚ！」

「客席に下りると、尾形対紅駱駝だ。そこで、興味の焦点《フォーカス》は、この劇が勧善懲悪、悪人捕われて、芽出度し芽出度しになって終るか、それとも……」

　その時、幕がようやく上って舞台はホームズの事務所。静かな昼近い頃、鸚鵡がしきりに囀《さえず》っている。

（作者のお断り――なるべく、興味の点から云っても、戯曲体を避けたいと思いましたので、以下、ツアッコニ警務総監の談話形式で綴ることにいたしました）

二　阿房路炎上

十二月二十三日、耶蘇降誕祭《クリスマス》の前々日でした。午餐後開始された閣議を終ってから、その足で、私は、水晶街にあるホームズの事務所を訪れたのです。

クリスマス休日の、二日間を過ぎて二十六日になると、愈々《いよいよ》、死刑法規改正案が閣議に上程されるので、ガッツオリニが、最も重要視しているホームズの意見が、賛否孰《いず》れであるか――まず先き立って、彼の腹を探りたかったからでした。

二、三年この方、自由主義《リベラリズム》の傾向が強く、絶えず悩み通して来た私には、その改訂案を、到底その儘黙過する事が出来なかったからです。

ホームズの室の前迄来ると、プーンと幽《かす》かに、コテイのアマリリスの香りがしたので、私は、扉の把手《ノップ》を握りながら、「ははあ、又来てるな」と呟いたのでした。

案の状、扉をあけると、美しい、険のあるエレオノラ、モナルディ夫人の顔――それが氷河の様な銀狐の間から振り向いたのです。

事務所の中は、往来の舗石《しきいし》から反射する光線が、複雑な模様を織なして、七色の縞を縦横に躍らせていました。

ホームズは白枠の大窓に寄り掛って、外をぼんやり眺めていましたが、何となく、気のなさそうな顔付で、私を見ると懶《けだる》そうに造り付けた様な笑を泛べました。

そこで私は、挨拶もそこそこに、まず改訂案の内容を述べ立てたのですが、ホームズは別に聴くでもなく、ふだん日頃、饒舌の彼にも似合わず、それに何等、意見を述べ様ともしなかったのでした。

私は、不審に思って、どうしたのかと訊ねますと、

「実はね、今しがた、やったばかりの所なんですよ。お二人とも、実に悪い所へ来合わせたもんですな」

と言って、左腕に注射をする恰好を見せるので、

「ハハア」

私は初めて合点が往きました。ホームズには、モヒ注射の悪癖があるのでした。

「所でね、失礼な申し分かも知れませんが、少し眠らせて頂けませんか。この二日ともマンジリともせずに、僕、ルジェリの足跡ばかり、嗅ぎ廻っていたんですからね」

と云うが早いか、長椅子にゴロリと横になって、ホームズは、ドレッシング・ガウンの襟に、顎を埋めてしまいました。

モナルディ夫人が、厭らしそうに、衣袋《ポケット》から注射器の尖針を摘み上げた頃には、既に軽い鼾すら聞かれたのです。

斯うして、取り残された二人の間には、ホームズが、眼醒る迄の繋ぎにと、互いに差し障りのない雑談が交されて行きました。

所で、モナルディ夫人に就いて、一言是非述べさせて頂きましょう。

夫人は、現在では、ファチカン財団の心臓と迄言われるほど、それは欧羅巴《ヨーロッパ》切っての大企業家なのですが、元来は某王室の支系に生れた大貴族でして、大戦後、流浪した揚句、礼馬のモンテローニ家の厄介になって居りました。

それを、大法司《ポープ》ロザリオに認められて、やがては、寵妃にまで引き上げられたのであります。

それからが、モナルディ夫人の活躍期で、ファチカンの富と法権を一手に切り廻わしたのみならず、多年係争を続けて来たガッツオリニとも妥協して、瞬《また》く間に、似太利亜《ジタリア》の産業を一手に握ってしまったのです。

この、モナルディ夫人の驚異的な進出は、要するに、彼女の、衆に超絶した叡智にあったことでしょうが、一面から云えば、屢々その美しさが、口では云えぬ物を言ったに違いありません。

そして、今日この頃では、大法司には大びらで、ホームズと露骨極まる逢曳を続けていても、それを、誰一人指差しすら出来ないほど――それほどに、巨大過ぎた存在と化してしまったのです。

モナルディ夫人と私との会話は、次第に雑談の域を越えて行きました。

「総監、私にはもう、護衛なんかの必要はありませんわ」

夫人が、小娘の様に、息を弾ませて言うのでした。

「クレイ射撃なんか、そりゃ、何でもない事じゃありませんの。今朝も、人間粘土皿《ヒューマンクレイ》を、一人射殺してやりましたの」

「そりゃどうしてです？」

私は、半ば驚きを交えて、詰責気味に叫んだのです。

「何うしてって？　何故、妙な、そんな顔をなさるんですの」

一時は、私の気勢を、咎める様な気配を見せたが、

「必要以上の、クリスマスの手当を要求したからですわ。道路会社の職工が、水晶街の新装工事で、かなりな収益が挙ったのを見込んで、いくらか増額しろって訳なんです。ですけど、私の方の、手当の算出方法は、現在、労働者の生活程度を標準にしているのですからね。必要以上は、到底濫費ですわ。そして二度三度執拗《しゅうね》く迫って来た時、私のコルトに口を聴いて貰いました」

と、静かに、しかも冷たく言い放つのでした。

それを聞いて私は、眼先に立ち塞がった、巨大な鋼鉄の壁を意識しました。

「ああ議会よ。議会よ、お前は何処へ行ってしまった？」

その時です。私は、思いも依らぬ衝戟に打たれて、不図《ふと》不安な気持になりました。

何だか、こう室の中が、ムッと暑くなって来た様に、感じたからです。

そして、更に心気を鎮めて、その原因を確かめ様としたのですが、それは、夫人の声によって遮られました。

「今度も、蔭から、糸を引いているのは、きっと、ファチカンの老人を狙撃した、あの

ルジェリの奴ですわ。ですけど、偉い奴ですわねえ」

　夫人は、さも感に堪えぬかの、面持で言ったのです。

「と言いますと」

「あの男一人のために」

　と言って、夫人は、妙に皮肉そうな微笑を泛べました。

「三万の警察官吏が、その存在理由を、漸く保ってるんじゃ御座いませんの」

「全く、恥入りますな」

　私は、心持顔を赭《あか》らめずにはいられませんでした。

「今時、主義者なんて云う、時代錯誤的な存在に、大鳴物入りで、転手古舞いするようじゃね。が、しかしですよ……」

　と、次の句が、まさに脣から離れようとした時、大袈裟に、不安な表情を浮べた夫人の視線と、バッタリ出合ったのです。

　同時に、私はこれはと思い、動悸が一つ、ドキリ強く胸を打ちました。

「アッ、何だか斯う」

　尊大な夫人の口から、なにか、怯え切ったような声が洩れました。

「そう云えば」

　私は、不安にたまらず、腰を浮かして、洋机《デスク》の脚にある、寒暖計を覗き込みました。

「八十一度」

夫人は、椅子を離れて、すぐさま瓦斯《ガス》ストーブの栓を捻ったのでしたが、不可解な暑気は、いっかな去ろうとはしません。

むしろ、一刻一秒毎に、募って行くかに感ぜられました。

寒暖計の水銀が、見る見るの間に、三鞭酒《シャムパン》の泡の如くに騰って行くのです。

「九十一度！」

室内の空気が、蒸気化して、やがては、ドロドロした、熔岩の様に液化するのではないかと思われ視力が朦朧となり、瞳に、鈍い痛覚さえ感じはじめました。

「シャーロック‼」

突然、夫人は、ビリッと痙攣したような叫びを上げました。

それより早く、ホームズは起き直ると、片手を延ばして受話器を取り上げたのです。

「気象台ですかカブラニ博士を。（間）

僕、ホームズです。

水晶街の温度が、驚くべき暑熱です。九十二度！　そうそう決して間違いはありません。（間）

エッ、何、そちらでは、朝から張った氷が解けないんですって、してみると、これは水晶街だけの現象でしょうか。気圧の配置は？　冬季の常態。フーム、原因は分りませんが。（間）

何か、天変地異の前兆ではないでしょうかねえ。どうか、正直に仰言って下さい。

（間）

ああ、絶対にない。有難う。折角お忙わしい処を……」

電話を切ると同時に、ホームズは、掌を立てて、詰め寄って来た二人を制したのです。そして耳を欹《そばだ》て、何事か聴きとろうとするかの様子でした。

案の状、遠くの方で、酸素アセチリン瓦斯でも、放射する様な音がする。それに交って、群集の騒響《ざわめき》が、それも、絶望的に祈るかの如く、聴えるのでした。それから、五分許《ばか》りの間が、私の生涯のうちで、最も長い時間だったでしょう。そして、その間に、肉体の享《う》ける、凡《あら》ゆる苦痛を経験したのでした。

室内は、ピッタリと押し鎮まって、一同は、無気味な予感に支配されながらも、重苦しい沈黙を続けて行きました。誰も、進んで、口を開こうとするものがありません。うっかり、開いた日には、焔の様な空気が、口から侵入して来て臓腑の奥まで、焼尽してしまうかも知れなかったのですから。

そうしているうちに、暑さは、愈々その度を高めて行き、無気味な音響は、次第に近附いて来ました。

私達は、ありと凡《あら》ゆる方法によって、去って行こうとする、意識を引き止めねばなりませんでした。

所が、窓を開いて、外を眺めたかと思うと、アッと叫んで、ホームズが、二、三歩蹌《よ》踉《ろ》めきました。

しかし、左手で辛くも窓の掛金を掴む事が出来たので、僅かに、溶岩の様な熱気を阻む事が出来たのです。

「総監」ホームズが、物凄い形相で叫んだのでした。

「道路が燃えているんです。おお、何たる奇蹟だ！　水晶街の中央が、噴火のように、焼け爛れてしまった……」

その時、パチリと硝子が弾じける音がして、銀色をした、大粒の液体が、夫人の靴のエナメルの上に落ち、それが無数の細塵となって飛び散りました。言う迄もなく、寒暖計が破裂したのでした。

「シャーロック！」

夫人は、たまり兼ねて再び裂くような叫び声を振り絞りました。そして、両手で頬を押えて、ちょうど、ムンクの絵にある老婆の様な恰好をしながら、ホームズの腕の中へ飛び込んで行ったのです。

同時に、何とも名状の出来ぬ、群集の合唱が起りました。今迄、得体の知れなかった、騒音の性質が、今はハッキリと、それが阿鼻叫喚であるのを知ったのです。

続いて、異様な放射音めいた音響が、今度は、巨龍の息吹の如くに轟きました。すると、大窓に凄惨な閃光が映ったと見る間に、窓硝子が、石鹼玉の様に膨らみはじめた。それが二、三度、息付く様に伸縮したと思うと、中央の破れ目から、フーッと粘《ねん》稠な熱気が、私の鼻腔へ吹き掛って来たのです。

私は、むろん避ける暇もなく、それなり、気を失ってしまいました。

その瞬間——私の身体から、逃れ去ろうとする意識を、追いつつあった最中です。世にも、又とない、素晴らしい光景に直立してしまったのでした。

斯うなると、恐怖も何もかも打ち忘れてしまって、ただただ、空前の美観に、うっとりと見入るのみでありました。

焦熱地獄——室中の、塗料が熔けて飴のように流れ出して行き、エボナイトの拡声器が、真黒な沼を造り、天井のペイントから、美しいコバルトの雨が降り出しました。

それ等の光景を、一瞬網膜に映じたまま、私の瞳は、映画の熔暗のように、悲しく萎《しぼ》んで行ったのです。

それから、どのくらいの時間を経た後の事でしょうか、ともかく私は息を吹き返しました。

そして、四辺を見廻わすと、見馴れぬ形の消火器を側《かたわ》らに置いて、ホームズが頻りとモナルディ夫人を介抱している。

それを、尻目にかけて、私は蹌踉《よろよろ》と窓際に進んで行きました。と、驚いたことには、窓硝子がドロドロに熔け去って、鉄枠だけが残り、パテの燃えた余煙が、一面に燻ぶり上っている。

その合間から見て、余りの事に、思わず棒立ちに硬立してしまいました。

両側の、歩道だけを残して、美しい水晶道路が、無残にも焼け壊された所は、さながら、月世界の死火山を見るかの如くでした。

鋪道の中央に、一条の深い溝を残して、熔質が両側にむくれ上り、その中間に、直線の焼溝が視野の届く限り、一文字に連っているのでした。

そして、道路を真黒に埋めた群衆が、ガヤガヤ、訳も分らぬ言葉を喚きながら右往左往している間を、けたたましいサイレンを響かせながら、赤塗の警察自動車が走りぬけて行くのです。

その跡に続いた、騎馬警官の一隊が、忽ち群集を追い払ったので、間もなく、水晶街は廃墟のような静けさに包まれてしまいました。

そうしているうちに、私の耳に、擽《くすぐ》ったい呼息《いき》を感じたので、振り向いてみると、いつの間にか、ホームズが私の側に立っていました。

が、彼の顔にも明らかな驚怖の色が窺われます。

「ねえ、ホームズ君、あの硬質硝子が一体どうして燃えたのだろうね」

私はいきなり、彼の腕をとって言いました。

「戦慄すべき恐怖主義《テロリズム》か……。しかし、焼跡を見ると、それが殆んど直線をなして居ますね。総監、あなたは、あれを、どう説明なさるおつもりです？」

如何なる場合にも、冷静を失う事のない彼ホームズ――しかも、沈痛を極めた語調の中にも、何かしら躍動しているものを感じました。

しかし、それに対して私は咄嗟に答える事は出来なかったのです。

その時、不図顔を廻らすと、チベレ河の方向に当って、濛々と立ち上る黒煙が眼に止まりました。

「オヤ、見給え。ホームズ君、あれは何処だろう。大変な烟だぜ」

「屹度《きつと》、裁判所の仮庁舎ですよ。あの方角で、可燃性の木造建築物は、あれ一つですからね。煙の色を見れば、すぐそれと判るじゃありませんか、真黒な、煙の下の方に、焔が映って赫《か》っと赭茶《あかちや》けている。あれは、木蓋が燃えている証拠なんです」

そう言ってから、ホームズは往還へ声をかけて、かねて見知り越しの警部を、一人呼び込みました。

騎馬警官の小隊指揮者であるその警部は、拍車を、ガチャガチャ鳴らせながら入って来たが、私は、その姿を見るや、たまらず声を掛けました。

「オイ、火災の調査はどうなった？」

「ハッ、総監閣下、午後一時五十二分、水晶街東端道路上から発火して、西端まで二哩ほどを焼き払い、二時五十八分に鎮火いたしました。対岸のサン・リビヌス広場には、異状御座いません」

「すると、焼けるのを、ただ茫《ぼ》んやり眺めていたのか。消防は、一体何をしていた」

思わず、焦《いら》だつに任せて、私は罵声を張り上げました。

「もちろん、最善を尽したのでありますけれど……」

　警部は、不満を顔に現わして悲痛な声を振り絞りました。

「放水、放砂……。それは、ありと凡ゆる手段を尽してみましたけれど……。けれど、燃焼の中心が驚くべき高熱のために、どうあっても、近附くことが出来なかったのです」

「フム」

「それで、初めのうちは、二、三勇敢な者もいて、止めるもきかず、近寄った者もありましたけれど、それ等は悉く殉職いたしてしまいました」

「何故か」

「何故かと、仰言っても、私にはあの高熱の原因が分りません」

「では、先を云え」

「そんな訳で、三十台出動した喞筒《ポンプ》が、僅か二台しか残らぬと云う惨状です」

「フム」

「取り敢えず、焼跡の御巡視をお願いいたします。そうしたら如何に、閣下の部下が勇敢であったか。しかも、職を曠《むな》しゅうせず、閣下のために斃れた、いくつかの実例を御覧になることでしょう。総監、あれをあれを……」

「何だ、あれとは」

「御覧下さい。あれを御覧下さい」

　私は、吃りながらいう警部の指差す彼方を見ました。

と、窓越に葬列のような遅《のろ》さで、ゾロゾロと連なり行く、病院車の行列が見えたのです。

そこで、私は、早断にも部下を叱咤した、自分を悔ゆるようになりました。

「だが、君はいま、高熱の原因が分らんと云ったね」

今度は、ホームズが静かに訊ねました。

「ハッ、分ったのは、自然発火でないと云う事だけです。で、早速グラマチカ捜査局長の手で、全市に渉り、武装警官の戒厳令が布《し》かれました」

「なるほど、するとやはりルジェリかな」

ホームズの眼が鋭く光ったが、声は、呟くように聴えました。

「やはり、グラマチカ閣下のお見込も、そこにあるようですが」

「フン」

ホームズは、鼻先で軽くせせら笑って、

「所で、いま裁判所の建物が燃えやしなかったか」

「それを、最後に申し上げねばなりません」

と言って、警部は唾をゴクリと嚥み込みました。

「水晶街の火災が、二時五十八分に終りましたが、それから、二分過ぎた正三時になると、道路一つ隔てた、裁判所の仮庁舎が燃え上りました」

「フム、それで」

「所が、不思議な事に外廓の被覆物が一斉に発火したので、咄嗟に逃げ場を失った、法官から囚人に至る迄が、殆んど、焼死してしまったらしいのです」

「なに」

「全部取り片づけたら、あるいは想像もつかぬ、数字が挙るかもしれません」

私は、それを聴いて、思わず蹌踉《よろめく》ような衝撃を感じました。

流石《さすが》のホームズでさえ、顔面をキリッと痙攣させて、明らかに驚愕の色を現わしています。しかし彼が決して度を失っていない事は、次々と吐かれる言葉によって分りました。

「鳥渡《ちょつと》、待ち給え、君が今言ったね。木造の外廓が一斉に発火したってね。それを、もっと具体的に言って呉れ給え」

「サア、何と申し上げたら……」

瞬間警部の顔に、それと分る困惑の色が浮び出ましたが、

「一口に云えば、最初の発火個所が、建物の全体に渉っているのです。一個所から発火して、漸次拡大して行くのなら普通でありましょう。所が、そう云った、火災の定則を打ち破って、まるで、空から燃え熾《さか》った坩堝《るつぼ》を打《ぶ》ちまけたよう、広い区域が一度にドッと燃え上ったのです」

「なるほど、燃えてゆく方向が、水晶街と同じなのか」

ホームズは、奥歯をギイと軋らせて頷いたが、続いて、

「時に、火災の当時、上空には航空機が飛んでなかったかね」

「機影は一つも認めませんでした――発動機の爆音さえも。第一に、礼馬《レイマ》市の上空は飛行を禁ぜられて居るのですから」

「それは、いずれ航空局の、聴音記録を見れば、分るこったろう」

と、彼は冷やかに警部を見てから、手をあげて、立ち去るように命じた。

「所でホームズ君、何より、この火災の調査を急いでくれ給え。それが終ったら、君の推定を聴こうじゃないか」

警部の拍車の響が、扉の外へ消えるのを待って、私は徐《おもむ》ろに云いました。

「何ですって」

「現場の調査だよ」

「ハハハハ、そんな事は、私自身がする仕事じゃないと思いますよ」

彼の声が、稍々《やや》突慳貪《つっけんどん》だったので、私はヒヤリとしたのでした。

「ねえ総監、それは、グラマチカ女史の、調査を拝聴するだけで、沢山じゃありませんか。そして、それを時々、拝借することに決めて置きましょう」

「それは、またどう云う理由だね」

「総監、貴方も血の廻りが悪いですね。この事件の性質は、終の方の、僅か一行だけが僕の仕事でそれまでは、実験室の領域に属するものなんです。分りませんか?」

「なるほど」

「つまり云うと、あの怖るべき火災の奇蹟ですね。それが、何によって起されたか——まず、その不思議な力の存在を、突き究めねばならんのです」

と云って、ホームズは、眼尻で狡そうに微笑んだが、続いて、

「所で総監、あなたは、明日になって、一体どんな騒ぎが、この礼馬に持ち上るか、想像出来ますか」

「では、こうまで怖ろしい惨劇が、また再び、持ち上ると云うのか」

私は、愕然としたと云うよりも、むしろ、呆れ気味で問い返したのです。

「左様、その可能性も、幾分は信ぜられますな。しかも、未然に阻止することは、恐らく不可能でしょう」

ホームズは、瞼を暗然と瞬《また》いて、

「それより、僕の懸念と云うのは、今日の出来事のため、依って起きる影響なんですよ」

「…………」

「それは、金融恐慌です」

「フム」

「世情、いや国情と申しましょうか、いずれにしても、その不安が暴落を誘うことは云うまでもありません。すなわち、ファチカン財団の危機です」

そう云ってホームズは、割と冷やかに、倒れているモナルディ夫人を見詰めていたが、

「ねえ総監、実に今日の出来事で、ファチカン財団の富は、恐らく何分の一かを減じた

ことでしょう」

そう云って、何事かを想起したように、ホームズは私の顔を、じっと見詰めていました。

私にも、思わず慄然としたものが、襲い掛って来た……。

何故なら、似太利亜《ジタリア》の富は、殆んどファチカン財団によって占められ、換言すれば、似太利亜《イクオル》＝ファチカンだったのですから。

それから間もなく、昏倒して死んだようになっている夫人を載せて、私とホームズは、モナルディ邸に向いました。

夕陽が、まさに沈もうとして、赤甕色に、焼け爛れた光芒を、丘の下から射上げています。その手前を、瀝青色に黒ずんだ街景が、ズシズシと重そうにめり込んで行くのでした。

水晶街には、市民の影は一人もなく、武装警官が両側に整列しているところは、ちょっと、儀仗兵に見えて得意でした。そして、その間を、次から次へと起る、敬礼の雨を浴びて、私の車は威厳おごそかに滑って行ったのです。

所が、水晶街が尽きて、サン・リビヌス広場を右手に見、左へ曲ろうとしたとき、ふと私は、聴き馴れない叫び――どうやら、群集の狂喚に似たものを感じました。

しかし視野に立ち塞がった、蒼黒い馬の胴体がその正体を明らかにするのを許しませんでした。

以上で、装置第二が終った。

「驚いた。荒唐無稽も甚だしいじゃないか。街路の中央が、一文字に焼かれて行く。しかも、それが想像もつかぬ高熱だ――と。ねえ尾形君、こう二景まで終っても、まだ誰一人殺されんじゃないか」

小岩井警部が云うと、尾形は、少し呆れたような顔で、相手を見た。

「すると君には、ああ迄嘲笑的な紅駱駝の声が聴えんのかね」

「なに」

「実に、怖ろしい嘲詩《エピグラム》だよ。まず、水晶街が破壊された――この一つで、君はどう云う暗示を受けるね」

「…………」

「いいかね。道路が焼かれた――。しかし、この事件のはじめには、やはり、各所の煉瓦道が破壊されたじゃないか」

「アッ」

小岩井警部の眼に、先刻読んだ数行が、まざまざと泛び上って来た。

ああ、この符合――。彼は、途端に云いようのない怖ろしさを感じたが、その時、開幕を告げる電鈴が鳴った。

次は、装置第三礼馬市警務庁の一室であった。

三　他界よりの俘虜

その夜、警務庁の奥まった一室――。

その室は、何等の装飾もなく、胡桃の床も壁板も露出《むきだ》しにされていて、燭力の鈍い、電燈が一つポツリと垂れ下っている。

他には、一脚の洋机《テーブル》と、数個の椅子があるだけである。光りの届かない、茫《ぼう》っと褐色に染った、隅の闇からは、深々と、夜気が冷たい手を伸ばして来るのでした。

そこに、私と対座しているのが、一人、小柄な老婆だったのです。が、その人こそ、今やときめく捜査局長、フランチェスカ・グラマチカ老女史なのです。

無造作に、髪をつかねて、腫れぼったい瞼をして、その下には、恰度魚のそれを見るような、眼がありました。この人の酷烈無比な性格――てっきり、露西亜のカザリン二世に似たものが今や、全似太利亜の治安を、確固たるものにしているのでした。

「御苦労じゃった。調査は終ったかね」

私は、彼女の白髪を見ると、何故か、労《いた》わらずにはいられない気持が湧いて来ました。何故なら女史は、今日一日で、メッキリ憔悴《やつ》れたように思われたからです。

「ハア」

「もし、出来なければ、悠《ゆっ》くりとやるさ。どうせ、分った所で、あの火災の原因は、見当が附くまいからな」

「でも」

「どうしたね」

「出来ません事には、総監。この私で御座いますもの」

「ホウ、調査完了とあらば、早速聴かせて貰おう」

老女史は、ニタリと微笑んで、キビキビした、簡潔な口調を繰り出しはじめました。

「でも総監、水晶街の火災に就いては、ただこれのみですの。それは第一に、発火の原因、それから何によって、ああも怖ろしい高熱が生れたか——」

「無論、速急に、どうのと云っても、無理だろうが」

「また、もう一つの疑点は、焼跡が、殆んど文字通りの一直線をなしていることです」

それから、老女史の舌は、火災の時刻、裁判所の出火、及び、その怪火に伴う悲劇を、数字的に挙げはじめました。

「所で、死者は、水晶街には六十二人」

「フム、それは、思ったより僅かだな」

「ですが、裁判所の死者になると、午後七時現在で、八百十七人を数える始末です。しかし、それさえも……」

と、そこまで云うと、老女史は急に、迫った呼吸を始めました。彼女は、一本莨に火をつけて、プーッと吐き出したが、その烟の中で、異様に耀く眼を、私は見たのです。

「それさえも——とは、一体何を云いたいのだ」

「地下街です」

「なに、地下街に」

「左様、地下街の惨事が、恐らく人類が、有史以来受けた最大の苦難だったでしょう。地下街に、瓦斯《ガス》が侵入して……」

「なに、瓦斯が……」

私は、思わず鸚鵡返しに問い返しましたが、その時、漸く冷静を回復して、老女史は静かに云いはじめました。

「そうですの。何しろ、地下街は通風が完全では御座いません。そこへ、路面に発生した瓦斯が、マンホールから侵入して……」

「フム」

「恐らく、第一層の居住者は、悉く斃されたのではないかと思われます。総監、何者でしょうか、超科学の鋭器を振って、空前の虐殺を成し遂げましたのは……」

「そこで、君の推定は？」

「私は、戦争によらぬ、侵略ではないかと心得ます。例えば、未知のある怖るべき力を、礼馬にいる一個人に、与えたといたしましたならば……」

「と云うと」

「そこで、私の推定を申しますと、此処に、二人の名前を挙げることが出来ます。一人は、北欧羅巴の某国が糸を引く、かのカルミネ・ルジェリで御座います」

「なるほど、たしかに、それは一説として頷かれる。そして、もう一人と云うのは」

「そ、それが、耶蘇《イエス》と称する男なのです」

「なに、耶蘇……。一体、それは誰の変名だね」

「いいえ、変名どころか、真実全くの耶蘇だと云う話です。再臨――いま私は、自分の言葉を自分の耳で疑って居ります」

「ああ耶蘇の再臨――」

これが、実に青天の霹靂以上でした。眼の前にいる、老女史の姿が、スウッと遠退いたかと思うと耳が、ポウッと鳴りはじめて、総身が、爪の先まで痺れ切ったように感ぜられました。

怪事に次ぐ怪事、奇蹟に次ぐ奇蹟――。

迷信深い私は、いよいよ世の終りが来て、耶蘇が裁く最終審判の日が、今日ではないかと思われました。

「すると、君が耶蘇を持ち出したのは、二つの超自然事と云う符合かね。それとも、もっと確固たる……」

「もちろん、推定の根拠は御座います。それは、裁判所の出火と殆んど同時刻に、耶蘇が対岸の、サン・リビヌス広場に姿を現わしたからです。総監、同時刻、しかも、同じ時刻にですよ」

そう云ったきりで、老女史は、ピタリと口を噤《つぐ》んでしまったのですが、私の頭の中では、まるで颶風のようなものが、駈けめぐって居りました。

水晶街の劫火、耶蘇の再臨――。

恐らく、似太利亜の経済組織は、一朝にして破壊され、産業が、全線に亘り、急激な没落を見ねばならぬと考えたからです。

果して、礼馬全市は、まるで、狂躁病に罹ったような騒ぎになり、辛くも、戒厳令によって、治安が維持されていると云う有様でした。

翌朝、私はグラマチカ老女史に誘われて現場の検証に赴きました。

彼女は、測量機械を取り寄せて、燃焼の中心をなす、所謂ホームズの幾何学的直線を計測しはじめたのです。

「何か、手掛りでもあったかね」

私は、やっと中腰から離れた所で、老女史の眼を覗き込みました。

「貴重な発見ですよ。他から見たら、或は三文の値打ちもないかも知れませんが、少なくとも、私自身に取っては重大な手掛りです。

何故かと云うと、この全線に亘る溝の線が、殆んど正確な直線をなしていることです。屈曲の角度が、僅か三度六分ですの。どうです総監、今度こそ、犯人を私が挙げて、ホームズさんの鉤鼻をへし折ってやりますわ」

彼女は、昂然と眉をあげて云い放つのでした。

実際この婦人とても、決して馬鹿ではないのだ。ただ、ホームズの偉容に押されて、太陽の前の微星と云ったかたち、今まで光らなかったまでのことである。

如何に、ホームズ鬼神なりとは云え、偶《たま》さかには、誤算もあろうし、手抜りもあるだろう。この機会こそ、彼女が、ホームズに代って優越の位置に立つのではないか。事件が重大なだけに、彼女の自信が大きいだけに……。

「総監、余すところは、この火災を発した物質の探究だけです。この狂いもない一直線を見て、何とお考え遊ばす。しかも、鋪石《しきいし》と鋪石の間を、一文字に焼き抜いているのです」

「フム」

「この鋪装は、モナルディ夫人の道路会社の手で行われたのです。しかも、あの会社の組合は、ルジェリの勢力下に御座います」

「ああ、やはりルジェリか」

「しかも総監、お悦び下さい。ルジェリは、昨夜のうちに、私の手で捕縛されました」

それから、一時ほど経った、夕暮のことです。

ホームズと約束した五時に、私は、水晶街第七区右側の角に立っていました。そこは、火災の余波で、建物の一角が崩れ落ち、パックリと真珠貝のように大きく口を開いていました。

そして、あたかも、黄昏の気がそこから吐き出されるかの様に、黄ばんだ光線が、フワフワ靄のような空気の中を漂っているのです。

ホームズは約束の時刻から、五分ばかり遅れてやって来ましたが、不思議なことに、彼の後から、年のころ七十ばかりの老婆がついて来るのです。

「何だね。この婆さんは、一体君」

ホームズは、私の言葉に関《かかわ》らず、貝殻形の洞に入って、婆さんと並んで腰を下しました。

「総監、サン・リビヌス街の煙草売り、ピナ婆さんを御紹介しましょう」

これには、流石《さすが》の私も面喰ってしまいました。

「実はね、この婆さんは、耶蘇再臨の目撃者なんですよ。これから再臨の模様に就いて、詳しく聞き訊《ただ》そうと思うのです」

と言って、婆さんに向い、

「道々も云ったように、ただ正直に話しさえすれば、過去のことは、みな忘れてあげるがどうだ」

「ハイハイ、耶蘇様のことは、知ってる限り包まずに申し上げますよ。その代り、今のお言葉だけは確《かた》く守って頂きませんと」

「ホウ、この婆さんの、過去に一体何があったのだな？」

「なあにね。阿片煙草を売っていたんですよ。サア、婆さん、話し給え」

「御承知の通り、以前私は、盲目《めくら》で御座いました。

毎日サン・リビヌスの広場に出かけまして、糊口《くちすぎ》とは申せ、阿片煙草を売っていたのです。で、今日は、何でも昼を過ぎてから、間もない時分で御座いましたっけ。もともと、私は二食主義で御座いますが、いつも、昼少し過ぎると、人足頭のジェニーナさんが煙草を買いにくるので、ジェニーナさんが来る時分を、いつも二時頃と承知いたして居りますのです」

「それで」

「実に、その時なので御座いますよ、四十年も、暗い闇の外、何一つ見えなかった私の眼に、白い光るものが、ポックリと浮び上りました」

「フム」

「それが、幼い時分、ウロ覚えの、スクーナー船の様なもので御座いました。すると、間もなく、それが、樟脳玉をつけたセルロイドの舟のように、クルクルと廻りはじめましてな。やがて、眼の中一杯に拡がりますと、クリーム色の壁が、立ち塞がったのではないかと思われました。それが、ホームズ様、私の悲しい記憶なので御座いますよ」

「悲しい記憶って、マア、泣かずに、せっせと話してくれ給え」

「ハイハイ、申し上げますとも。私が、四十年前盲目になります時も、やはり、同じクリーム色の壁を見たので御座います。何しろ、亭主が淫乱女に現《うつつ》を抜かして、毎日打ったり蹶《け》ったりで、私を、酷い目に遇わせたのです。そのうち、涙の根が涸れてしまい、私の目に映るものの、色がだんだんあせて参りました。日増しに、白ッちゃけた世界に――ちょうど、写したての種板のように、蔭のところが仄《ほっか》りと白く明るい所は、だんだん黒ずんでまいりました。それで、終いには、蔭と明るみの色が一色になって、眼の前にクリーム色の壁が、立ち塞がったかのように思われましたが、間もなく、私は盲目になってしまったので御座います。その時のクリーム色の壁、それを私は見たので御座いますよ」

「婆さん、肝心の話をして貰わないと困るんだがね」

「ハイハイ、よろしゅう御座います。そのうちに、壁の色がだんだん澄んでくると、滓が淀んだ様に下の方が黒ずんで参りまして、どうやら見ようによっては、家並の輪廓の様になりました。すると、不思議では御座いませんか。壁の上の方で、円い光が輝き始めました。その光には、この世のものと思われない、美しい澱みと静寂《しずけさ》とが御座いました。私は、恍惚《うっとり》として見とれて居りますうちに、光る物は、だんだん近附いて参りまして、つい眼の先で留まったかと思うと、今度は、光の箭が無数に飛び出しました。

　私は、眼に灼きつく様な痛みを覚えて、思わず俯伏してしまったので御座います。そのうちに痛みが薄らいだので、顔を上げるとどうで御座いましょう、耶蘇《イエス》様が、私の眼の前にお立ちでは御座いませんか。そして、瑠璃色の空が、箱型の家並が、おお、鋪石、人、車、電線……」

「それで」

「ホームズ様、私の盲目が、救われたので御座います。イエス様が、私の眼を、お開きになって下さいました。私は、その場にひれ伏して、主の御裾に接吻いたしました。で、暫く経ちましてからの事ですが、頭を上げますと、イエス様の周囲《ぐるり》は、もう貧しい人達で囲まれて居りました」

「ああ、たった、それだけでお終いか」

ホームズは、稍々《やや》物足りな気な顔で呟きました。

「ハイ、左様で御座います」

「お前さんは、耶蘇の御声を聞かなかったかね」

「何事も仰せられません。此方から何を申し上げても、ただにこやかに微笑せられるばかりで御座いました」

「では訊ねるが、耶蘇が、お前さんの眼の前へ、お降りになった時刻だがね。それが、何時だったか君は覚えているかね」

「ハイ、よう覚えて居ります。三時、カッキリ三時で御座いました。顔を上げた時、大時計の針が、正確に三時を指して居りました。それと同時に、いいえ、幾らか遅れてかも知れませんが、向う岸の裁判所から、濛々と煙が上りはじめたので御座います」

「有難う、いや御苦労だった」

ホームズは幾らか婆さんに金を握らせて帰したが、続いて腰を上げようとする私の肩に手をかけ、

「もう少し待って下さい。いまにこの角を耶蘇がお通りになる筈ですから」

「そりゃ、ホームズ君、少し呑気過ぎるな。僕等は耶蘇の見物なんか、して居られんじ

ゃないか」

「実は、僕、耶蘇の助力を乞おうと思っているのです」

「エッ」

ホームズの傲岸、不屈な意気を知る私は、思わず眼を瞠《みは》って叫びました。

「驚いたでしょう。僕は今まで、こんな弱気愚痴を、言ったことがありませんでしたからね。今度と云う今度は、まったく匙を投げてしまいましたよ。耶蘇から立派な現場不在証明《アリバイ》を投げつけられて、はじめて、自分の誤算を知った始末です」

「それじゃ、君は耶蘇を」

「そうです。しかし。別にはじめから、耶蘇にこうと図星をさしていた訳ではありません。あらゆる可能な場合を予想してみても、一々、それには反証が挙ってくる。それで、最後に、同じ時刻に近接した場所へ現われたもの——と云う、薄弱な理由だけで、耶蘇を一応は当ってみたのです」

「なるほど」

「所が、それも、今の婆さんの話を聞かされては、この上、摑もうにも藁がありません」

「しかし、君に似合わぬ、弱音を吐くじゃないか。どうして?」

「何故かって、考えても御覧なさい。裁判所の出火が正三時、耶蘇の出現が正三時、この二つの時刻が、ピッタリ符合しているのです。どうです。完全な現場不在証明じゃありませんか。裁判所と、サン・リビヌス街とは、河一つ隔てて、二十五鎖《チエーン》も離れているし、耶蘇だって、まさか、分身術を使いはしないでしょうから」

「フム」

「で、仮に、これが裁判所の一部からでも、燃え上ったとでも云うのなら、この現場不在証明の成立はないのですが、木造の外廓が一斉に燃え上り、到底、通常の放火では、律することが不可能になってしまったのです」

「なるほど」

「のみならずですよ。ああした、大規模な火災を、一斉に起し得るものは、爆発物を投下するか、それとも、強力な熱光線を空中から放射するかです。しかも、この二つの科学的産物には、耶蘇が、最も縁遠い一人と云わねばなりません。こうして事件の圏内から、まったく去ってしまったのでした」

「フム」

「ですから、この上は耶蘇の神智に縋るより外にありません。この地上で、私の投げ出した事件を解決出来るのは、独り耶蘇あるのみです」

「だが、グラマチカ女史は、すでに解決したと云ってるがね」

ホームズは、それに答えようともせず、側《わき》を向いて、口笛を吹きはじめました。その態度は、グラマチカ如きは眼中にないと云ったように、それは傍若無人を極めたものでした。

その時、ざわめいた、群集の靴音がきこえて来たので、ホームズは出て、私に耶蘇が近附いたのを報せてくれました。

やがて、聖書を見るそれの如く、寛衣をつけた、丈高い耶蘇が現われると、ホームズは、自分の身分を名乗って、慇懃に問いかけました。

「主よ、あなたは水晶街の火災を御存知ですか」

「私は、人々からそれを聞きました。私が来た日に、こんな大惨事が起ったことは、何より大変悲しく思われます」

「それに就いて、私は一つの解し切れない謎に悩んでいるのですが」

「何なりと云って下さい。もし、私が、お役に立ちますことなら」

「この上は、お力にお縋りするの外はないと思います。もし、お差支えなくば、今夜十時に、警務庁の一審所まで、お出で願いたいと存じますが」

耶蘇は頷いて去ったが、その後のホームズは、別人のように変ってしまいました。両眼は、炯々と耀いて、耶蘇の神智をかりる、何ものかを掴み上げたかに思われました。

以上で、装置第四から第六まで終った。電燈が点ると、警部は、腹を揺って笑いはじめました。

「どうだい、嗤《わら》わせやがるじゃないか。とうとうイエス・キリスト様のお出ましと来た。これで、紅駱駝の、正気ではない事はよく分るが、しかし、こいつは皮肉な洒落だぜ」

「何でだ」

「何じゃないよ、尾形君。紅駱駝は、君をシャーロック・ホームズに擬しているんだ」

「なるほど、それで」

「所が、ホームズめ、事件を持て余してしまって、それを、イエスが解決して、めでたしめでたしか。ハハハハ」

警部の哄笑が終ると、客席の電燈が消え、いよいよ終幕《フィナーレ》——警務庁一審廷の場が始まった。

四　紅駱駝の征矢

「嫌疑者訊問に先立って、一応列席各位の御了解を得たいと思う事が御座います。本事件は成立の性質上、訊問終了後、正規の手続を経て法廷に回附するのを省き、此処に於いて、直ちに求刑することになって居ります。尚、ガッツオリニ閣下の御臨場を得たことは、本職の最も光栄とするところであります、且又本事件が如何に重大であるかを知って、願わくは完全に職責を果したく、御協力を仰ぐ次第であります」

グラマチカ捜査局長が、得意気に、鹿爪らしい冒頭の一句を述べたてたのが、午後十時。いよいよ嫌疑者訊問がはじまったのでありました。

正面は、緩い楕円をなした灰色の壁で、背の高い三稜形の窓が切ってあった。其処からは、陰気な夜の光線が、忍びやかに差し込んでくるのでした。

そう云った、一体に陰惨な気分のする部屋で、壁の左右には、宗教裁判の油絵——それが、日頃この部屋で、何事が行われているかを暗示しているようです。

　左側の絵の下には、ホームズと並んで、熊鷹眼をキョロつかせているのがガッツオリニ、それが肘附椅子から蟹みたいにはみ出して、次がモナルディ夫人、そして、大法司《ポープ》ロザリオに私と云う順序でした。

　やがて、グラマチカ老女史は、やおら立ち上って、嫌疑者カルミネ・ルジェリを直下に見下す、高い審問台に上って行きました。

「これ、ルジェリ、お前は、何と云う素晴らしい天才だろう。今まで、百に余る悪事を重ねていながらも、何一つ、痕跡を残さなかったのは流石です」

　カルミネ・ルジェリは、小柄で猫背の、見たところ貧弱極まる男でした。髭を撫で、唇には、追従めいた笑いを泛べて、いずれにしても、この大舞台には適《ふさ》わしからぬ人物でした。

「オヤ夫人《おくさま》、お前さんは、俺《わし》が、まるで途方図もない、悪党のように云いますね。俺は、これまで度々お前さんとは、労働聯盟執行委員長の資格で、お目にかかっていたんですがね」

「それが愈々今度こそ年貢の納め時だ。ねえルジェリ、素敵じゃないかね。お前の最後を飾るに適わしい、見世物《スペクタクル》だ。例えば、キロス大王のバビロン城攻略、ムハメッド二世のコンスタンチノープルの虐殺、十七日間燃え続けたカルタゴの滅亡と云ったようにね。聴きたけりゃ、まだまだあるよ」

「何ですい。そりゃ一体?」

「私は、後世の歴史家が、お前の性格や閲歴について、色々と議論をするようになると思うのだがね。水晶街の放火者、裁判所の虐殺者と云う訳で……」

「それじゃお前さん、俺が放火《ひつけ》したと云うんだね」

グラマチカ女史は、台の上を強く叩いて、高まろうとする、相手の声を遮りましたが、

「ではルジェリ、聴くが」

「いいから、お聴きなせえよ。何なりと、あっしは、知ってることなら、残らず喋っちまうからね。大体お前さん方は、今まであっしを、大変買い被っていたんだ」

「ハハア、大分弱音を吐きはじめたな」

「弱音どころか、最初から少しも虚勢を張っちゃいませんぜ。第一、ホームズさんにしてからが、そうでしょう」

「なに、僕がどうしたと云う――」

ホームズは、クルリと向き直って、興味あり気な視線を、ルジェリに向けました。

「貴方が第一、あっしを途方もない大きな姿に想像して、暗い地下室の中で指令を発したり、いつも露西亜語の暗号と、首っ引きしているような、人間に考えていたらしいね」

「フム」

「そんなこったから、暗闇ばかりを捜し廻ってたって、一向に捕まる気遣いはねえ。断

って置くがね近頃は、すっかり足を洗って、道路争議このかた花火屋をいたして居りやすよ」

「それだ、ルジェリ」

　グラマチカ老女史は、鋭い突くような調子で、

「お前の住いを捜った結果、多量の塩酸加里が押収された。それに、砂糖を加えて硫酸を滴らす――すると、轟然と爆発するんだ。しかし、それは、たかが口火に過ぎん。どうだルジェリ、お前は、工事の折に、何を鋪石の間に埋めて置いたのだ？」

「エッ、何を云うんだ？　あっしには、さっぱり分らねえじゃありませんか」

「いや、それでなければ、ああも一直線に燃え続ける道理はない。一体何だ？　裁判所の屋根にまで備えて、火気を呼ばせた。それは何だ？」

「ねえルジェリ」

　その時、モナルディ夫人が、ルジェリに優しく微笑みかけました。

「云っておしまいな。その、露西亜語の化学方程式は一体何なんだね。場合によれば、私が買い取ってもいいからさ」

　そうして、ルジェリは、四方から詰め寄せられましたけれど、むしろ啞然たる気味でありました。やがて、グラマチカ女史は、沈黙をもどかし気に立ち上ったのです。

「この上、贅言を弄する必要はありません。この者の沈黙は、本職の推理を明白に裏書して、彼の犯行なることを、完全に立証いたして居ります。依って、カルミネ・ルジェ

りを、水晶街放火犯人と断言して憚《はばか》らない次第であります」

云い終って、老女史が、吾れを得顔に四辺を睥睨したとき、当のルジェリは、乾涸びた喉の底から泣くとも笑うともつかぬ、一種異様な唸き声を絞り出しました。

私はじめ、列席の人々は、口々に捜査局長の異常な努力を褒め讃え、ガッツオリニの如きは、理路整然一点の非難を挿むべき余地もないとまで極言したくらい——この分では容易に、ルジェリが犯人に決定されそうな気配でありました。所が、それ迄口を閉じて、一言も発しなかったホームズが、口を開くに及んで、事件は再び、迷霧のなかを彷徨せねばならなくなったのです。

「グラマチカ局長の御説は、誠に結構でありまして、一糸乱れざる推理は、実に得難きものの様に思われまするけれど、遺憾ながら私は、同氏の所説に賛同の意を表し兼ねる次第であります」

「そりゃ、又何故にですか」

グラマチカ女史は、眼を丸くして訊ねました。

「もし、御説があるなら、承ろうじゃありませんか」

「もちろん、しかしそれは、一言で足りるのです。私は、火災を起した原動力について、貴女とは、反対の見解を抱いているからです」

「しかし、独断の御想像じゃ迷惑しますわ」

老女史は、もう亢奮して、自制力をだんだんに失って行きました。

「では、此処に、反証を挙げるといたしますが」

「…………」

「しかし、前以ってお断りして置きたいのは、なるほど、貴女の御説に対して、反証をあげることは容易なのです。所が、私自身としては、何等独自の見解がありません。ですから、然らば何かと訊ねられても、白紙の儘の現在では、何等言うべき根拠がない訳です。その点は、どうかお責めなさらずにただ、貴説の転覆だけを御覧下さい」

ホームズは、巧みな伏線を張って、言葉を続けます。

「所で、反証と云うのは、私自身、実際に当って、経験した事実なのです。道路の火災が、私の事務所前にまで及んで来たとき、部屋が、高温度に達して、折柄居合せた、モナルディ夫人と総監が卒倒されました。しかし、幸いに、私だけは正気でありまして、すぐさま、戸外へ飛び出しました。と云うのは、この、あり得べからざる、火災の根源を究めんがためでした。私は、四塩化炭素の消火銃を携えて、危害の及ばない遠距離から、燃焼の中心に向って放射いたしました。所が、四塩化炭素を以ってしても、あの火災には、何等奏効するところがなかったのです。貴女の言わるる様な、化学的起因のある火災ならば、一たまりもなく、消えてしまう道理ではありませんか。延《ひ》いてはそれが、ルジェリの無辜《むこ》を、肯定することともなり得ましょう」

途端に、ざわめき出した中で、ルジェリの顔に、はじめて生色が泛び上りました。

「なる程、お話はよく分ります。しかし、根源のものが分らぬとは、私、全く以って、意外に感じました」

完膚なきまでに、叩き付けられた老女史は、声を顫わせ、最後の反撃を試みるのでした。

「全く、仰言るまでもない、赤面の至りですが、お恥しいことに、それを速座に申し上げる事は出来兼ねるのです。しかし、もう十分、いや或は、二十分程お待ち下さい。ある一人の、偉大な人格が、この難事件の解決に当ってくれる筈です」

「一人の偉大な人格、それは、だ、誰を指して言うのですか」

「局長、それは、僕でも貴女でもない、耶蘇《イエス》です。間もなく、この室へ、お見えになる筈ですが……」

「アッ！」

ガンと、一叩き喰わせられた、人々は、しばらく唖然としてホームズを瞠《みつ》めて居りました。

ああ、耶蘇が、果して何事を、この部屋に齎《もた》らそうとするのであろうか。

「何だかホームズさん、私、子供に帰って童話本を見ているような気がしますの。それとも、事によったら、夢の、また夢の続きでも見ているんじゃないかしら」

しばらくして、老女史が皮肉を放っても、それには、誰一人応えるものがなかった。一同は、ただ唖のように口を噤《つぐ》んで、いつまでも、沈黙を破ろうとするものがありませんでした。

五分、十五分、十七分、十七分半――。時計が、正に十時を打とうとして、物懶《ものう》げなゼンマイの音を響かせた時のことです。

警官に案内されて、静かに、この室の閾《しきい》を跨いだのが、耶蘇でした。

それを見ると、ホームズは態々《わざわざ》立って、耶蘇を上座に招じ入れました。

耶蘇が、一同に目礼して、着席すると、ホームズは、いとも慇懃に切り出したのでした。

「では、用件に入ります前に、如何で御座いましょう。この度、再臨御途中の御旅行に就いて、何か、お話願えませんでしょうか。皆、それを大変、聴きたがって居りますので」

「ホームズ君、君、場所柄を忘れちゃいかんね」

私が、ガッツオリニの眼を憚り、囁《ささや》くように云ったが、彼は一向無関心の体で、

「主よ、お差支えなければ」

「いや、それは、いと易いことです。喜んで、いつかはお話したい覚悟で居りました。地球に近附くまでは、何事もありませんでした。荒漠とした、無限の真空圏の中は、音さえもなく、それは、虚無と死物との世界でありました。ところが、大気圏に入ると、そこに始めて、新しい艱難が生れたのです」

「と云いますと」

「それは急激な疲労に襲われたことでした。何故ならば、大気圏の中に入ると、他の人

間と同様、肉体の重みを背負わなければなりません。でも、どうやら斯うやら、礼馬の上空まで辿りついて、漸くサン・ピエトロの丸屋根を見出しました。しかし、其処でも、永い間彷徨《さまよ》わなければならなかったと云うのは、どこへ降りたらよいものやら、咄嗟《とっさ》に思案が浮ばなかったからです」

「それで」

「そのうちに、身体の筋が萎《な》え、頸筋が灼け焦げる様に熱くなって、身体が、一歩も先には進まなくなったので、背に負うていた後光を、取り除して手に持ち提《さげ》ました」

「フム」

ホームズは、呻きとも、何ともつかず呟きましたが、続いて耶蘇は、

「それで、幾分か、苦痛を柔げることが出来ました。が、その時、不図気が付くと、私は、怪しく照り耀いた、まるで玻璃具の様な道の上に居りました。けれども、其処へ降りるのが、何故か、余りに気が進まなかったので、その道を真直ぐに進み、河を越えると、ちょうど向う岸に広い一劃を発見しました。私は、一寸《ちよつと》は躊躇《ためら》いましたが、ともかく降りることに決めて、手に提た後光を再び背負い、その広場に姿を現わしたのです」

その時、二千年前の、あの場景が再現されたと云うのは、ホームズが、いきなり立ち上って、余りにも驚くべき言葉を叫び立てたからでした。

「首相、総監、これで、事件は解決しました。犯人は、耶蘇です」

「おい警官、扉を固めるんだ！」

犯人は耶蘇《イエス》——その意外、驚愕の深さ。警官でさえも、みな呆れ逡巡して、動こうとはしない。

私は、たまらなくなって、ムンズと、彼の肩口を掴み上げました。

「オイ、何を言うんだ、ホームズ君。君は、気が狂ったのか。人もあろうに、相手もあろうに、何と云う……」

「そうです総監、気も狂わずにいられないでしょう。ああ、水晶街の放火者——。この事件は、最初から狂っているんです」

ホームズの意外な言葉に、耶蘇は顔色を変えて立ち上りました。

「なな、何、放火者だと。では一体、私の力に縋りたいと云ったのは、何事ですか」

「外でもない。貴方の口から、御自分のした事を、聴きたかったからなんです」

「冗談じゃないぞ、ホームズ君」

私は、彼の両《に》の腕を、千切れるほど握りしめて、

「君は、神聖なこの一審所を、一体何と心得とるのか」

「なるほど皆さんに、この儘信じて頂こうとするのは、無理かも知れません。しかし、此処に動かせぬ確証があるのです」

「なに」

「それは、物の見事に、耶蘇が自白したからです。そして僕の推定を、明白に裏書してくれました」

「エッ、自白？」

「左様……。では、如何にして耶蘇の犯罪が遂行されたか——それを申しましょう、底を割ってしまうと、驚くべく、呆れるほどに子供欺しのものなんです。所で、放火用の兇器が何あろう、耶蘇が背に負うている、大きな後光なのです。耶蘇は、それを、水晶街の上空で、取り外しました。よろしいか、ここが一番大切な処なんです。すると、それまで、頸筋で遮られていた後光が、突然凸面鏡と化して焦点を、街路に向けて落しました。つまり、街路に向って、太陽の熱光線を集射したのです」

「ああ」

一同の口から、呻きとも何ともつかぬものが洩れました。

「ですから、さしもの硬質硝子が、一溜りもなく焼き溶かされ、しかも、足の行くまま、一文字に焼かれて行きました。そして、最後に耶蘇は、サン・リビヌス広場、上空で立ち留まったのです。ああ、耶蘇は呪うべき悪霊でした」

「だが、裁判所の出火は？」

「いや、今それを申し上げているのです。その時、一瞬ちょっとしたことが、あの歴史的な大惨事を惹起してしまったのです。焼点が裁判所の木蓋の上に落ちて、外廓の木材が一斉に発火し、逃げ遅れた数千の人々が、見るも無残な焼死を遂げてしまいました。皆さん、実に、神聖たるべき後光が、耶蘇の持つ呪わしい兇器だったのです」

私は、聴き終ると、耶蘇に向って静かに訊ねました。

「主よ貴方は、御自分のなされたことを、御存知でいらっしゃいましたか」

「知る、知るどころか、裁判所の火災は、広場に降りて始めて知った訳です。私は、知らん。何事も知らんのです」

「ねえホームズ君、主は、この通り、何事も知らんと仰せられる」

私が云うと、ホームズは勿体らしく頷いて、

「いかにもその通りです。耶蘇が知らないと云うのは、全くの真実です。それは、耶蘇が、水晶街を西に向って進んだからです。つまり、前方から来る、午後の日光が、後光を通過して、背後の方へ焼点を落した。それが、ほぼ耶蘇の後方二十五鎖《チエーン》位の処で、あの場合は、裁判所の屋根に当ったのでした。ですから、自分の通った、遥か後に起った出来事を、なんで、耶蘇の知ろう道理はありません」

「ああ、やはり……」

私の嘆声を聴くと、ホームズはニタリと微笑んで、

「そうですよ総監、しかし、こうして耶蘇が都市建設を破壊したのも、相手が自然じゃなかったからです。これがもし、カルデアの平野か死海の辺《ほとり》だったとしたら、たかが、牧草が焼き払われたり、蠋《いもむし》や家畜が焼け死んだ位に留まったことでしょう。もちろん、耶蘇には寸毫の意志もなかったのです。いかがですな首相、この事件は、このまま、法廷へ廻附しましょうか」

耶蘇は、悲痛な表情をして、暫く凝っとガッツオリニの顔を打ち見やっていました。

しかし、ガッツオリニは眼もくれず、厳《い》かつい顔をして立ち上ったのです。

「いや、それは無益だ。わしも、耶蘇の行為を単なる過失として認めはするが、しかし、此処に看過してはならんのは、この一人の妖怪的な出現だ。耶蘇の再臨――それが全世界の、経済機構にいかなる影響を及ぼすか考えて貰いたい。われわれは、折角これまでに培われて来た文明をむざむざ一夕にして擲《なげう》ってしまうか。何もかも打ち壊して、遠く原始時代に還るか。ああ諸君、わしは涙を呑んで、耶蘇を地表の上から葬ることにした」

「ああ、死刑」

途端に、ざわめきが一斉に起ったかと思うと、今度は、発言を求めて、モナルディ夫人が起ち上ったのです。

「総理、しかも似太利亜が、国力の上にうけた、傷はどうなさるおつもりなんです」

「…………」

「それを、第一お考え下さい。場合によれば、いまの判決を覆えして頂かなくてはならぬかも知れません」

「夫人、何と云われる？」

「お聴き下さい。昨日の水晶街の火災で、わが財団は、最も手ひどい影響を蒙りました。総理、似太利亜の隆衰は、わが財団の消長如何にあります」

「フム、それでは、貴女の自信ある御意見を承ることにしよう。しかし、それがこの耶蘇に、一体どう云う関係がありますかな」

「実は、昨夜私の邸に、主をお招きいたしました。そして、その席上で、小麦、鉄などの、来年度主要産額の予想をして頂くことを御承諾下さいました。総理、来年こそは、失ったものを取戻すばかりではなく、倫敦《ロンドン》に、紐育《ニューヨーク》に、巴里《パリ》に、東京に世界いかなる市場もこのファチカンの下に慴《おそ》れ伏します」

「なるほど……。だがそうなると、一体誰に、この火災の責任を負わせようと云うのだ」

「もちろん、耶蘇にですわ」

そう云って、夫人はクスリと微笑んだが、

「しかし、此処では、耶蘇の屍骸に、一人代え玉を作るのです。ねえ大法司《ポープ》、そうすりゃ貴方だって手代でなしに、法権を笠にかぶって、今まで通り威張れるじゃないの」

「フム、それは名案だが、しかし、耶蘇の代りに殺されるのは、誰だ？」

「その方……それなら、この室の中にいるじゃありませんか」

「なに、シャーロック・ホームズです！」

モナルディ夫人の声が、凛と響くと同時に、ホームズは蹌踉《よろめ》くように、二、三歩踏み出したのです。

「アッ、エレオノラ、貴方は何を云うんだ！」

「でも、シャーロック、考えれば、貴方も幸せな星の下に生れたものね。だって貴方は、間もなく、耶蘇第二の磔刑となって、死ぬんですもの。私に、感謝なさいましよ。こうして、今に空前の瞬間が過せるのを、一体誰のお蔭だとお思いになりまして……」

「すると、耶蘇はどうなるんだ」

「貴方と入れ代りよ。時偶《ときたま》、一人、二人捕まえたぐらいで、鼻高々と威張るどこかの奴よりも、耶蘇様は、このファチカン財団を、再生させてやろうと仰言るの。ねえシャーロック、何もかも宿命なのよ。恨むなら、御自分の顔をお恨みなさいよ」

「なに、この顔が」

ホームズが、必死にいきまいても、夫人の顔には眉一つ動きません。情人ホームズ……その人を、今や犠牲《いけにえ》として捧げようとする。

私はこの時、はじめて夫人の真実の顔を知り、酷烈無比な性格の冷さに、触れたかの感がしたのでした。夫人は、最後の言葉を、止めを刺すような、鋭さで云いました。

「左様、御自分の顔を見るのですね。顔を焼いて、その顔だけを曝したら、誰だって、耶蘇様に間違えてしまうでしょうからね。ねえシャーロック一体そこには、何がありましたっけね。かねがね御自慢の、聖痕をお忘れじゃないでしょうね。サア誰か、ホームズの胸をはだけなさい！」

すると、警官が二、三人躍りかかって、ホームズの胸衣《チョッキ》を外《と》り、シャツの釦《ボタン》を引きちぎると、そこには、耶蘇と寸分も異ならない聖痕が現われたのでした。

やがて、舞台からは、ホームズの悲壮を極めた、独白《せりふ》が流れて来ました。

「こいつは、無稽《ナンセンス》さ。人もあろうに、シャーロック・ホームズが死刑になる。……しかし尾形君。紅駱駝の滑稽劇作家《ファース》としての腕前も相当なものじゃないか」

声を出せない苦しさに、脇を押えて、小岩井警部は、しきりと喘い続けるのだった。

「君なんだよ。紅駱駝は、この事件のホームズ尾形修平を、死刑にしちまおうと云うんだ」

そうしているうちに、ふと警部は、喘えない何ものかがあったのに気が付いた。

それは、紅駱駝の招待状に記されてあった、終幕解決の件りに御注意ありたし――と云う言葉であった。

そうして、端なく、警部と尾形の視線が打衝《ぶつか》った時だった。この劇場には、未だ曾てない、凄まじい出来事が起った。

ちょうど、胸をはだけた、ホームズの悲痛な独白が終って、まさに、刑場に連れ出されようとする時、突然、ホームズの身体が轟然《ごうぜん》たる爆音を発して、その辺り一帯は、濛々たる白煙に包まれてしまった。

「キャアー」

舞台の俳優は、みな一斉、客席に飛び下りてしまった。そして、総立ちになった観客と一所に、ドッと出口に殺到した。

「出口を固めろ！」

「一人も出しちゃ、いかんぞ」

狂ったように叫び廻る警部を、どうした訳か、尾形はグイグイ出口に追っ立てて行った。

「何をするんだ、尾形君。今日、紅駱駝を捕えなけりゃ、いつまた機会がある」

「莫迦《ばか》を云え。君は、生命が惜しくないか。危ない、早く、何をしている！」

と正面の弾条扉《バネドア》の際まで、引き摺って行ったとき、二人の耳は、二度目の爆音を聴いたのであった。

今度は客席の中央かと思われるところから、椅子諸共、囂然と天井目がけて打ち上げた爆発があった。

「ああ、尾形君、僕は君に感謝するよ。すんでのこと、今少しで僕は紅駱駝の矢に斃されるところだった！」

打ち砕けた木片、紅い舌を吐く絨緞――。

薄らぎゆく煙の中で、小岩井警部の体軀は、化石したかの如くに動かなかった。

しかし、紅駱駝の矢は、外《そ》れた。

第三篇　赤錨閣事件

一　カインの末裔

　この爆発は、消防自動車の来着を待つまでもなく、場内の消火器で事足りた。しかし、その跡は、実に惨澹たるもので、この小劇場の慎ましやかな美しさは、何処かへ砕け散ってしまったのであった。

　死傷者は、ただの一人で、ホームズに扮した、芹沢角郎のみであった。屍体を見ると、胸から咽喉にかけ、瓢箪形の大孔が空いていて、ドロドロにかき混った臓腑の上に、一、二本、肋骨の破片が載っている。

　小岩井警部は、念のために、彼の本名を調べたが、それは石田力三と云って、事務所にあった謄本にも、この事件とは無関係な事が記されている。

　してみると、最初芹沢を殺したのは、それに注意を向けて、第二の爆発で二人を狙おうとしたのではないか……。

ようやく落着いて来た警部は、尾形を顧みて云った。

「ねえ尾形君、あの時は、誰もかれも、眼をホームズに向けて、独白《せりふ》を聴いていたんだからね。何奴に訊ねようと同じことだろう。ああ、君はモナルディ夫人に扮《な》った女優さんだね」

「ハイ」

「名は」

「一条久子ですの。でも、芸名でない方を申し上げましょうか」

「なに、草野鎌子だって。如何にも、こりゃ、筋の通っている名だ。所で、遂に君の御所望通り、シャーロック・ホームズは、死刑になってしまった」

「オヤ、それは一体、何の事なんですの」

「君の扮ったモナルディ夫人さね、君が、裂帛の気勢を張上げて、こいつを殺せって云うと、御注文通り、紅駱駝の奴が代って殺《やっ》つけてしまった」

「何ですって、紅駱駝——あたしその妙な名を聴くのは、これで二回目なんですのよ」

「二回目……。それでは、以前に一度聴いたことがあるのか」

「ええ、此処に死んでいる、芹沢さんからなんですの。何のこったか、一向に分りませんでしたけど……」

と、一条久子は勿体そうに頸を捻ったが、

「ああそうそう支配人《マネジャー》と、芹沢さんとの話の中に、たしか、ちょいちょいその言葉が出たと思いましたわ」

「では、誰か、支配人に此処へ来るように云ってくれ給え」

　警部は、その間、当時の実見談をとりはじめた。

「そこで、何か芹沢角郎に、投げられたものがなかったか、訊きたいのだが」

「何も御座いませんでしたわ。そりゃ何も、ねえ皆んな。ですから、みんな、あたし達はどうしたら身体から火を吹き出すことが出来るか、不審に思ってますのよ」

「フム、そうだ。身体に導火線は付けられんしね」

「ですから、芹沢さんの胸の中に、もし弾丸でも発見《みつ》かったんでしたら、貴方は多分斯《こ》う仰言《おっしゃ》るでしょうね。誰か、特に優れた、射撃の達人は居らんか。とにかく、影が見えないほど離れてこの的を射当てるのは、どうしてどうして、並大抵の腕では出来るものではない――」

「ホホウ、君は小粒だが、仲々面白い女だね」

　尾形が、クスクス笑いながら、顔を突き出した。

「そうですかしら。以前は、歌劇《オペラ》に居りまして、一度『自由射手』の舞台稽古を勤めた事がありましたわ。でも、でもとうとう上演されないうちに、その劇団は、潰れてしまいましたの」

「ハハハハ、それは惜しいこったね。此処に、弾丸一つさえあれば、君のような可愛い子を、当分僕の手許に置けるんだがなア」

「マア、厭なこった」

「所で聴くがね。あの舞台脇の高窓は、さっきも開いていたのかい」

と、尾形が指差したのは、舞台の下手――即ち芹沢のホームズには、真正面に当るところの高い窓であって、そこからは、隣家の木造洋館の窓が見えた。

「ええ先刻からですの。それが、どうかしまして」

「どうかしまして――は、僕も云いたい所さ。大体、何も、打たれもせんけりゃ、投げられもせんのに、あの窓を、君は何のために気にするんだね」

「それに、逃げ出すには、足掛りがないし――オイ小岩井君、君は、斯うも云おうとした所だろう」

と道化た口振りにも似合わず、尾形の眼は、真剣なものを燃やせていた。警部は一つ軽い伸びをして、

「そうともさ。では、この位にして、次に観客の方を、片附けるとするかな。此処へ、客を一人一人順々に呼んでくれ給え」

観客の調べは、かなり永く続いたが、彼等からも、何等得るところはなく、却《かえ》って警部の焦燥を増させるのみであった。

警部は、無益な訊問に、時間を費したことを気に揉みながら、舞台裏に捜査を移そうとした時、支配人がやって来た。

彼は、訊問を受ける客に、一人一人気の毒そうに会釈していたが、最後には、自分が

警部の前に立った。

「貴方と芹沢が、紅駱駝にお会いになったかどうか、聴きたいですが」

「いやいや、決して決して」

支配人は、慌てて打ち消した。

「では、どうして紅駱駝と云う名を御存知なのですか？」

「それは、芹沢から直接聴いたのです。が、実を云いますと、この台本が、最初、芹沢当てに送られて参りまして」

「ほう、では、芹沢の知人か何かで」

「いいえ、会ったこともないし、知らぬ男だと云っていました」

と云って支配人は、先月の初旬に、事務所宛、台本が舞い込んで来て、何んとか上演してくれないかと云う手紙が添えられていた。所が芹沢は、この台本が大変気に入って、結局上演したために、身を滅すようになってしまったと云うのだった……。

「では、その手紙が今も……」

小岩井警部が、グイと身体を乗り出した。

「それが何でした。残念なことに、芹沢がストーブにくべてしまいましたので、何ともはや」

こうして、二人が劇場を出たのは、夜も十時過ぎての事だった。

所が、出ると尾形は、赤い灯に染まっている銀座の空とは反対に、グングン傍《かたわ》らの、小暗い横町に入って行く。

警部は、驚いて呼び止めた。

「オイ、一体何処へ行こうとするんだ？　尾形君」

「そうさね、いい加減、焚火にあたって温まったし、そろそろ僕にも、熱い血が湧いてもいい頃じゃないか」

「ヘエ……？」

「ヘエじゃないぜ、小岩井君、君はミニヨンを知っているかね。君よ知るや、南の国――って奴を。僕の舌だって、偶《たま》さかには、縁《へり》についた紅をなめたくなろうと云うものさ」

「…………」

「これから、逢曳さ。ひどく、古風な言葉だがね」

「と云うと、相手は」

「誰でもない、紅駱駝さ」

「なに、紅駱駝……」

警部は、思わず出ようとした叫びを、危く噛み殺して、立ち止った。

「尾形君、何か分ったのなら、焦《じ》らさずにサッサと話してくれ給え」

「とうに分ってるんだ。ただ僕は、先刻のあの窓を問題にし、君は、それを度外視していたまでの話だよ」

「すると、あの窓がどうかしたと云うのか」

「むろんさ。君に、少々欲しいのは、想像力だよ。君自身が、自分の口から、紅駱駝の招待状を云々して、終幕解決の件りに御注目ありたしと云うあの行を云ったじゃないか」

「フム」

「所が、あの芝居では、ホームズが水晶街炎上の真因を曝いた。耶蘇の後光が、レンズの作用をして集射した日光が水晶街を焼いてしまった。いかにも、奇想天外、奇妙奇天烈、荒唐無稽、莫迦莫迦しいにも、この上なしと云う代物だ。所がねえ……」

「それで」

「その作者の夢が、この事件に来ると、単なる空想ではなくなってしまうんだ。劇中の幻が、怖ろしい現実に姿を変えた……」

「フム」

「レンズによる熱火線の集射も、あの場合、隣りの窓から、あの高窓を通して行われたんだ」

「ハハハハ、冗談じゃない」

警部は、小石をポンポン蹴りながら、さも可笑しそうに云った。

「君の説によると、此処にドエラク大きな凸面鏡《レンズ》が要ることになるぜ。ハハハハ、すると、紅駱駝氏は、三鷹の天文台員か。望遠鏡の大レンズを、ワッサワッサと担いで来る……」

「そうか、どこまで君には、手数が掛るんだろう」

尾形は、嘆息するような息を、ホッと吐いて、

「光線の集射は、レンズばかりでだけじゃない。いくつかの鏡面を使っても出来るんだ。つまり、傷痕を描くのに芹沢が使う顔料の中へ、いつの間にか紅駱駝の奴、爆発物を混ぜて置いたのだ。そして焦点を、そこに落したばかりじゃない、導火線まで隠して置いて、客席にいる僕等を殺《や》っ付ける、爆薬に口火を付けたのだ」

「ウーム、そうだったか」

「だから、是非にも、あの隣りの家を調べる必要がある。小岩井君、事によると、今夜が紅駱駝先生のワーテルローになるかも知れないぜ」

と、それから莨《たばこ》を買いながら、その店の様子を聴くと、何でも、アパートとして最近建てられたもので、まだ誰も入っていないとの事だった。

そこで、二人は、夜の明石町を歩きはじめた。

宵の口とは云え、河岸端のこととて、もう死んだようにひっそりしていた。二町ばかり行くと、尾形がハッと気付いたように立ち止った。

「君、ちょっと止って」

耳を澄ましたが、あたりは、森として、何の物音も聴えない。

「誰もいない」

小岩井警部が、呟くように云った。

「いや、さっき後の方で跫音がしたよ、だが、僕たちが立ち止ったので、向うでも立ち止ったらしい。右へ折れないで、真直ぐに行こう」

「しかし」

「黙ってい給え」

「フム」

二人が、折れないで真直ぐに進むと、また暫くして、後の方で靴音が聞えて来た。

「ほら、跫音がするだろう」

尾形が、警部の肘を突ついた。

「なるほど、誰か尾行しているに違いない」

「しかし構わずに、行こうじゃないか」

狭い横町には、人っ子一人見えなかった。ただ両側には、外人住宅や、黒い塀が黙りこくって並んでいる。

沈黙を破るのは、二人の跫音と、折々微かに聴えて来る、尾行者の靴音だけだった。

しばらく、また左に折れて、一軒の木造洋館の前で立ち止った。

「ここだ。ホホウ　釦《ボタン》があるな」

低い声で呟いて、尾形が扉の呼鈴《ベル》を押すと、すぐ後で、ガタガタと物音がした。

「むろん、留守居がいるだろうが、もう寝たかも知れん」
一、二分、時が過ぎて、十一時を報ずる時計の音が、どこからか響いて来た。尾形は、ぴたりと扉に耳をつけて、片唾《かたず》を嚥んだ。家の中には何の物音もしない。
そこで、また呼鈴を押すと、暫くたって二階の窓が開いた。

「誰です？」

「警察の者だ」

警部はそう云ったが、二階の窓から覗いた男は、黙ったままである。

「そうですか」

「ちょっと、訊きたいことがあるんだ。君を別に、どうしようと云うのでもないよ」

窓際に立った男は、微かに慌てたような声で答えた。

「だが、ちょっと待って下さい。寝着《ねまき》ですから、着換えをして降ります」

やがて、窓を締めたかと思うと、その隙間が、ちらっと明るくなった。

それを見ると、尾形は満足そうに呟いて、

「とうとう、降りて来るな、あいつが、留守番でも紅駱駝でも、いくらか事件が明るくなるだろう」

凝《じ》っと、立っているのが、もどかしいように、二人は、彼方《あっち》へ行ったり、此方《こっち》へ歩いて来たりしていた。

警部は、この時ほど、尾形がいらいらしていたのを見たことがなかった。

「もう少しで、この事件の実相が摑める。小岩井君、裏の窓の裏側が、きっと鏡になっているから、憶えてい給えよ」

だが、彼はすぐ不機嫌な顔になって、二階の窓を振り仰いだ。

「あいつ、何をいつまで、愚図愚図しているのかしら。ようし、行こう！」

そして、呼鈴を、今度は、烈しく押した。それから尾形は、ブツブツ呟きながら、把手《ノッブ》を摑んで勢よく扉を押した。しかし、その位のことでは、開かなかった。

すると警部は、取り出した警笛を一声高く吹いた。

と間もなく、巡査が一人走って来たが、警部を見て、驚いたように敬礼をした。

「君、ここに立っていてくれたまえ。そして、この扉があくようだったら、笛を吹いて知らせてくれたまえ」

「承知いたしました」

「オヤオヤこりゃどうも、楽観しちゃいられん状態になったぞ」

と呟いて、傍らの、狭い路次をコッソリ入って行く、二人。裏口を見付けようとしているらしい。

間もなく二人は、その家の背後を振り仰いだ。そこには、窓から漏れる光もなかった。周囲に、家々が重なっているので、そこは洞窟のように暗かった。

二人の眼は、この時はや、闇に慣れていたが、それでも、二、三間先が解らないほどの暗さだった。所が、相も変らず、尾形はその家の背後をばかり眺めている。

やがて彼は、当惑したような口調で云った。

「二階の窓が開いてるかも知れん。一つ、中に入ってみよう」

そして、静かに、扉の引き手に触れて引っ張ると、微かに蝶番が鳴った。扉は、訳なく開いたのである。

「開いた、静かに」

尾形が囁いた。

二人は、抜足差足土間を横切った。

家の中は、真暗だった。

二人は、暫く立ち止って、じっと耳を澄ましていた。物音一つない。

やがて二人は、家の壁に沿うて進んだ。まもなく、一つの扉が見附かって、彼は静かに、把手を廻わして肩口で押してみた。

「鍵が掛っている。小岩井君、君、合鍵を持っているだろう」

警部は、早速鍵束を取り出して、一、二の鍵を試してみた。間もなく、扉がスウッと開かれた。

そこは、同じ真暗な廊下だった。

「君、懐中電燈はないかね」

尾形が囁く。

「ない。弱った。マッチをする訳にも行かないし……」

二人は、耳に口を当てっこして、ほんの聞えないかの、微かな声で囁き合っていた。

「そっと歩こう。僕の跡からついて来給え」

が、六、七歩行くと、尾形はぴったり立ち止った。

「右側に、階段があるよ。気を付けて、すぐ側だ。蹉《つまず》いて、音を立てちゃいかんよ」

尾形は、片手をそっと、階段の手摺に当てた。それから二人は、足を揚げて捜《さぐ》りながら、階段を昇って行った。

階段を昇り切ると、どこからか暈《ぼう》っと薄明りが差し込んで来る。瞳を凝らしてみると、扉が開いていて、その部屋の裏の窓から、夜の光線が仄《ほの》かに差し込んでいた。

所が、その部屋に入ろうとした瞬間、尾形が何ものかに烈しく蹉いた。その音が、戸外にまでも、響いたかに感ぜられた。

が、不思議なことには、そんな大きな物音がしても、奥の方では、人の動く気配一つしない。室内は、深い沈黙と闇とに包まれている。警部は、堪らなくなって、大きな声で喚きたいような衝動に駆られて来た。

どうして、あの男が、それなり降りて来なかったのか。そして、いま尾形が、つまずいたものは何か——ああ事によったら……。

「小岩井君、動いちゃいかん……そこに何か転がっているんだ……どうせ、こんな事じゃないかと心配していたんだが……」

尾形の声が、溜息のように聴えた。

それから、静かに、尾形が動く気配を感じた。と思うと窓が締って、真暗闇になった。

「君か、締めたのは？」

警部が、低い声で訊くと、

「そうだ。所で小岩井君、右手の窓を注意してみ給え」

すると、警部の口から、微《かす》かな駭《おどろ》きの声が洩れた。

まさに、それが神測とも云うべく、尾形の予想が適中していたからである。窓が一つ鎖されて、反射する光線がなくなったので、隣りの窓にある、何ものかがはっきりと映った。

それは、云うまでもなく、開き扉の左右四方に、いくつとなく仕掛けられている、鏡であった。

「ああやはり」

「そうだ。だが、驚くことはないさ。マア、耶蘇様の後光に、三拝九拝するこったね」

所が、次の瞬間、捜り当てた開閉器《スイッチ》を尾形が捻って、サッと明るい電燈の光が、急に部屋一杯に拡がった。

「誰もいない」

と呟いて、警部は空しそうに、両手をポケットに突っ込んだ。

が続いて、

「やっ、これはどうだ！」

と叫ぶと、尾形は冷然と振り向いた。

「僕が、蹉いたのはこれだよ。仏様だ。南無阿弥陀《なむまいだ》南無阿弥陀」

キチンと片附けられている、室の真中に、上着を着ない、三十がらみの小男が、一人、胸に短刀を突き刺したまま倒れていた。

柄を、右手で固く握りしめていて、それを動かすと、傷口から、ドクドクと血が吹き出て来る。

「僕等が来たので、自殺したのか？」

と尾形が跪《ひざまず》いて、身体を触ってみたが、

「見給え、まだ温かいよ」

「なるほど、こりゃ立派な自殺だ」

「ウン、自殺に違いない」

「すると、これが一体、誰かと云うことになるね。問題は、それだけだ」

「恐らく、誰かに訊いてみなけりゃ、解らんだろう」

警部は階段を降りて表の扉の掛金を外し、巡査を呼んで、隣りの主人を連れて来させた。

「君は、この家にいる、男の顔を知っているかね？」

「はい」

「じゃ、来て見てくれ給え」

警部が、隣家の主人を連れて、二階に上った。そして部屋に入ると、その男は、吃驚して顫え出した。

「この男が、いつもこの家にいる、男じゃないかね」

「そうです」

「名前は存じません。ただ、朝夕顔を合わしますだけのこってして」

「何時頃からいるんだね」

「サア、彼此《かれこれ》二週間にもなりますかなア。此処の持主の家が、何分にも遠う御座んして、認可が下りるまで、留守居がてら、いるんだと申して居りましたが」

「そうか、有難う。悪い夢の種を作っちまって、恐縮でした」

間もなく巡査と隣りの主人が降りて行って、この部屋は、再び二人だけになった。

「では、ぼつぼつと、仏様の空巣を荒すことにするかな。しかし、どうもこの男は、紅駱駝でないような気がする。あれほど、大荒れに荒れた奴がこうも土壇場で、温《おと》なしく観念しちまう道理はない」

所が、それから乏しい家具の中を捜しているうちに、何とも云えぬ叫声が、警部の口から迸《ほとばし》り出た。

「あった、あったぞ尾形君！」

と、警部の慄える指先に踊っているのが、真赤な、例の紅駱駝を捺した紙であった。

「まだ、まだまだある」

二枚、三枚と、紅い駱駝が、ヒラヒラ床の上に散り敷いて行く。すると、次の瞬間、何を見たのか、警部の顔が、石像のように硬直してしまった。

「オイ、小岩井君、一体君、どうしてしまったんだ?」

すると、阿呆のような眼を、尾形に向けて、警部は、これを見よとばかりに促した。その瞬間尾形も、暫くは、声も出ぬような、駭きに捉えられてしまった。

「アッ、戸部! 戸部重吉……。こりゃ、どうしたと云うことだ。ああ、戸部林蔵の裔が、此奴か!」

名刺に、来信の宛名に、洋服の襟名に、戸部、戸部、戸部――と、この事件の過去に、ポツリと黒く見える疑問の一点。

これまで、それのみが捜しあぐまれ、悩みの種であった、無頼漢戸部林蔵の後裔。しかも、それが怪画紅駱駝と付け合わされて、はじめて、この事件の真犯人となり現われたのであった。

こうして、紅駱駝は、進退策尽きて、自殺を遂げた?

「やれやれ、これで一安心と云うものだが、それにしても、終り際の呆っ気なさは、どうだい。ねえ尾形君」

所が、声をかけられた尾形は、瞬きもせず、浮ぬ顔で、宙を瞠《みつ》めている。

「明日までは、何事も発表せず、今度は、久方振りに、祝盃をあげようじゃないか」

「………」

「どうしたんだ、君」

警部は、苛々しはじめた。

「これで、事件は文字通りの、終点に来てしまったんだ」

「そうだ、終点だよ。随分悩まされたが、これでようやく息がつけるわけだ。しかし、僕の物好きを誤解しないでくれ給え」

警部は、くわえかけた莨を、また口から離して、凝っと尾形の顔を見ていたが、

「君は、紅駱駝の自殺について何か、疑いを抱く点があるのかね」

「実は、この点を考えて見たいんだよ。僕が、このナイフを抽斗《ひきだし》から取り出したときだ。刃を開いてみると、削った鉛筆の芯跡が、此方の側にしか附いていない」

「フム」

「もちろん、右手で削ったとしたら、それが反対側についていなけりゃならん筈だ」

「ああ」

「だのに、屍体は、右手で短刀を握っているんだ」

「すると君は、この短刀が、殺してから後で、握らされたと云うのかね」

「そうなんだ。左利の男が、右手で短刀を握っている……。そこで小岩井君、君にこれを、他殺以外に説明がつくと云うなら、やってみてくれ給え」

二　深夜の来訪者

遂に、解決と見たのも一瞬の間、再び、紅駱駝事件は、迷路の中を、彷徨することになった。

小岩井警部は、憤懣とやるせなさとで、室中を、ガタピシ荒い足取で、歩き廻っていたが、

「では尾形君、君は最初から、この男が斯うなると思っていたかね」

「左様さ。だが、惜しいことをしたよ。まったく惜しいことをした。もっと早く来れば……。こんな事に成るかも知れぬと、思ってはいたんだがねえ」

「しかし、殺した紅駱駝は……」

「さっき、窓から覗いた男が、あいつさ」

「まさか……」

「なに、あれさ、まあ、よく考えてみ給え」

そして、尾形は、この惨事の顚末を語って聴かせるのだった。

「僕等が、この家の前に来たとき、もうこの悲劇は済んでいたのだ。なぜと云うと、家の中が墓のように、ヒッソリしていた。しかし、それかと云って、よほど前に、この殺人が行われた訳でもない、――その証拠には、体温が残っている」

「フム」

「紅駱駝は、僕等の跡をつけて、この家に来るのを知った。そして、もう一つある、向うの路次から入ってこの男を殺した。しかも、図々しく、此処にいる人間のように、見せかけたんだ。彼は、灯を消して、息を殺して、闇の中に立っていたんだ。そのうち、呼鈴が鳴った。そこで、呼鈴に答えて、窓を開けて、僕たちがやって来たのを知ったのだよ。けれども、相手はさる者だ。慌てたようにみせたが、決して慌てちゃいない。着物を着換えると云って、静かに窓を締め、それから階段を降りて、裏口へ飛び出したのだ。そこへ来たら、もう占めたものだ。裏の小路から、悠々闇の中へ、消え去ってしまったのだよ」

「フム」

「そして、紅駱駝は完全に、この男の口を閉じてしまった。僕等が、知りたいと思ったことは、永久に、この男の口から聴けなくなったのだよ」

「紅い駱駝」

警部は、例の紙を指差して、ぼんやりと呟いた。

それから、室内のあらゆる物に、眼を通し始めた。

そして、結局得たところのものは、同じ姓とは云いながら、平壌生れの、朝鮮人の日本名であることが分った。

遂に、この日の死闘は、勝敗決せずに物別れとなってしまった。

紅駱駝は、尾形修平を殺すことが出来ず、また、尾形と警部の方も、見す見す、目前に悪鬼を眺めながらも、跳梁を如何ともする事が出来なかったのである。

しかしこれで、略《ほぼ》、紅駱駝の本体が、戸部林蔵の知れない後裔であると見当は附いたけれども警部の眼は一方の騎西駒子——即ち、正霊教の教祖、金森伝吉の娘と——それに、シドッチの石を挟んで対峙している、殿村四郎八との交渉にも向けられていた。

所が、十二月末のある夜——。

埼玉県の、志木に住いを持つ尾形修平は、その夜、知り合いの署長と、遅くまで碁を囲んでいた。

と、暁方近いと思われる頃道路に面した、応接間の窓硝子を、コツコツ叩く者があった。尾形は、不意に手を引っ込めて、署長と顔を見合わせた。

「署長殿もいられる様ですが」

続いて、無骨な声が聴えた。

「ああ、君か」

署長は遽《にわか》に顔を弛めた。そして、窓硝子を引き上げると、外には、この辺りの大字《おおあざ》を受け持っている、駐在巡査が突っ立っていた。

「鳥渡《ちょっと》、先生に申し上げたい事が……」

「なに、僕に」

尾形は肩口で署長を押し退けて、窓から首を突き出した。

「本署から、電話がありましたので、すぐさま取り敢えずお伺いいたしました。先生が、お知り合いの御婦人とやら云うのが、いま署の方に、保護されていると言って来ましたので」

「誰だろうなア⁉　僕の知り合いって」

尾形は、迷惑を予期して、鳥渡顔を顰《しか》めたが、いきなり、問い返した。

「何んてえ人間だね。名前は？」

「真殿道子《まどのみちこ》とか言いまして……」

「なに、道子‼」

聴き取れぬ程に、微かな声であったが、尾形は、それに依って何か異常な衝動を感じたらしかった。

突然、眼を不気味に据えて、喘《あえ》ぐ様な呼吸をし始めた。そして、動悸を鎮める様な恰好で、片手を窓枠に支え、苦しそうに言った。

「どうして、志木署に保護をうける様になったのか、その理由を、聴かせてくれ給え」

「何でも、志木駅の構内を、彷徨《うろ》ついている所を、挙動不審で、引っ張られたとか云うそうなんです。それも、今し方の事だと云う話ですが」

「その、真殿道子と云う方は、お知り合いなのですか」

署長が横合から口を入れた。

「ええ、幾らか、引き合いにはなっているんですが」

尾形は伏目の儘で、語尾を濁した様に言ったが、不意に顔を上げた。

「所で如何《いかが》でしょうか。此れからすぐ引き取りたいのですが」

「無論、差支えありませんとも。宿直の部長に、僕がそう云ったと断って下さい」

と、署長が言い終るが早いか、尾形は、いきなり帽子と外套を、鷲摑みにして戸外へ飛び出した。

その時が、既に四時に近かった。

宵のうちに凍り付く様な氷雨が降りそぼったので、古風な宿場町には、家並の板庇に、薄荷糖《はっかとう》の様な氷柱《つらら》が行列している。風は出たが、空は霽《は》れなかった。

上空にある、パラフィン紙の様な一重の白雲が、どんより月明りを孕んで、洩れ溢れて来る光りで事物の輪廓が水彩画のように暈《ぼ》けて見えた。

さて、志木署で保護をうけている、真殿道子と云う婦人が何者であるか。それは、尾形の狂っている妻なのである。

しかし、現在では、非監置精神病者として実家で病を養っている筈の彼女が、どうしてこの寒夜に脱け出したものであろうか。

そして、そうなった経路には、何か不名誉な事件が、潜んでいるのではないだろうか。？――と、漠然とした不安に悩みながら、尾形は志木署の扉を押したのだった。

刑事部屋と調室との突き当りが、金網を張った太い格子扉になっていて、その内側に巡査が一人居睡りをしている。

刑事部屋からは、碁石の音と、生木がはぜる響とが、二、三人の笑い声に交って聴えてる——と云ったすべてが、閑散な田舎警察の風景なのであった。

格子扉の窓から覗くと雑居房の中は非度《ひど》いガラ空《あき》で、僅かに二人ばかりの留置人が毛布を頭から引っ被って丸くなっていた。

尾形は、宿直の部長に、摘み話で大略《おおよそ》の説明をしてから、看守巡査を起して格子扉の内部《なか》に入った。

留置場に隣った、六畳ばかりの畳敷が、婦人保護室になっている。其処の扉を、細目に開いて、室内を覗き込むと、忽《たちま》ち、奇異な感に打たれて首を捻った。

小柄な道子とは異なり、一匹の黒豹とも見紛う所の豪奢な外套にくるまった後姿は柄からして、余りに大きかったからであった。

のみならず、そうした服装そのものが、第一、現在の道子の生活と著るしい懸隔《へだたり》があるのに気が付くと、同時に、尾形は、帽子からはみ出ている髪の毛にオヤッと思った。

「一体、何者だろうか。自分の妻の名を騙《かた》った婦人は？」

途端に、その婦人は人の気配を感じたらしく、背後を振り向いた。

と、尾形は、突然の驚愕に打たれて、膝頭が崩れ落ちんばかりに慄《おの》のいた。それ程、意外な人物であった。

所が、相手の婦人は、宛《あたか》も予期していたかの如く、落着いた態度で目礼すると、その儘、意味あり気な視線を放って、凝然《じっ》と見上げるのである。

それが、実に牧頼子夫人だった。

騎西駒子を助けて、正霊教に、今日の大を至らしめた、牧医学博士の夫人、頼子。

「何しろ、非度く疲れている様ですから、多分歩けないかもしれませんぜ」

茫然と立竦《たちすく》んでいる、尾形の耳元へ、看守巡査が囁く様に言った。

「それなら、俥《くるま》でも言ってくれ給え。僕は先に歩いて行くから」そう言い捨てて、尾形は格子扉の外へ出た。

突如牧頼子夫人が、自分の妻の名を騙って、しかも深更に、所もあろうに、斯んな田舎町の志木署に姿を現わした事は、全く尾形にとって青天の霹靂に均しかった。

大提琴家、典型的な名流婦人――斯う云った頼子夫人が持つ肩書のどれ一つとして、今夜の出来事とは、天地程に懸隔《へだたり》があるものだった。

従って、その矛盾した部分に、何かしら異常な事件を想像出来るのではないだろうか？

――と、穿鑿的な衝動に駆られた尾形は、道々歩きながらも、種々神経を凝らしたのであったが、頼子夫人の口が開く迄は、やはり、依然として謎の儘で置くより仕様がなかった。

自宅が見える所で、俥が追い付いたので、車夫に手伝って頼子夫人を、客間の長椅子の上に横たえた。

すると、尾形は、まず眼を瞠《みは》って、驚かぬ訳にはいかなかった。

薄暗い保護室では、気附かなかったのだが、明るい電燈の下に曝してみると、肩口まで泥撥《はね》を上げていて、腰から下は泥塗《まみ》れであり、髪の先には、所々水粒が凍り付いていた。

またそれが、真珠を分銅にしたかの様に、鈍く光りながら、揺れているのであった。

室内は、煖爐の焔が収って、紅い熾《おき》が半分灰になり、恰度兎の眼の様に心細かったのであったが、尾形は、盛んに薪を燻《く》べて、その前で外套を脱がせ、顔や手足の滴を拭いてやったり、召使に四肢を摩擦させて、頻《しき》りと凍結した体温の回復を図ったのであった。

すると、それが効を奏したと見えて、頼子夫人の両眼が次第に耀き始め、蒼ざめた両頬に、ホンノリ紅潮が滲んで来たので、尾形は召使を遠ざけて言葉を掛けた。

「一体、どうしたって云うのです。牧先生、あなたは斯んな夜更になって……」

「私。知らないうちに、何時《いつ》の間にか、此処へやって来てしまったのです」

「知らないうち――にって⁉　一体、お乗りになったのは、自動車《くるま》なんですか？」

「いいえ……ただ電車にだけ――そんな記憶がするんですけど」

頼子夫人の両顎《りょうあご》は、依然としてガチガチかち合っているので、喉から洩れる音声が、ともすると、激しい歯音で噛み消され勝ちだった。

「では、斯んな泥濘《ぬかるみ》の中を……。すると、かなり余ほど歩いた訳ですね」

尾形は思わず眼を円くして驚いた。――東京から志木迄は、彼此《かれこれ》四里ばかりの道程《みちのり》である。

「多分そうなんでしょう。私、何処をどう廻って来たのか、一向に記憶がないのです」

そう言ってから、頼子夫人は、狂い乱れた意識を統御しようと、暫くじっと眼を瞑《つむ》っていた。が、やがて間を置いて、口を開いた。

「ですけど、尾形さん。不名誉な想像だけは、決してなさらないで下さいね。道子さんのお名を借りた事は、ホントウに申訳ないのですが、あの場合、ああするより外に方法がなかったのです。あなたにお縋りするより外にはね」

「いやいや、決してそんな事は」

と、尾形は無造作な微笑を浮べたが、続いて、頗《すこぶ》る厳粛な口調になって、

「所で、先生、あなたは一体斯んな時刻に、どうして此処迄来なければならなかったのです？　お差支えなければ、その理由を仰言って下さいませんか」

「それが、尾形さん、折角お話した所で、あなたは、作話症患者の譫妄《うわごと》位にしかお考えにならないでしょうね」

頼子夫人は、不思議な意味を持つ言葉を言った。

「なに、譫妄ですって⁉」

「それほど、不可解極まる出来事だからです。騎西駒子さんに、まるで想像もつかぬ、大変な事が起ってしまいました」

頼子夫人は、嗄れた声で叫ぶのだった。

「騎西駒子⁉」

尾形は、思わず弾んだ様に反問した。

「ああ、いよいよやって来たか……」

「その、正霊教の教祖を中心にいたしまして……実は、殿村を説き伏せて、漸くお二人を合わせることにしましたのですけど」

頼子夫人の口から、抑々《そもそも》、何事が吐かれ様とするのだろうか？

「それが今晩、九時を少し過ぎた頃に起った、出来事なんで御座いますの」

と、頼子夫人は彼女が出遇った、不思議な経験を語り出した。

七人の青騎士運動の象徴《シンボル》であるところの、パッと目覚める様な青藍色のドレスに、夫人は若く、三十そこそこにしか見えなかった。

「御存知の、王子に御座います、殿村の邸《やしき》に、私共、音楽関係者の重だった連中が集って、教祖を中心に、神懸りの会を催すことになりました。それと申しますのは、近来の作曲界には、余りに雑多な形式が飛び出して参りまして、音楽そのものが、次第に奇怪な騒音化してしまいそうなので、それを再び、もとの軌道に引き戻すため、故人になった先輩の意見を藉《か》りたい——と斯う云った理由が、今夜の集会に導いた動機だったので御座います」

「なるほど、しかし、奇抜にも事かえて、どうも殿村氏らしくもありませんね」

「そうですのよ。私自身でも、降美会とか神懸りとか云うものは信ぜられません。つまり散々困らせて嗤ってやろうと云う魂胆なんですの」

「それで」

「で、真先に呼び出すのを、殿村はバッハと云ったのです。何しろ、騎西さんには、はじめての名ですし、流石《さすが》困ったらしい表情が泛び上りました。

ああそうそう、何《いず》れ何かの参考になるでしょうから、概略《あらまし》当時の模様を、申し上げて置きましょう。降美会をやりました室は、二階にある四坪ばかりの小ぢんまりした室でした。扉《ドア》一つだけを残して、周囲《ぐるり》を全部黒幕で覆い、中央に、大きな丸卓子と椅子を据えて、それに騎西さんが掛けられたのです。吾々は、扉を背にして、半円の形で位置を占めました。そして、電燈が消されて、蠟燭が一つ点《とも》されると、日頃饒舌な連中も、皆息をひそめて、しいんとなってしまいました。そうなると、妙なものですわね。騎西さんと同じよう、吾々にも、精神凝集が起ったと見えまして……。始めのうちは、軽い侮蔑さえ感じていた私たちも、何時《いつ》の間にか、見ず聴かずになり、ただ蠟燭の灯と、騎西さんの荒い呼吸だけが、観念の全部になってしまったのですから。でそんな状態が、五、六分も続きましたでしょうか。そうしているうちに、騎西さんの身体に、次第と痙攣が高まって行き、額からは流れる様な脂汗です。けれど暫くすると、その痙攣が、ピッタリと止みました。毛筋一つ動かなくなり、呼吸が止ったのではないかと思われる様な、静けさ……底知れぬ気味の悪さです。

すると、その時でしたの、騎西さんが将《まさ》しく交霊状態に入ったと思われる一種凄愴な瞬間でした。だしぬけに何処からともなく、まるで汽船の霧笛《ホッグホーン》を思わせる様な唸り声が聴えたかと思うと、霊媒《ミディアム》の騎西さんが、ガクリと俯伏せになって気を失ってしまいました」

尾形は、頼子夫人の談話に、さして興味も感じないと見えて、鳥渡顔を顰めたまま、立ち上って煖爐棚《マントルピース》の上のブランデーを一口のむとすぐ自席に戻って、

「どうか続けて下さい」と味もなく言うのだった。

「それから……」頼子夫人の舌は、次第に円滑《まろやか》に運ばれて往った。

「吃驚した――と云うよりも、いよいよ悪戯の、図星が当ったとほくそ笑んだ一同は、直ぐ様、別室に担ぎ込んで介抱したのでしたが、騎西さんは、容易に意識を回復しませんでした。そのうち、みんなが帰る事になって、主人側の殿村は、見送りに玄関へ行ってしまったので、騎西さんの枕辺に、残ったのは私一人になってしまいました。すると私が、額のタオルを、取り換え様として、ひょいと手を出したその拍子に、それまで、昏々と睡っていたはずの騎西さんが、パッチリ両眼を見開きました。そして、私に向って、何か言いたげに唇を動かすのでした。私は、何事かと思って、顔を近附けますと、騎西さんは、矢庭に私の腕を摑んで言うのでした」

「ホホウ、では何と云いましたね」

「それが、どうでしょうか。――これで、やっと入り込む事が出来た――と云うのでした。私は、意外な言葉に吃驚して、もう一度顔を見直しますと、その顔には、薄気味悪いほくそ笑《えみ》さえ泛んでいるのでした」

「なるほど」

尾形は心中次第に微笑《ほほえ》んで来て、いよいよ騎西駒子が、シドッチの石を狙って殿村家に入り込んだかと思うと、次の劇的展開が溜らなくなって来た。

しかし、外面《うわべ》は去り気ない体で、問い返した。

「意外ですね。神懸りなんぞと、出来もせぬ事を強いられて、困らせられたにも拘らず、その態度は、実に芝居気《じみ》ているじゃありませんか」

「全く、そうなんですのよ。私でさえも今までは、半分は疑いながらも、神聖視していたほどですものね」

頼子夫人は、いかにも最もらしく、相槌を打って続けた。

「それから、騎西さんの云う言葉は、こうなのでした。――私を困らせようと、彼奴等《きやつら》で企んだ穽《わな》が、却《かえ》って此方《こっち》の思う壺だったのだ。実は頼子さん、今のあれも仮病なんですよ。私には、ある一つの目的があって、当分この邸《やしき》からは離れないつもりです。ですから、貴女もズウッと附き添っていて、殿村の前に体裁を繕っていて下さい――と云うのでした。私は、それまで信じていた、あの方の顔が、ツウと一皮剝《む》かれて、何か、悪《あ》くどい本性が現われたような気がいたしました。しかし、そこまでは、ともかく、何事もありませんでしたが……」

「と云いますと」

「それから、寝ることになりまして、騎西さんは、垂れ幕の蔭にあります古風な寝台に、私は、壁から引き床を出しまして、その上で睡《ねむ》ることになったのでした。所が、寝しなに教祖は、室中を見廻って、扉に鍵をかけてくれ、何分にも正霊教のために、産を失ったなどと云うものもあって近頃は、殊に身辺が危く感じられるから——と云うのでした。そこで私は、室内を丹念に調べまわり、そうしてから、扉に鍵をかけました。所が間もなく、スヤスヤ寝はじめた、教祖の寝息を聴いて居りますと……」

「ハァ、どうしましたか？」

「調べて誰もいず、現にキチンと、鍵まで下したその室に、誰やらいるような気配がしたのです」

「なるほど」

「後の方に、そよそよと冷たい風が起って、滑るような静かな跫音が遠ざかって行きました。私は、余りの不思議と怖ろしさに、そっと寝台から離れて、気附かれぬようにと、扉の方へいざって行きましたが、やがて、その跫音の影が、チラリと垂れ幕の間にちらつきました」

「フム、すると、その影は、男でしたか女でしたか？」

「いいえ、ただ腕らしいものが、スウッと横切っただけの事でした」

「しかし、お寝《やす》みになる際、燈は消してあったのではありませんか」

「それは、私の方にだけで、垂れ幕の中には小さい卓上燈《スタンド》が、一つ点けられて居りましたのです」

「そうですか。では、続いてそれからの事を聴かせて下さい」

尾形は、何気なく云ったが、夫人は云おうとしても、舌が異様にもつれて、言葉が出なかった。

「夫人《おくさん》、貴女《あなた》、どうなさいましたか」

「ハ、ハイ、尾形さん。実に、その時でしたの。垂れ幕の蔭から、教祖の唸る、何とも云えぬ呻き声が聴えました……」

三　密室に狂う幽鬼

「なに、呻き声ですって」

尾形は、屹《き》っとなって透《すか》さず反問した。

「ええ、聴きましたの、私は、この耳で、まさしく聴きました」

「では、それからどうなさいました？」

「無我夢中で、鍵を鍵孔の中に突っ込んで、扉を開きました。そして、漸《ようや》く出るには出たものの、その時、一つの考えがムラムラと湧き起って、叫ぼうとする私の口を塞いでしまったのです」

「と云うと」

「それは、こうなんですの。教祖は、自分がまんまと、裏を掻いたように思っていますけども、その実、殿村の家に深い企みがあるのではないか——そう思うと、迂闊には叫ばれず、頭の中が次第に朦朧となって行きました」

「フム」

「それが、実に大きな衝動だったのです。思わず背後から、大きな掌《て》でドンと、突き飛ばされた様に感じて一切分別を失ってしまった私は、夢中で、冷たい雨の戸外に飛び出してしまったのです。それからは、まるで夢の様でした。絶えず何者かが、執拗《しぶと》く背後から追い迫ってくる様に感じて、後を見い見い、夢遊病者みたいに歩き廻っていたのです。何処をどう歩いたのか、今になって考えても、一向に記憶がありません。そうしているうちに、どのくらい経っての事でしょうか。計らず、私の前を通過した貨物列車の響で、ハッと我に帰ったのです。気が付いて見ると、私の眼の前には薄暗い駅の建物が、闇の中から浮き出て見えました。標示板で、それが、志木である事が判ったので、よくまあ此処まで来たものだと、自分ながらも不思議に思ったくらいでした。ですから、その時なんですのよ。不審訊問に引っ掛って、警察に連れて来られたのは……。そして、道子さんの名を騙って、あなたの救いを求めた訳で御座います」

と此処まで言いかけた時、尾形は烈しい咳をしはじめたので、それが鎮まるのを待って、頼子夫人は更に顔を引き緊《し》めて言った。

「ねえ、尾形さん如何で御座います？　例え、如何なる事があろうとも、私だけは信じて頂けません⁉」

頼子夫人は、斯う語り終ると、直ぐその後に付け加えて、さだめし自分を、妄想狂か発作的な精神錯乱者の様に思うであろうが、自分の談話《はなし》には、そう言った絵空事や、余計な潤色《いろどり》などは微塵もなく絶対に真実そのものである事を、繰り返すのだった。

そして、明朝になれば、屹度《きっと》自分が物語ったと同様な事実を彼も知るであろうと言った。

「そうですね」

と尾形は、顔を伏せ、莨《たばこ》の煙に包まれて、久《しば》らく黙考に沈んでいた。頼子夫人が事件前に点検して、扉に鍵を下した。すると、其処は密室ではないか。にも拘らず、それを破って現われた人物がいる。余りに浪漫的だ。作り話めいている——。

それは、如何にも尾形らしい、探索者特有の感覚であって、彼の鋭敏な癇に触れたのは、鬼気人に迫る不可視的《インヴィジブル》な事件の蔭に何か形体を備えているものが潜んではいやしないか。仮令《よしんば》、現在では信ぜられないにしろ、それを前提にして、映画の溶明の様に、闇の中から、徐々に輪廓を明瞭にして来るものがあるのではないだろうか——と、斯う、晦迷の彼方から、仄《ほの》かにそれらしい気配を感ずるだけでまだ正体の一向にハッキリとしない、影を意識したのであった。

それから、そそくさと、頼子夫人を寝室に送り込んで、煖爐の前の長椅子に、長々と身体を伸ばし、パイプを銜《くわ》えたまま、何やら思案気な様子だったが、何時《いつ》の間にやらスヤスヤ寝込んでしまった。

翌朝、二人が起きた時は、既に十一時を廻っていた。

頼子夫人が、寝室の扉を明けると、外出着に着換えた尾形が、受話器を掛金に掛けた所だった。尾形は、可成り亢奮している様子でそわそわしながら、心持ち蒼白な顔色をしていた。

　頼子夫人が昨夜の礼を述べ様とすると、その前に尾形の方で口を切った。

「死んだんですよ、あの人が。騎西駒子が、昨夜のうちに、殿村邸で死んでしまったそうなんです」

　と言って、グビッと唾を嚥み込んだ。

「実は、あの方に、別条ないのかなとも思いましてね。今電話を掛けた所なんですが、却って、飛んだ返事を貰ってしまいましたよ」

　それを聴いた頼子夫人は、マアと一言、それより声が出なかった。見る見る血の気が失せて往き、顔が海月《くらげ》のように真蒼になった。

「もしや、あのまま殺されたんではないでしょうか」

　暫くして、頼子夫人はやっと口を開いた。

「サア」

　尾形は、電話を聴いているうちに、先方の声に交って、捜査主任の小岩井らしい声を耳にしたので、深く立ち入って聞かなかったのだったけれど、大凡《おおよそ》事件の性質を悟る事が出来た。

　そして、いよいよ事件突発と云う臭いが、プーンと鼻を衝くのであった。

「とにかく、今の所では自然死でない事だけは判っているのです。自殺にしろ、他殺にしろ」

　すると、頼子夫人は、

「自殺……マア、なんと云う皮肉を⁉」

　と反射的に叫ぶと同時に、片手で窓掛《ブラインド》の端を握って、身体が蹌踉《よろけ》そうに傾くのを僅かに支えた。

「所で、先生」

　尾形は静かにそう言って、頼子夫人の顔を見た。

「昨夜のお話以外に、何か憶い出しになった事がありませんか。僅かな間ですが、睡眠をお採りになったのだし」

「サァ」

　頼子夫人は、暫《しば》らく首を捻っていたが、

「どう考えても、一向昨夜の儘なんですの。一口に申し上げて済みませんが」

「それから、昨夜殿村邸から、黙って飛び出したと云うお話でしたが、その時、誰かにお遇いになりましたか」

「たしか、誰にも遇わなかったと思います。これは、今になってからの想像ですけど、多分私は、雇人用の裏階段から降りたと見えて、四郎八さんとは行き違いになったのでしょう。電燈が消えて、真暗な中ですが、表の階段から行けば、当然打衝《ぶつ》からなけりゃならない筈ですからね。何しろあの時は、昨夜も申し上げた通り、意識が混乱していた最中ですから、しっかりした記憶なんぞ、てんでありっこ御座いませんわ」

頼子夫人は、尾形の質問に当惑したらしい表情を見せて答えた。

「所で、神懸りの会に出席した人達は？」

そう言って、尾形は鉛筆と紙を引き寄せた。

「今年バイロイトの祝祭交響楽団《フエスチバルオーケストラ》の指揮をした太宰貞次郎さんと、奥さんでアルト歌手の房江さん、それからピアニストのヴェンツェル・マイエルホッフさんと、楽譜出版の姉堀七郎さん、と、それに私と四郎八さんを加えた六人だけです」

「これじゃ、六人の青騎士ですね」

「チェリストの櫟犀《くぬぎさい》五郎さんが見えなかったのです。あの方が、集会に欠席されたのは、後にも先にも今度が始めてでしょう」

「それから、昨夜集った方々の中で、もしや教祖と知り合いの者は居りませんでしたか」

「それが、誰一人、面識のある者は居りませんでした」

「なるほど」

と大きく頷いてから、尾形は相手の顔に凝然《じっ》と視線を据えた。そして、

「所で、如何でしょう。これから私と一所に、殿村邸へ行って頂きたいのですが」

と強く主張する様に言った。

「殿村の邸へ！」

頼子夫人は思わず癇高く叫んだ。その声音には動揺したらしい気持が強く波打って慄えていた。

「お疲れの所を、誠に無躾《ぶしつけ》なお願いですが」

尾形は、重ねて丁寧に、

「第一、私はまだ殿村さんと、面識がないのですから」

「そりゃ無論、参るには参りますけどもねえ」

頼子夫人は幽《かす》かな溜息を吐いて言った。

「しかし、今仰《おつしや》言った以外に、どんな必要があるのでしょうか」

「現場へ行く事は、多分、脱失したと仰言る記憶を再現する結果になりましょう」

それから、妙に白けた沈黙を間に置いて、

「では、私は彼処《あそこ》へ行くのが、何かお役に立つ事なんですね。例えば、騎西さんが、あのまま殺されたとすれば」

頼子夫人が探る様に言うのを、

「勿論です」

と尾形は、キッパリと答えた。

「そうすると、失われた記憶と云えば、つまり私の行動を、直接指す意味になるじゃ御座いませんの」

頼子夫人は、皮肉な微笑を浮べて、

「そうですと、仮にもし、昨夜の記憶が再現されたとしましょう。そうしたら、それを、正直にお喋りするだけの良心も、同時に恢復しろと、仰言ったらどんなものでしょうかね。私、あなたのお疑ぐりが、それはようく判ってるんですの」

と言ってから、事更に肩口を揺すって、殆んど棄鉢としか考えられぬ笑い声を立てた。

尾形は、頼子夫人から、思いもつかぬ比斯呈利《ヒステリー》患者のような態度を見せられても、別に動じた気色を見せなかった。が、流石《さすが》に口を噤《つぐ》んで、唖の様に黙り込んでしまった。

それから、頼子夫人の靴を磨かせたり、泥撥《はね》を落した外套を羽織らせるなど、事々に関心のない態度を示すのであったが、その実、今の頼子夫人の動作は、彼にとって大きな烙印に等しかった。

そして、印された傷痕が、絶えず苦い刺すような味で、チクリチクリと、彼の神経を刺戟するのだった。

仮令《よしんば》、それを善意に採って、昨夜の狂わしい経験が、未だに、その生々しい残像を、脳裡にとどめていると――、解釈するにしても……。

「甚だ遺憾至極ですが」

尾形が、出際に言った。

「昨夜のお話は、騎西駒子に死なれたので、証明する唯一の方法を失いました。恐らく、事件を解釈する上にも、大した材料にはなりますまいと思いますがね」

雨が上った翌日は、厚い玻璃《ガラス》みたいに蒼々としていた。それを透して、パノラマの様に、秩父の山塊が玉虫色で連なっている。

尾形は、頼子夫人を載せた、自動車の把手《ハンドル》を握っていたが、肝腎な運転よりも、頼子夫人の不可解な行動に、そして、それを更に掘り下げて行く思索の方に、段々と神経が働いて行った。

——昨夜何故、頼子夫人は殿村邸を飛び出したのだろうか？——それから、志木へ来る迄、何処で何をしていたのだろうか？——あの疲労困憊した有様は？——不思議な密室を破った怪人の話——そうして頼子夫人は、記憶の喪失に藉口《かこつけ》て、全部を僅《た》った一口で説明しているのだが。

——だが、待てよ。一体、頼子夫人は、誰の妻だ。正霊教の実権者、牧医学博士の妻ではないか。

おお、シドッチの石。——

以上の疑念が、頭脳の中で、眉間尺《みけんじゃく》の様に激しく噛み合っていた。

そして、絡み合って、鞠の様に落ち行く底の方から、朦朧とした、油煙の様な妄想が燻《くすぶ》り上ってくる。

昨夜、頼子夫人の談話から感じた所の不吉な予感が、一夜明けると、既に妖気の凝った像となって彼の前に立ち塞がっている——その暗合は、偶然と云うに、余りにも不気味な一致であった。

それだけに、頼子夫人は、騎西駒子の死に就いて、確かに、より以上何事か知っているに相違ない。

……と、さまざまな憶測が、消えては現われて、尾形は、頼子夫人の引く影を、それからそれへと追いはじめた。

川越街道を十五分足らず疾走を続けて、左へ折れると荒川へ突き当り、それから次第に川を遠ざかって行く蜿曲線を走る。すると間もなく、右手の樹梢《こずえ》の間から、狐色をした宏壮な洋館が見えた。

その煉瓦作りが、赤錨閣と云われる殿村家の邸であって、色が赤く、形が錨形をしているので、その名があった。

騎西駒子の殺された室は、右手に、大きな煉瓦積の煖爐があって、左手は垂れ幕。その蔭に、正霊教の教祖が、いぎたなく殺されていた。

枕辺には、五燭のついた卓上燈が、しょんぼりと置かれてあって、周囲の壁には、灰色の壁紙が貼られていた。

「こりゃ、驚いた」

屍体を見るや、尾形はウームと呻った。

「そうだろう。僕も、この屍体ほど、恐怖の表情の顕著なのを見た事はないね」

小岩井警部が、合槌を打つと、尾形は、いきなり頭を振って、

「そんなこっちゃないよ。一体、この肥り方は、どうだ。悠に三十貫はあるだろうね。所謂あんこ（角力用語で背丈の短い肥満したのを云う）と云うやつだ。小岩井君、君は

江戸っ子じゃないから、知るまいが……」

「何だね」

「僕の子供の時分に、有明と云う角力がいてね。しかし、この仏様だっていずれは、糖尿病か脳溢血で、お陀仏になったろうからね」

騎西駒子は、それほどに肥った五十女だった。何やら、鋭い刃物で、見事頸動脈が掻き切られていて、三重にも襞をなした顎から上は、眼にも唇にも、恐怖と苦悶の色が漲《みなぎ》っていた。四肢の指先には死戦時の痙攣が、そのまま止められているし、寝台から床の上にかけては、流血が池のような溜りをなしていた。

しかし、何処にも格闘の跡はなく、犯人は一気に為し了せて、去ったものにちがいなかった。

「指紋もないし、血を踏んだ痕もない。実に、綺麗サッパリしたものだよ」

警部は、何となく投げやり気味に云ったが、

「それはそうと、今の君の話だがね」

「アア、牧夫人の事かい」

「あの人に、今夜から警察の飯を喰って貰いたいが、どうだろう。大して美味《うま》くはないが、身体だけは、たしかに丈夫になること受け合いだ」

「………」尾形の顔に、サッと一抹困惑の色が流れた。

「いくら、君の知人であろうとも、こればかりは遠慮出来んね」

「フム」

「考えて み給え。聴けば、扉を締め、その前に、細々と調べた室の中に、スウッと、風のように入って来た人間がいたという」

「そうだ、あの人は、そう云って自説を枉《ま》げないんだ」

「所が、何処を調べても、抜穴は愚か、鼠喰い一つない。一体、そのドロドロ様は、どこから入って来たんだ。聴けば、室を出ようとして、扉を開く時には、鍵がちゃんと掛っていたと云うじゃないか」

「………」

「おまけに、救いを求めようともせず、抜け出して、君の家を訪ねるなんて。てんで、することと為すこと、常軌を逸しとる。矛盾だらけだ。これが、僕でなくして若《も》し他人なら、とうに、牧夫人を犯人として発表しているよ」

「一々、御尤《ごもつと》もな訳だ。僕もこの事件の主任が、君なのでホッとしている位だよ。だがねえ小岩井君」

「なに」

「僕の観るところだと、この世界に、あの人ほど美しい性格の女はいないと思うよ。てんで、犯罪殺人などと云う言葉は、曖《おくび》にも出せる人じゃない。あれは、天使だ。僕が、もしダンテなら、牧夫人をビアトリチェだと云うね」

「だが、法は法。しかも、見事にも、これほどの情況証拠を見た事はない」

「マア、待ってくれ給え」

尾形の顔には、唯ならぬ暗影が漂っていて、いつにも似ぬ慌て方だった。

「しかし、万事は、この殺人と紅駱駝との関係が、分ってからでいいじゃないか。ねえ小岩井君、被害者の駒子は、金森伝吉の娘、そして、殿村の家へ、最初入った晩に殺された。……駒子が、シドッチの石を獲《え》ようとして、昔林蔵が隠した、紅駱駝の煉瓦を狙っている。それは、昨夜も牧夫人が、それとなく駒子から聴いた事だし、要するに、この殺人は、起るべき所に起ったのだ」

「フム、しかし、シドッチの石の事は、むろん夫の博士も、知っているだろうしね。そこにも、牧夫人を疑ってよい理由がある」

「なるほど、すると、君の仮定は、こうなる訳だね。昨夜のうちに、人知れず、騎西駒子がシドッチの石を発見した――と。そして、それを奪うために、一場の仮空談を作り上げて、殺したのは、その作者である、牧夫人だ――と」

「まず、図星だろうね。しかも、召使の話によると、昨夜神懸りの会が、催される直前にだね。牧夫人は、夫の博士に電話をかけたんだ。そして、その二時間後には、博士が関西に出発してるんだ」

「ハハハハ」

突然尾形は、たまらなくなったように、笑いはじめた。

「僕も、大方そんな事だろうと思っていたよ。君は、駒子を殺して、奪ったシドッチの石を、夫人から受け取って、博士が関西に走ったと云いたいのだろう。所が、此処に、気の毒な反証が一つある」

「と云うと」

「つまり、シドッチの石は、林蔵が入れた紅煉瓦の中にあるのだからね。当然、それが取り出されたとしたら、何処かに一つ、欠かれた煉瓦がなくてはならぬ」

「フム」

「…………」

「所がだ。聴いてみると、この邸で煉瓦積の部分は、外廓と、この室にある壁爐だけだと云うのだ」

「…………」

「そこで、この室に入る前に、僕は一応調べてみた。この通り、頸筋が硬ばって、今もゲンナリしている所だ。しかし、それらしい個所は、たった一個所もない。どうだ小岩井君、シドッチの石は、未だに取り出されてないのだよ」

「なるほど、では、牧夫人の所置について、一応君の意見を聴くかね」

「有難い。そこで相談だが、どうだろうね。一時、牧夫人を、自宅に檻禁して置くと云う訳には往かんだろうか」

警部は、暫《しばら》く黙然として、考えていたが、

「よかろう。多分前例にはないことだろうが……。そこで、この事件を、一時紅駱駝と離して、考えてみるかね」

「すると第一に、正霊教のために、倒産した人間が数多くある。殊に君、この邪教は、官吏や軍人社会に、信徒が多いんだぜ。昨夜集った、四人の客を洗ってみたかね」

「ウム、恰度《ちょうど》君の来たのが、僕に、報告書が届いた時なんだ。見るかね、むろん、紅駱駝には、血統的にも関係はないし、不在証明《アリバイ》も立派なものが揃っている、所がだ……」

「フム」

「一人、昨夜来るべくして、来なかったのがある。それが、チェリストの櫟犀五郎と云う男でね」

「アリャ、君、天才だよ。いま、カザルス二世の呼び声高しだ」

「所が、その天才、実に奇行多しだそうでね。勿論、身寄りと云っては一人もないそうだが、いつも住所が定まらず、所謂ボヘミアンの生活をしているのだそうだ。何でも、今夜、前橋に演奏会があるとか云うので、ともかく、前橋署に手配だけはして置いたがね」

「しかし」

「いや、別に、拠り所と云ってはないのだよ。ただ、漠然とした予感さ。それに、昨夜の行動が明らかではなく、しかも、以前恋人にしていた女の家が、正霊教に入れ揚げて、跡方なしになっちまったと云うそうなんだ。それで、櫟先生、折々日頃にも、慷慨悲憤の言を洩らすとか云うんだ」

「なるほど……。しかし、やれる事は、残らずやってみる事だね。勿論、以前一度、あの男は、精神状態を疑われたことがある。それに、こいつは、噂《ゴシップ》かも知らないが、近頃はセロも弾けず、殆んど狂人に近いとか云う話なんだよ」

尾形は、気のなさそうな調子で云って、一つ、大きな伸びをしたが、

「では、ボッボツ、殿村家の人達を訊問するとするかな」

そして、まず最初に連れて来られたのが、殿村四郎八の女秘書、八住純子だった。眼のクリクリした、二十がらみの少女で、どこもかも、仔鹿のように溌剌としていた。

「マア警部さん、貴方、私をまた引っ張り出して、一体何をお訊ねになりたいんですの」

八住純子の、最初発した言葉が、斯うであった。臆面ないこの近代娘に、警部は、いつか、劇場でビシビシやられた、一条久子を憶い出した。

「今度は、僕じゃない。君に、あちらの紳士が御用と仰言《おつしや》る」

純子は踵でクルッと振り向いて、

「アラ貴方、尾形修平さん……。新聞では、度々お目に掛りますが、実物は今がはじめてよ。これは先生、名探偵。赤本的名探偵、私に、何をお訊ねになりたいの」

尾形は、警部と顔を見合わせて、苦笑したが、

「実はね、お嬢さん」

「ああ分った分った」

純子は、頓狂な身振をして、手を横に振った。

「分りましたわ。さっき訊かれた事を、此処でまた、二度云わせようと云うのでしょう。それなら、訊かれない先に、此方《こっち》から云いますわ。昨夜、楽壇巨頭会議の末が、かくも鮮血淋漓たる大惨劇と化した……。その発見されたのが、今朝の七時。それは、小間使の君代さんでありました。扉が、幾分細目に開かれていて、鍵孔には、内側から鍵が突っ込まれっ放し。内部《なか》に入ると、牧先生はいず、正霊教の親方が、悪しきを払う、神の助けもなき有様。これで、どう。但し、私は、昨夜はグウグウ睡《ねむ》っていたとしか、申し上げられないんです」

「ハハハハ、よく分りました。簡にして、しかも、要を得ている。結構です。早速今の台詞を印刷させて、あまねく、世の小説家と云う輩《やから》に読ませてやりましょう。原稿料を一枚分でも多くと、下らん話を、矢鱈に引っ張りたがる。所でですが」

「何で御座いますの」

「この邸の、どこかに一個所、紅色をした煉瓦があるのを、御存知ありませんか」

その時、純子の顔に、竦《すく》んだような影がさしたが、

「アラ、紅色をした煉瓦ですって。それ、一体何の事なんですの。分りませんわ。それよりも、私の家の宗旨が、正霊教じゃないと云うことだけ、憶えていて下さい。それからね……」

と純子は、子供っぽい笑いを尾形に送って、

「きっと、この次に呼ばれるのは、うちの親分でしょうからね。その時は忘れずに、あの子の月給を上げてやれ――って、仰言って下さい。アラ、そんな本気な顔をなすって。エッ、これで放免ですの。それなら、此処へ来るようにと、私から、親分に申し伝えましょう」

純子が去ると、小岩井警部は苦々し気に、扉を見詰めていたが、

「どうも、僕には、きょう日の女が苦手でね。小癪とは思うが、怒りも出来ず……」

「いや、どうして」

尾形は、ひどく真剣な顔をして云った。

「あの女は、外見は単純なようだが、案外喰わせ者かも知れないよ。たしかに手剛い。あの、要領よく、此方の気を抜く、手際はどうだい」

その時、扉が開いて、呼ばれた殿村四郎八が入って来た。

尾形が、はじめて遇った殿村四郎八は、彼に好もしい印象を与えた。

年齢は、三十を二つ三つ越えた位で、耳と頭の素晴らしく大きな男だった。物腰も、非常に静かで、眼には、智的な熱情が燃えさかっている。しかし、動いても風の立たぬようなこの男には、どこか嘲笑的な、冷たい性格もあるように感ぜられた。

しかも、聴くところによると、殿村には、夢中遊行の奇癖があるとか、それやこれやで、彼を見る小岩井警部の眼は、冷たかった。

「今度はまた、飛んだ出来事から、お会いするようになりまして」

尾形が、慇懃に切り出した。

「就きましては、最初に、僕の疑念をお聴き願いたいと思うのですが」

殿村の眉が、微かに上って、

「すると、僕にはお訊きになる事が、何もないと云う訳ですか……」

「もちろん、この事件直接には、何も伺う事はありません。しかし、僕がこれからお聴き願いたい事はこの事件には、欠いてはならぬ二つの前提なんです」

「と云いますと」

「取りも直さず、被害者の駒子ですが。住んでいる世界の全然ちがう、この二人がどうして昨夜遇うようになったか——。つまり、そのうちの一人は、それは、……」

「なるほどね。そして、貴方の仰言るもう一人と云うのが、さしずめ、私と云う訳になるでしょう。しかし、それには、さして深い理由と云ってはないのです」

「フム」

「牧先生に薦められて、一度遇えと、度々云われもしましたし……勿論、それが、根本の理由であるにはちがいありませんが、もう一つは、出来る事なら、この際、あの神懸りなんて云う、偽瞞の面を剝いでやりたい……。云わば、気紛れも手伝って、一種の義憤を感じていた事も事実なんです」

「義憤……」

「そうです。実は、側面にかような事実もありましてね」

「と云いますと」

「今でも執事を勤めて居りますが、この邸には、俵藤格三郎と云う老人がいるのです。所が、止せばよいのに、人から薦められて正霊教に凝り出したのが最後でした。永年の貯えも、底をさらうまでになって、お蔭で、気を病んだ妻君には、昨年死なれるし、今ではもう、夢が醒めて茫《ぼん》やり日を送っているのです。ですから僕も、俵藤の口から、あの教団の詐術《からくり》を聴くと、何となく義憤と云ったような感情が込み上げて来ます。そこで、出来もせぬ業をやらせてみて、みんなで大口を開いて、嗤ってやろうと云うのが、昨夜の主意でした」

「なるほど」

「牧先生には、結果に於いて、非常にお気の毒な訳にはなりますが……。しかし、もし僕等の思惑が当った場合には、害虫を一匹捻り潰せる事になります」

「すると、この惨事も、結局、天誅だとお考えになりますか」

「そうとも、思います」

一度、殿村はキッパリと答えたが、すぐ、臆したような表情を泛べて、

「しかし、この点を、是非とも誤解のないように、願いたいと思うのです。僕は、あれきりで、この室を訪ねもしませんし、あれから秘書の八住に手紙を口述して、床に就いたのが十二時過ぎです。その頃は……」

「いや、分りました。むろん、駒子の死は昨夜の十時から十一時まで位の間に起ったも

のです。しかし、その間、御一所にいたのはあの純子と云う方とだけですか。それとも……」

「いや、外にはありません。あれと二人だけでした」

「それから、俵藤と云う執事の方は？」

「生憎と、昨日は風邪を引いたとかで、休んで居りましたが」

「それから、この室の鍵に就いて、お伺いしたいのですが」

「ああ、あれなら、合うのが、この扉だけです。実は、この室が先代の居間になって居りましてね。御存知の通り、ああ云う秘密と敵の多い人だったのですから鍵にまで注意を払ったにしても、格別不思議とも思われません」

「それから……」

尾形は、ちょっと息を詰めて云った。

「後程、この建物の設計図があったら、拝借したいのですが」

「設計図……⁉　あるには、ありますけども」

殿村は、パチパチ眼を瞬きながら、不審そうに相手を見詰めていたが、

「あ、成程、何か、この室に、抜穴でもありゃしないかと、お考えなのでしょう」

「事実大時代な、浪漫的《ロマンチツク》な想像ですが、当時、この室が密室だったのを御存知でしょう。何者か、この室に風の如く、闖入した者がいた……にも拘らず、扉には鍵が下りていい、事前に、牧夫人が綿密な点検をしたのですからね。つまり、犯人が、肉を着た人間であ

る以上、抜穴か、それとも、もう一つ鍵が……」

「なに、鍵がもう一つある⁉」

殿村は、グッと吃って、指先が、神経的に痙攣をはじめた。

「いや、どうかお気になさらずに、僕はただ仮想を申し上げただけなんですから」

と尾形は調子を変えて、今にも険悪化して行こうとする空気を外した。

「所で、殿村さん、貴方は以前、一人の仮面の男から、手紙を貰ったことはありませんか」

「そりゃ、度々ありますね。僕は、道楽で音楽評論をやっていますが、その方面からの手紙には相当猛烈なのがありますよ。一々、気にしていたらとてもやって行けるものじゃありません」

「しかし」

「しかし……と仰言ると」

「それが、僕等には、馴染の充分ある人物でしてね。相当芝居気もある代りに、無料《ただ》では決して演らん男です」

「すると、劇壇の関係者ですか」

「そうとも、云えましょうね。但し、そいつは、人形使いです。こう云う、惨虐人形劇《グラン・ギニョール》めいた、矢鱈に血を流したがる……」

「と云うと、誰です、それは」

「紅駱駝、或は、紅殼駱駝殿とも云いますが……」

「なに、紅殼駱駝⁉」

殿村は、取り出した莨を指にしたまま、呆気にとられて相手を瞶めた。

「尾形さん、冗談の相手だけは、この際、御免蒙りたいと思いますがね。実は、先刻も、警部さんからその名を聞きましたし、これで二度目なんですよ、一体、それは、どう云う人物なんです？」

「一口に云えば、投書家でしょうな――匿名のね。そして、貴方にお近附きになりたいと、この駒子と同様、そりゃ熱心なもんでしたよ」

「なに、この邸に⁉」

殿村は、驚いて反問した。そして、その態度を、繁々底の底まで観察しようとする、尾形との間に暫くは沈黙が置かれた。

「左様、貴方ではなしに、この邸になんです」

尾形は、彼が殿村にと云い、殿村はまた、この邸にと云ったに就いて、何やら、微妙な楔点を意識しているらしい。

「と云いますと」

殿村が、やや気込んで問いかけたとき、扉が開いて、一人の老人が案内されて来た。見ると、それがこの事件の序幕を上げた、馬頭軒鯉州であった。

「いや、これはこれは、小岩井の旦那、相久しゅう御無沙汰で。また今日は、態々《わざわざ》のお入で、外ならぬ私奴とのことで……」

「では、早速だが、師匠」

「畏まりました。時に、お座敷はどちらでげすい」

「この奥だ」

と、垂れ幕を指差して、小岩井警部はクスリと微笑んだが、

「マア、タップリと、二、三席は演って貰いたいね」

所が、端をひょいと引きあけて内部を覗き込んだとき、鯉州は、どっかとその場に尻餅をついた。が、すぐと思い直したように、

「な、な、何でげすい、この趣向はなるほど、読めたぞ。さては、御同列鳩首協議の上、この鯉州をアッと云わせ、お家を乗っ取らんとの、不所存者。いかにも、この鯉州、吃驚仰天いたしやした。しかし、細工の技、入神とやらで、往昔の泉目吉《いずみめきち》はいざ知らず、当今では、安本などでは、とてもとても」

と、知らず触った、肌の窪みに、鯉州の顔は、見る見る間に、土気色に変って行った。

「これで大凡見当がついたろうが、実は、この細工人が、例の紅駱駝なんだよ」

「エッ」

「マア、そう驚かんでもいい。所でね、師匠、君に折り入っての頼みがある」

「何で御座んすい？」

「それはね。この室を、一渉り、ぐるりと見廻わして貰いたいんだ」

警部の顔には、知らず知らず会心の微笑が泛んで来た。

「ホラ、いつかの晩、君が、樽に入れられて連れて来られた家だ。よく、気を落ちつけて、君が、二百円稼いだ、あの夜の記憶を、再現してくれ給え」

云われて、キョロキョロ見廻わしていた鯉州の眼が、次第に異様な輝きを帯びて来た。

それを見て、警部は、此処ぞと思ったか、

「ソラ、そこには、垂れ幕があるじゃないか。そして、右手の壁には、引き出し床がある。また、そこには……」

「ウーム」

鯉州は、腹の底から、絞り出したような、呻き声を発して、

「ああ、あるある、あったぞ。彼処にある、寄木細工の戸棚の上には、時計が載っている。旦那、小岩井の旦那」

「どうだ、分ったかね」

「分ったにも、何も。あの晩、紅殻駱駝に連れて来られたなア、いかにも、この室でげす」

第四篇　最後の一人

一　七人の青騎士

「なに、この室⁉」

その途端、殿村は椅子を倒して、立ち上った。

「一体、警部さん、この人は僕の邸について、何を云おうとしているのです。あの晩、連れて来られたの、二百円稼いだなんぞと云っても、僕にはさっぱり、意味が嚥み込めんですがね」

「では、簡単に、説明だけはして置きましょう」

警部は、皮肉な視線を注いで、殿村を白々しく見ながら云った。

「それが今年の五月十四日の晩でした。此処にいる、講釈師の鯉州が、浅草裏から何者にか樽に入れられて運ばれて往った。そして、その先で、紅駱駝と呼ぶ一人の男から二百円貰って、ある物語りを、翌日高座にかけると約束した。それは、貴方の、曾祖父さんの死から発している奇異《ふしぎ》な因縁話なんです。所が、更に奇怪なことは、僕もこの尾形君も、その男から招待状を貰って、翌日、二人の眼前で実に予告した通りの殺人が演ぜられたのです。つまり、いま鯉州が云った、あの夜連れて来られたと云うのが、何を隠そう、この室だったのです」

と、そこまで来ると、警部は、厳然と調子を改めた。

「所で、殿村さん、その件について、貴方に何か、弁明がありますか」

「勿論ですとも」

殿村は、憤然色を作《な》して、云い返した。

「それは、ただ知らぬと云うのみのことです。常識で考えただけでさえ、鍵がただ一つしかなくおまけに、抜穴のような通路のあるべき道理のない室に、一体どうして入れましょうか、それにも拘らず扇で叩き出す嘘を……」

と云いかけて、殿村は辛くも、椅子の背で身を支えた。

「……信じてと仰言るか。とにかく、この問題は、いずれ又の話にして、万事は、この男の口から、お聴きになって下さい」

警部は、ニタリとほくそ笑んで、殿村を支えていた手を離した。

「オイ鯉州、今度は君のお座敷だぞ、タップリ御祝儀を貰って、例の話をお聴かせ中せ」

二人が去ってしまうと、尾形は、警部の肩をポンと叩いて、

「お手柄だぞ、小岩井君、君のお蔭で、あの音楽批評家が、スッカリ毒気を抜かれてしまった。しかし、これまでよく君は覚えていたね」

「あれから一日だって、僕の頭を離れた事がないんだ。左手に垂れ幕、壁には引き出し床、そして、寄木細工の戸棚に、時計が載っかっていると云う――あれだ」

「ハハハハ、そして君は、紅駱駝の故智を学んだと云う訳か。間もなく、ある一人の偉大な人格が、この事件の解決に当ります――って云うと、いとも偉大なる鯉州老人が入って来た」

と、可笑しそうに云う、尾形の顔が、見る間に引き締って来て、

「しかし、同じ部屋、同じような不可解至極な闖入と云うと、いかにも、殿村四郎八が犯人らしく思われるね。けれども僕は、それを迂闊に信じてはならんと思うよ」

「何故だい」

「それはね、ひどく小説染みた想像だけども、もしこの部屋の詳細を、知り尽している人物が一人いたとする」

「フム」

「そして、そいつが、此処とちょうど同じように、部屋を飾り付けたとする、そうしたらもともと人間の記憶なんて、完全なものなんじゃないからね。一つ二つの相似だけで、すぐさま鵜呑みに信じてしまうだろう。何だかねえ、僕には、あの夜鯉州を連れ込んだ目的には、一つそれがあるんじゃないかと思うんだ」

「…………」

「オヤオヤ小岩井君、そうそう悄気《しょげ》込んじゃ困るじゃないか。もちろん、僕の云うのは所謂例外に属する想像さ。君のお蔭で、この事件にやっと、紅駱駝氏が出場することになった。そして焦眉の問題は、この密室を、いかにして切り破るかにあるんだよ」

「ああ、密室……。僕は先刻総掛りで、床から天井まで、調べて見たんだがなあ」

警部がそう云って、焦々《いらいら》室内を歩き廻る背後から、尾形が再び声をかけた。

「しかし、此処に一つ取っときの仮説《セオリー》があるんだけどねえ」

「何、仮説《セオリー》!?」

「そうだ。密室と云う問題は、一先ず、別にしてだね。もし、この室に、前々から隠れていた人物があって、そいつが、兇行を終えてからこの室を去った——と仮定したら、どうだろう。とにかく、この扉は、牧夫人が、明け放して行ってしまったのだからね」

「だが、それにした所で、この室には、人間を隠すだけの場所はないよ、莫迦らしい、一見して分るじゃないか」

「いや、どうして……」

今度は、尾形はパチリと指を鳴らした。

「それとして、想像出来る場所が、ちょうど二個所ばかりあるんだが。但し、全身の服装を、青か紺青で統一されている、人物に限り、だがね」

「なに、ある!?」

小岩井警部は、呆れた様に叫んだ。

「またまた、いつもの気狂い染みた論理《ロジック》を聴かされるのか⁉　だが一体、何処にそんな場所があるんだい」

「ウン、そう云えば、妙な論理かも知れん。しかし、あながち僕は、不可能な事を強弁しようと云うんじゃないんだ」

今度は尾形が強い調子で云った。

「なるほど、いくら蚤取り眼《のみとりまなこ》で探したところで、人間が潜んでいた形跡なんぞ微塵もありゃしない。だがねえ小岩井君」

「見給え、結句は、証明出来るこっちゃないんだから」

「無論、そうには違いないんだ。けれども、この一劃に、物体を陰蔽する性能が、仮にあるとしたら、まずそれを曝露して置く必要があると思うね」

そこで尾形はクルッと向きを変えて、

「所で、最初に、垂れ幕の中の全長を知って置かねばならんよ。大凡《おおよそ》の目測だが、九米突《メートル》位なものだろう。そして、端から数えて二米突ばかりの辺に、寝台の上端と、それから一米突ほど下った所に、卓上燈《スタンド》を載せた卓笥《キャビネット》がある。寝台の長さは、まず三米突と見ればよい。そうすると、卓上燈から右端までが、ざっと六米突ばかりになるのだが、その距離が判れば、後は卓上燈の電球を点火するだけだ。所で、僕が、姿を隠し得ると想像しているのは寝台の裾の方に、がらんと空いている隅のことなんだ」

「冗談じゃない」

警部が、透さず抗議した。

「こりゃ尾形君、単純な常識問題だぜ。掩蔽物がなしに、姿を消すという事は、多少暗いにしたところで、明白に不可能だよ」

「それでは、卓上燈に点火しようね」

尾形は、相手を軽く抑える様に、静かに云った。

「すると光面の半径は、大略一米突半ばかりになる。それから先は、次第に、濃く灰ばんで行って、飽和の度が、段々と減少して行く。更に進んで、次の三米突の涯になる。もうそこまで来ると、光度が著るしく衰えて、灰が黒に移り変ってしまうんだ。だがそうかと云って隅は、全くの闇じゃない。其処まで行けば、色彩の感覚は全く死滅してしまうけれども、幽《かす》かな光度が、光の塵の様に揺らめいている。灰色に対するものだけが、まだいくらか残っているんだ。それが、微かに暈《ぼ》っと、壁紙の灰色を泛び上らせている。けれど、そんな事じゃ、壁の埃に、何か痕跡が残らにゃならんよ。また、少しでも先へ出たらば姿が忽ち曝れてしまうからね」

「成程、いかにもそいつは無理のない質問さ。所がねえ、僕が想像するのは、端から一米突ばかりの所なんだ。つまり、云えば、灰が黒に変る――その境目から、やや奥まった辺のことだ。其処は、痕跡を遺さぬ必要ばかりではない。幾分光度が強くなって、その、稍々明るい闇が、僕の想像を成立させる条件を作ってくれるんだ」

「それには、卓上燈の電球に、注目するんだね。そして、光覚の知識が、もし初歩でもいいから君にあるのだったら、当然、僕に云われずとも感付く事なんだがね――いま僕が、青か紺青に限ると云った意味をさ」

と、少し相手を焦らして置いて、

「ねえ小岩井君、この卓上燈は、よほど前のものだと見えていまどき珍らしい、炭素《カーボン》球《ランプ》がくっついている。それからは、光度の低い、そして幾分鼠っぽい、橙色の光線が出る。そこで、灰色の壁紙を、背景にしてだ。もし、外套の襟でも立てて、僕の云う色の人間が突っ立っていたとしたら其処にどんな現象が起ると思うね」

「だが、その、青とか紺青とか、云うやつは何だね」

「それが、最後に残る色なんだ。君、プルキンエ現象と云うやつを知っているかね。薄暗くなるにつれて、赤・橙・黄・緑・青・紺・菫と云う順序で消え失せて行く。所で僕が想像する位置だと、恐らく、青から下の色は残ると見て差支えないだろう。そこへ、暗い橙色の光線が、灰色の床に打衝《ぶっか》って反射すると、その色の、青や紺青に対する関係が、ちょうど、色彩円の対照点に当ることになる。そこで、補色の現象が現われる。つまりはそこへ、灰色の光覚が生れると云う訳になるんだよ」

「ああ、灰色の壁に、灰色の人像かね⁉」

警部は、思わず唸った。

「そうだ。それに、残像が手伝うからね。ほぼ完全に近い消失を期待出来るんだ。そうなると、寝台の下や、垂れ幕の外側は、一見した通りだからね。強《し》いて、隠れ場所を求めるならば、それ以外にはまずないと断言しても差支えないのだよ。と云って、何もあながち、その実現性を偶然にばかり、限ってしまう事もない。幾らか、斯んな事を嚙じった人間なら、即座に、神経が其処に及ぶだろうからね」

「フム、だが、嗤わせるじゃないか。全身青ずくめの服装なんて、まず、仮装舞踏会って所だな」

警部は、馬鹿らしい話を耳にしたかの如く呟いたが、

「それでは、君『七人の青騎士』運動を知らないのだね」

と訊かれて、彼はキョトンとなった。

「一体それは」

「音楽の、古典復興運動なんだ。昨夜の六人に、チェロの櫟屋五郎を加えた、都合この七人で、メンバーを組織している。牧頼子夫人みたいに性格の地味な人は、外套にまで、そんな真似はしないんだが、他の連中は、揃って何から何までを、青藍一色に塗り固めている。それを、あの運動の象徴《シンボル》にしているんだ。念のため、誰かに訊いて見給え。昨夜も、屹度《きっと》そうだったに違いないから」

すると、警部は、いきなり顔を稍々俯向けて、彼には珍らしい沈思を始めた。見たところ、何かの懊悩と、闘っているらしかったが、やがて顔を挙げると、

「所がねえ、君」

と、語勢に反撥の気勢を挙げ、相手に、勝ち誇ったかのように視線を送った。

「実はね。僕の手に、君の想像を覆えすだけの材料があるんだがね。君は、不在証明を信ぜずに、昨夜の来客中にまで、疑惑の眼を注いでいる。所がだ、それを打ち壊すだけの、証言をした者が一人いるんだ。それは警察関係の者でね。しかも、一々正確な時刻を、挙げているんだ。するとさてどっちを、信頼するかと云う段になれば、むろんそれは、議論の余地がないこったろう」

「ウム」

「だから、囲《ぐる》りの土堤を調べたと云うのも、要するに、形式だけの話なんだし、第一、建物の附近なんぞは、てんで振り向いてもいやしないぜ」

「とにかく、何だか云い給えな」

尾形が促した。

「それでは、真実を云おう。問題が、特高関係なんで、君に余計な、臆測をされるのが辛くてね。のみならず、どうした訳か、正霊教の信者が、警察関係には多い。そんな訳で、今の今迄黙ってはいたんだがね。然し、君の疑惑を一掃するためとあらば、止むを得まい」

警部は、恐ろしく真剣な態度で云った。

「実は、昨夜、特高課の手で、この邸《やしき》を警戒したのだ」

「そうすると、騎西駒子から、保護願いでも出したのかね？」

「もちろん、それもあるさ。絶えず、入れ揚げさせられた信者から、脅迫状が舞い込むと云う訳でね、身辺が日増しに危険なんだ。しかし、此方の目論見が、もう一つあると云うのは、あの教団と、ある右翼団体との資金関係だ。殿村が、まさかと思うが、そこが慾目でね。もし、そう云った連中が、一人でも混っていたら、すぐさま引っ括ってしまう筈だったのだ」

「それで」

「所で、昨夜、騎西駒子が此処に着いたのが、恰度《ちょうど》六時だったのだ。しかし、それ以前の三時には、もうちゃんと、その事が本庁に届いていた。三時半には、もう王子署の連中が、役場の測量員などに化けて構内を、それとなく調べていたんだ。やがて、間もなく特高課の連中も到着したので、合計七名が、猪股警部補の指揮で、グルッと包囲したんだ」

「で、そうした、とどの詰りが……大山鳴動って結果なんだね」

「ウン、いかにも、君の推察通りさ、しかし結局それがあったために、この事件の捜査範囲が局限された。つまり僕等を、無駄な努力から救い上げてくれたんだよ。それを、詳しく云うと、正門前に張込んでいた、猪股警部補の報告と云うことになるんだがね」

　警部は、明るい表情を続けた。

「で、それからは無論何事もない。十時半頃、自動車が一台入って来て、直ぐ出て行ったと云うから多分医者のこったろう。所が、暫く経って、自動車が二台出てしまうと、同時に、門が閉まってしまったのだ。猪股が、もう終りかと思っていると、正門の通門から、一人洋装の女が出た。と間もなく、建物の燈が、どしどし消されて行く。つまり、以上で全部と云う訳さ。二台の自動車は昨夜の来客で、後から出た、洋装の女は、多分牧夫人だろう。所が、いつになっても、肝腎要《かなめ》の騎西駒子が出て来ない。それで、仕方なく仕方なく、朝まで警戒を解くことが出来なかったのだ。そうしてみりゃ、どれほど君が、青騎士運動のあの色を、問題にした所で、結句は振り出しに逆戻りさ。つまり、殿村に牧頼子夫人だよ。まだもう一人、櫟犀五郎がいるが、こいつの方は、当ってみなけりゃ分らん」

「なるほど」

「だから、なるほど、君の仮説なるものも、理論には上乗だろうがね。しかし、それに肉を着せる訳には往かん。第一あの、厳重な警戒網を突破して、出入りすることは不可能だ、しかも、邸の中は洩れなく捜し尽されている」

「ウム」

「だから、だんだんに僕の考えが、この方へ傾いて行くのさ。つまり、紅駱駝氏は事によったら、殿村か、牧夫人ではないか――と」

「分った、こいつは恐れ入った」

尾形は、明るく微笑んで、

「実を云うとね。君の、その話を聴くまでは誰か、外部からの侵入者が、あるのではないかと思っていたよ。所が、僕の迷論も、君の反証に遇っちゃ、木っ葉微塵さ。しかし、此処で、あの二人を、天秤にかける必要があるね」

「そうだ」

「殿村四郎八か、牧頼子か――だ」

「むろん、僕は前説を採るよ」

警部は、満面に紅潮を漲らせて、

「現に君、鯉州が、あの晩、何処へ連れて行かれたと思うんだ。君は、独特の晦渋論法を張るけれども、僕は、鯉州の証言を百パーセント信ずるよ。君、この事件の解決は、殿村の口にあるんだ」

「と云うと」

「云わずと、それは第二の鍵さ。君は、密室だなんて、ひどく小説化しているがね。この室には、きっと、もう一つの鍵があるにちがいないんだ。そいつを、叩いて、叩いて叩き抜いて吐かしてやる」

「君がか」

「いや、そうなると、僕よりも猪股の方が、適任だろう。あいつは、向う見ずにかけては庁内右に出るものがない。きっと、やるぜ⁉」

それを聴くと、尾形は、ひどく不機嫌そうに、黙り込んでしまった。

何故なら、か弱い、神経的な、殊に夢中遊行などと云う奇癖のある殿村四郎八が、酷烈無比、旧式警吏気質そのもののような猪股に対するとき、恐らくは、正視も出来ぬ事態が生れるに、相違なかったのだから……。

その時、邸の何処かに弾条《ゼンマイ》が返る鈍い響がして、時計が二時を打つと、扉の外側が、俄《にわ》かにざわめき始めた。

騎西駒子の屍体が、法医学教室に送られるのであった。

いとも厳粛に、顔を引き締めた四人の召使が、それぞれ屍架の四隅を片手で提げて、静かに歩いて行った。

頼子夫人は、扉の側に立って、手巾《ハンカチ》を眼に当てている、信者の一人を片手で支えていた。尾形は、最初先頭を歩いて行ったが、先にドタドタ、警部が階段を降りて行く足音を聴くと、何と思ったか、立ち停まって屍架を遣り過した。

そして、後へ長く裾を引いた、黒布は摺れて、恰度頼子夫人の前あたりで、顔が顎の辺まで露《む》き出しにされた。

ハッとした、一同の視線は、思わずそれに集注されたが、尾形のみは、慓悍な野獣の様な眼差で、凝然《じっ》と頼子夫人を見詰めている。

しかし、頼子夫人は、その途端静かに顔を上げて、祈る様な視線を宙へ投げ、何事か口誦みながら黙祈に耽っていた。

尾形は、それを見ているうちに、何時《いつ》となく気になってしまって、空しい虚脱感の外は、何も感じなくなってしまった。

彼が、頼子夫人を殿村邸に連れて来たには、その目的の一つとして、一種の精神拷問を計画していたのだ。そして、警部の目が遠ざかったのを機会《しお》に、行ったのであるが、恐らく、異常な打撃を受けて、失神するかとも思われていた彼女が、意外にも、大地そのものの如く粛然としている。のみならず、却って眼前で、床しい余裕《ゆとり》に充ちた、所作を行われたのには、流石《さすが》の彼も、唖然たらざるを得なかった。

事実、頼子夫人が主張する通り、彼女は事件とは、全然無関係なのであろうか。それとも、彼女こそ、冷酷無比な紅駱駝であって、今に、予想も許さぬ大犯罪者として、出現するのではないか……。と、彼の狂わしい空想は、斯うした、両極に等しい二点の間を、飛び交していた。そしていく度も、頭の芯が痛くなるほど考えてみても、足掻くほど、昏迷の泥沼深くへ沈んで行くのであった。

そうして、殿村邸事件の第一日が終って、尾形が、帰宅したのは四時過ぎだった。

所が、自宅に着くと、受話器を耳につけた下女が、さも困ったらしい表情を、泛べているのを発見した。

「アラ、旦那様、恰度宜《よ》いところでして」

と下女は、ホッと安堵した様に云った。

受話器の向う側からは、亢奮し切った、小岩井警部の声が聴えた。

「尾形君、今度は、猪股警部補が殺られたんだよ。つい今し方、他の室でだがね。猪股の奴、射殺されてしまったんだ!!」

「ウーム!?」

尾形は、思わず唸った。

「では、直ぐ行くが、相変らずの紅駱駝かい?」

「いや、今度は、それは分らんのだ」

二　時計の悪戯

尾形が、殿村邸に着いて、最初に聴いたことは、やはり、彼の杞憂が実現されたことだった。

それは、云うまでもなく、猪股警部補の訊問が、苛酷を極めたことで、しばしば平手殴りの痛ましい音が聴かれたと云うのである。

けれども、それまでされたにも拘らず、殿村は頑として、口を割らなかった。問題は、所謂第二の鍵に就いてであった。

その室は、騎西駒子の殺された室とはちがい、二階の右隅にあって、そこから、扉一つで、殿村の寝室に続いていた。その寝室は、彼の奇癖からであろうか、昼間も鎧扉を鎖して、主に、彼の思索に耽る場所に当てられていた。

当時殿村は、訊問後の亢奮と疲労とで、床に就いていたのだが、実に、その隣室に於いて、猪股が射殺されたのである。

尾形が、入ると早々聴いた、発見当時の概略は、こうであった。

その室は、もともと秘書の純子が、雑用事務に使う部屋で、当時純子は、いなかったのであるが、毎日の事で、そこへ四時半に紅茶を運ぶ小間使が、端なく猪股の射殺屍体を発見したのであった。

なお、猪股と共に、彼の部下で、敏腕を謳われる刑事が、一人居残っていたのである。それは、蛭岡太郎と云って、最近めきめき売り出して来た、若手の一人であった。のみならず彼は両親が、正霊教のために財を失い、自殺まで遂げたのであって、騎西駒子の死に、快哉を叫んだ一人であった。

尾形は取り敢えず、殿村の寝室に入って、小三十分ほど、何事かを調べていた。そして、出ると、廊下で、小岩井警部に、バッタリと出逢った。

「小岩井君、僕は、もうゲンナリしたよ。こう、仏様の、連続的出現に逢っちゃ、やり切れん」

「マア、こぼさんで呉れ給え。しかし、猪股が殺られるとは、意外だった！」

「また、紅駱駝氏かね」

「いや、今度は、どう考えても、そうは思われんね。あれとは、全然別個の事件で、僕は、切り離して考えたいんだ」

「フム」

「とにかく、これには、此方に充分自信がある。所でだね、一つ君にお願いして置くが、こいつだけは、僕に解決させてくれんかね」

「と云うと」

「つまり、僕は一人芝居を演らせて貰いたいんだよ。いつも、君の蔭ばかりになってい
て、これまで一度も、僕は主役を振られた事がない」

「なるほど」

「元来、君は饒舌家で困るよ」

「そうかね」

「そうともさ。だから、僕が何を云おうと黙っていて、終りまで、例の迷論卓説を振り
廻わさんでくれ給え」

「承知した。しかし、見たところ、何とも君は、自信気たっぷりじゃないか」

「そう見えるかね。そうかも知れんよ。あるいは。事によると、この離れ島から、紅駱
駝の鼻ぐらに綱を通せるかも知れないんだから……」

小岩井警部は、異常な自信を仄《ほの》めかせて、尾形と二人で、現場の室に入って行った。

屍体は、開け放った大窓とT字形になって仰向けに倒れ、右手を傷口に当てていた。

後頭部を大卓子の肢に当てたらしく、縦五糎《センチ》程が○形になって切れ、周囲の腫脹が暗
紫色を呈している。

恐らく、脳震盪を起すに、充分な打傷だったらしい。

医師を戻してから、二人は屍体を調べ始めた。

創口は、甲状軟骨の右一糎程の所に孔《あ》けられた。非度く不規則な多辺星形をしたもので、周囲の肉が真黒に焦げて、炙肉《しゃにく》の様な臭気がする。

突き破った頸動脈から流れ出た血は、胸元から床にかけて、一面の湖水を作っているが、何より注目されたのは、未だ曾て、如何なる銃器にも見た事のない、大きなしかも無残此の上もない裂け口だった。

警部は、窓際に立って、暫く大空の星群を眺めていたが、振り向いた顔には、深刻な懐疑の色が現われていた。

「ねえ尾形君、地平線にみえる丘陵の様なのが、工廠なんだね。すると、その間半里ばかりの間は、茫漠たる空間じゃないか。おまけに、屍体を動かした跡がない。一発喰うと同時に、背後へ棒の様に倒れたんだ。それから、もう一つの謎が、此の創口だね。何か斯う云う、残酷な炸裂をする、銃器を君は知らんか」

「サア、非常に奇抜な方法で、近距離から射ったのでは」

「イヤ、地上から、射撃したのでないことは、創口だけでも判るね。それに、三階の窓には、張出縁はないし、真逆に八住純子が、綱を下して逆立ちに射つ気遣いはないだろう。仮令《たとい》そうにしても、第一標的が定まらんよ。とにかく、銃弾を見る事にしよう」

そう云って警部は、小刀《ナイフ》の錐の先を曲げて、それを傷口にズブリと突っ込んだ。然し、引き出されたものを見て、彼はアッと叫声を立てた。

「一体何だろう、これは？」

それは、長さ三糎許《ばか》りの、細長い鉄鉱の様なものだった。大体が、鏃《やじり》に似た形だが、それよりも、遊泳中の蛭と云った方が適切であろう。

「いいア、隕鉄だね」

尾形は、手に取るとすぐに云った。

「物凄い速度で、落ちて来るのだから、当ったら、人間などは一溜りもないよ。それに、隕鉄の熱と来たら、非常に高いので、創の肉が焦げた理由も、これで判る。つまり、窓を開けて仰向いた所を、隕鉄に打たれたと云う訳だね。所で、創道の角度はどうだい？」

「頸を縦にすると、略々《ほぼ》水平になるんだがね。生憎、創の辺が滅茶滅茶になっているから、その時、猪股の頸の仰角が、どの程度のものだったかは——明白に判り兼ねる。だが、そう云う天来の殺人者が、証明されたとすると、愈々《いよいよ》こりゃ天譴かな」

最後に警部は軽口を叩いたが、その唇をキュッと引き緊めて、

「では、一つ詳細を調べて貰おうかね。万が一にも、人間が下した天譴の痕がないとも限らんよ」

尾形は、隕鉄を水で洗い、燈にかざして調べ始めた。が、間もなく一つの発見が現われた。

「ねえ、小岩井君。隕鉄に特有なウイッドマン・ステッチン模様が現われているぜ」

「ホホウ、と云うと」

「注意して見れば判るが、両側の膨らんだ部分に、微かな横線が現われているんだ」

警部は腑に落ちぬらしく、

「銃身を擦った痕なら、縦につかねばならん訳だろう」

「イヤ、それが隕鉄特有の現象なんだ」

そう云って、隕鉄を擦ると、美しい線条の交錯が現われた。

「元来、固有の儘では、現われないのだからね。表面を、摩擦しなければならないのだ。これに、酸をかけると、もっと綺麗に出る。だから、ステッチン模様の現われている二つの点が、銃器の口径に当る訳だよ。つまり、犯人の過失なんだね。恐らく、隕鉄を焼いて発射したのだろうが、生憎ピッタリと符合した銃器を撰んだので、それで、口径が判ってしまったのだよ」

ステッチン模様の発見は、一端消えかけた、この事件を他殺説に引き戻してしまった。

「有難う。実際恩に被《き》るよ」

警部は、俄かに元気付いて、隕鉄の二つの点に精密な計測を始めた。

「二十四口径だ。しかも、その口径のルーガーを、殿村が持っているそうだよ。書斎の机の横に抽斗がついていて、いつもその中にしまってあると云う。持って来るかね」

警部が戻って来る迄の間に、此の室の状況を説明して置く事にする。

四間と七間の長方型の室で、右三分の一は、帷幕《カーテン》で区切られた寝室、廊下に出る扉は帷幕のすぐ脇に付いている。扉の左手には、壁爐風の電気煖爐があって、その上の壁に大型の円時計、煖爐の前には、白麻の覆をした長椅子が一つ横たわっている。窓は、前庭に面した側に二つ鎧窓あるのみで、その右寄りの一つが硝子窓とも開け放されていて、窓際から一尺と距たっていない所に、猪股が撞木型に倒れているのだ。

尚、向う側には、殿村の寝室と連なる扉が、屍体を挟んで電気煖爐と向き合っている。そして、其の上の回転窓が、水平に明いていた。

警部は戻って来ると、拡大鏡をルーガー拳銃と一所に突き出して、

「尾形君、此れだけでも犯人は邸内の者でなくてはならないのだ。指紋は愚か、油垢の跡一つない。綺麗に拭き取られているんだ。何もないと云う事は、故意に重ねた指紋などよりも、却って不自然な現象だよ。それから、此の窓の下から、空弾の薬莢が一つ発見された」

弾倉の中には、未だ銃弾が三発残っていた。それを一つ一つ抜き出して見ると、弾底に、明瞭な乳房頭状線が現われている。然し、此れは後になって、先代の儀八郎のものである事が判った。

「成程、明白な湮滅行為だがね。だが、それにしても、何処から射ったのだろうか。前は渺茫とした空間だし、屍体には動かしたらしい形跡はないのだし……」

警部も、唇を噛んで暫く黙っていたが、やがて、憂鬱な声を出した。

「僕にも、全く見当が附かん。此の問題は、凡《すべ》てを綜合してからと云う事にして、とにかく関係者を調べる事にしよう」

それから、警部の前にズラリと並んだのは、殿村はじめ、二人の雇人だった。

「君は、登美と云ったっけね。サア、発見当時の事情を聴かせてくれ給え」

警部は、鉛筆とメモを引き寄せ、案外優しい眼付で小間使を見た。気丈らしい登美は、スラスラ要領の良い答弁を続けたが、それは型通り、感動符の連続に過ぎなかった。聴き終ると警部は、

「そうすると君は、三時に来て、四時半には屍体を発見した訳だね。然し、その一時間半の間に、何か変った個所が、室内に出来ていやしなかったろうか？」

登美は、キョロキョロ見廻わしていたが、

「御座います。あの回転窓が、前には開いて居りませんでしたが」

「莫迦云うな、登美」

殿村は真蒼になって声を慄わせた。

「お前に、僕は何か関係でもあると云うのか――」

警部は、眼で殿村を制して置いて、登美を退らせた。そして、次に、四十がらみのコック体の男を卓子の前に差し招いた。

「君は、僕にどういう智恵を借そうと云うのだね？」

「御冗談を、実は銃声を聴きましたので」

「ホホウ、すると聴いたのは？」

「最初聴きましたのは、四時でした。それが、工廠の汽笛《ボウ》と同時でして……」

とコックが云い出したのを遮って、

「最初とは?」

と、警部は鋭く問い返した。

「二度聴きましたからで、ヘイ」

コックは、頭を掻いて、自分事の様に恐縮した。

「で、最初の時は、汽笛が鳴って居りましたので、遠いパンクの音位にしか聴えませんでした。何しろ、その音に気付いたのが、三人ばかりの中で、私一人だけな位なんで。ですから、そんな気がしたと云った方が、本当かも知れません。しかし、それに続いて、ドシリと床の上へ、大きなものが落ちた様な音がしたのです。その時も、別段不審がる者はいず、静かにしやがれ——と誰か呑気そうに怒鳴り返した程でした。ああそうそう、云う前にお断りして置くのを忘れましたが、その時私は、此の室の真下に当る、食器部屋に居りましたので……」

「それ以前には、何か物音をきかなかったかね?」

「さっぱりどうも」

コックは再び頭を掻いた。

「後にも先にも、その二度きりでした」

「ねえ尾形君、斯う云う大きな建物では、余程の音でないと響かんものだよ。天井即ち二階の床と云うのでなくて、その間に広過ぎるほど空隙がとってあるのだからね。だから、妙な響き方をする事がある。それに、工廠には、絶えず銃器試験があるのだから、此の家で音の性質を判別するのは、非常に困難な仕事だよ」

警部は、尾形に鳥渡《ちよつと》囁いてから、質問を続けた。

「すると、二回目は？」

「二度目が聴えたのは、十五分許り後の事でした。今度は相当強く、ゴム風船が破裂した程度でパンと響きました。けれども私は、近所で自動車がパンクしたな――位にしか考えませんでしたが。今度のは前回と違って、床に物が落ちたような音が、殆んど銃声と同時に聴えました。それが後になって見ると、人間が倒れた音だったそうで」

「では、此の点は、確実なんだろうね」

警部は、特別に念を押した。

「床へ打衝《ぶつか》った物音が、最初の時は、銃声の直後で、二度目は、それと殆んど同時だったと云う事は」

「絶対に、間違い御座いません」

コックは、悪びれずに答えた。

コックを去らせると、警部は純子に向き直った。

「では、純子さん」

「あなたは、銃声を聞きましたか？」

「音どころですか⁉　私はいい気持に、歌を唱っていたんでしたわ」

純子には、一向無反響だったが、一瞬顔面を掠《かす》めた不安の影を尾形は見逃がさなかった。

　続いて、警部の質問は、愈々一人残った殿村に向けられた。

「所で殿村さん、僕は職掌柄君を怒らせるかも知れませんが、君は誰よりも、銃声を確実に聴き分ける位置にあった筈ですね」

「僕が、単純に寝ていたとでも思われちゃ、困りますよ」

　殿村は突慳貪《つっけんどん》に云い返した。

「この二、三日来、睡眠不足が続いているところへ、今日の事件なんでしょう。それに、この猪股と云う男は、一体何です。礼を知らぬにも程がある。官権を笠に着て、急所に来ると、ガンと殴り付けて僕に何も云わせないようにする。どうです警部、これじゃ、いい加減耐らなくなるじゃありませんか」

「フム」

「それで僕は、いよいよこの男を、顧問弁護士を通じて、告訴することに決めました。しかし、頭がガンガン鳴っていて、亢奮や疲労で、いても立ってもいられないのです。それで、睡ってしまおうと早いのですが、ジアールを嚥みました」

「それは何時頃ですか」

「ちょうど、二時四十分でした。ジアールの睡眠の深さは、貴方も多分御存知でしょう。嘘だと思うなら、尿の検査をしても構いません。とにかく、軽率に、登美の言葉なんぞを信じられちゃ困ります」

「所が、あの開かっている回転窓に、どんな意味があるのか、まだ判ってないのですよ」

警部は皮肉に微笑んだ。

「然し、詰らない所で疑ぐられるよりも、却って云ってしまった方がいいでしょう」

「では、云いましょう。開けたとも開けなかったとも――記憶がないとね。人間の記憶なんて、その辺が一番正直な所です。大体私は、鎧扉を開けた事がないので、時々換気がてらに回転窓を開ける事があります。だが、そんな事で、貴方が妄想を凝している所を見ると、何か私が、回転窓を種に、玄妙な殺人方法を編み出したとでも、お考えなのですか。いや、そんな事なら、貴方に関わっちゃいられませんよ。睡眠を中断されたので、頭痛がしてならない所ですからね。ねえ尾形さん、私を釈放してくれる様に、警部殿を諭して頂けませんか」

そう云い捨てて、殿村は足音荒らく室を出て行った。

「ハハハハハ、大分怒ったな」

警部は別に顔色も変えず、

「時に、殿村が、夢中遊行を起すのは、毎夜何時頃だと君は聴いたね？」

「大抵、宵の口は八時近所だそうだがね。それ以前には一度もなかったと、家の者は云っているよ。だが、殿村は、いま意味深長な言を吐いたね。玄妙な殺人方法――それをきいて、天井の瓦斯灯の形が気になって来たよ。非度く変った型じゃないか」

天井には二個所、以前に使った瓦斯灯の器具が残っている。月桂冠に擬《こしら》えたホルダーが、ドス黒く燻ったグローブを銜え、管の中途にある開閉栓が、古代フェニキア天秤の型で、その末端に青銅《ブロンズ》で作った籠目の蹴鞠《けまり》がぶら下っている。恐らく、先代が外国から購入したものらしい。然し、殿村邸では五年前に瓦斯灯の使用を廃したので、鉄管は天井裏で切断されているのである。

警部は、それを聞いて笑い出した。

「そんな事を云うと、殿村に軽蔑されるぜ。とにかく隕鉄が、犯人の手に入った経路を、調べるこったね」

「それは無駄だろう。公けに発表されたものならすぐに判るが、個人的に発見したものだと、その間に、此の事件は時効に掛ってしまうぜ」

「そうかなア」

警部は、暫時黙然としていたが、やがて太い吐息をついて立ち上った。

「猪股が、何故窓の方を向いて倒れていたか？――それが判らなくて、一時でも殿村を疑ぐったのは僕の誤りだった。然し、周囲の室を調べる事には、君だって異存はあるまい。とにかく暫くの間だけ殿村に他処へ行って貰う事にしよう」

それから、二発目の銃弾について、周囲の室は愚か、窓を中心とする、半円に入る部分は相当遠方迄行われたのだったが、遂に結果は空しかった。

「所が、あれが錯覚ではないのだからね。他にも二、三、コックの言を証明する者が出て来たよ」

警部は、幾分充血した眼をして云った。

「ああ、それはそうと殿村は？」

尾形は何よりも、それを訊ねねばならなかった。

「書斎にいると云ってたがね。僕等が食堂に入る迄は、書斎を出られない理由が、あの男にはあるんだ」

警部は、妙な言葉を吐きながらも、何となく聴き耳を立てているかの様子だった。そうしているうちに、側の卓上の電話のベルが、二、三度続けて鳴ると、彼は莞爾として立ち上った。

「殿村が、室から出たのを、登美が報らせてくれたんだ。サア行こう」

警部は、足早に尾形を促して、現場の室を横切り、境の扉を開いた。内部は真暗で、正面の卓笥《キャビネット》の上にある、置時計のみが円く光っている。

「今にすぐ来るよ」

果してそれから一分と経たぬ間に、足音が止まり、廊下側の扉が開かれた。

殿村だった。彼は扉を閉めると、真直に、二つある窓の、右手の前に立った。そして、硝子窓を開いた時、闇の中から、警部の声がした。

「お早よう。先刻は左で、今は右ですね」

尾形が、壁のスイッチを捻ると、正面に、殿村の恐怖に充ちた顔が現われた。彼は、失神した様に立ち竦《すく》んでいる。

「右と左が、どうしたと云うのです」

殿村は、唸る様な声を出した。

「それが、二度目の弾の行衛なんですよ」

警部は、得意気に微笑んだ。

「此の室にも、同じ様に、瓦斯灯の器具だけが残っているのですが、銃弾は開閉栓に下っている、青銅の蹴鞠の中にある」

果して、彼の云う通りだった。警部は、尾形を、左手の窓の前に伴って説明した。

「殿村さんの奇癖で、鎧扉が永らく閉じっぱなしなのを御存知でしょう。が昨夜、鎧扉の目隠し桟を、水平にした跡が残っています。桟の両端に当る框の上に、僅かですが、剝げ落ちた金具の錆が残っているでしょう――それで判ったのですよ」

「またその時、硝子窓は一文字に開かれていた――と私は云いたいのです。何故かと云うに、仮に硝子窓が閉じられていたのだとすると、昨夜此の方角へ真正面から吹き付けた風が、永らく、桟と桟との間に溜っていた煤を、吹き払うでしょうからね。当然、硝子窓と鎧扉との間に、眼に見えたものがなければなりません。が、事実、そんな形跡は更にないのです」

「そこで、硝子窓が開かれていて、吹かれた煤が、床の上へ散乱した事が判りました。さて此処迄云えば、大凡《おおよそ》の見当だけはお付きになるでしょう。目隠し桟を、水平にして、鎧扉だけを閉じ、硝子窓を開かねばならなかったのは、つまり、一種の換気法だからです。他人の嗅覚に、触れてはならぬ臭気を、散逸させると同時に、内部を窺われないためなのです」

「然し、それは無論、火薬の匂いではありません。この室にあってはならぬ、異臭が罩《こも》っていたからです。そこで、私の眼が、此の室の天井にある瓦斯灯に向けられたのですが、他の室のと見比べると果して異状があるのを発見しました」

「他の開閉栓が左へ傾いて、栓が閉っているのに反し、此の一つだけは右へ傾いて、栓が開放されています。それは、点灯が廃止された今日でも、以前使っていた場合を考えると、明白に不自然な状態であると云って差支えないでしょう」

「そこで、私は一つの結論に到達しました。此の室の瓦斯灯を廃止する時には、見た通り器具は取り外してないのだから、多分天井裏の鉛管を切断したに違いない。そうして、切り口を塞いでしまえば切り口から開閉栓迄に溜っている瓦斯は、永久に散逸する惧《おそ》れはないのです。ですから、残っている問題は、五年前の石炭瓦斯を発散させた力が、抑々何《そもそも》によるかと云う事です」

「然し、それには、平凡な理論で、この室で失われたものを想像すればよい。つまり、二回目に発射された銃弾がそれなんですよ。それが、垂直に近い線を、下から逆に突進して行って、蹴鞠の籠目の間に喰い込んだのです。そして、その上昇力が、錆び付いていた栓を、回転させたと云う訳なんですよ」

「どうも、解せませんな」

殿村は、頸を捻って見せた。

「一体、どう云う事態が、この室に起ったと云うのです」

「それは、少しでもコックの陳述を玩味すれば判る事ですがね。最初の時は、銃声の瞬後に倒れた音が聴え、二回目は、その二つが同時だったと云う点です。無論、そう云う同時性の起る場合が、一つしかないからですよ。つまり、殿村さんが、仰向けに倒れた機《はず》みに、拳銃が発射されたからです。と云って、偶然倒れたのではない。或る重大な錯誤を冒したために、貴方が自殺を企てた所を、背後から支えた女性があった。そして、その二人が、絡み合って争ううちに、重なり合い仰向け様《ざま》に倒れたのです」

「と云うと、誰です？」

「純子さんですよ。僕は既に、貴方の愛らしい秘書の口を割らせました」

その時、殿村は突然叫んだ。

「僕を、犯人にするならするでいい。だが、一体猪股の屍体は何故窓の方を向いて倒れていたんだ」

「殿村君、それは君が、訊問中の態度で、猪股の耳を知っていたからです」

警部は、静かに云った。

「あの男の、右内耳の三半規管が、十年程まえ、耳疾のために全くやられてしまいました。僕は、当時官房勤務だったので、詳しい実情は知りませんが、三半規管に就いて、此れだけの想像なら、穴勝《あながち》過ぎたものと云われないでしょう。つまり、斯うなのです。三半規管が、全身の平衡感覚を司る機能である事は御存知でしょう。所が、それが破壊されると、真直な運動でも、欠けた方の側へ、捻れるようになって曲ってしまうのです。然し、視覚上の注意や筋肉の感覚などで、次第に恢復して行きますが、それは精神が常態の場合の事で、一旦平衡を失った際には、忽ち偏行運動が現われるのです。先刻が、恰度それなんですよ。まず貴方は、猪股に言葉をかけて、此方へ向いた所を狙撃したのですが、その時猪股が、後方へ逃げ出そうとした瞬間、偏行運動が起りました。つまり、右へグルリと一回転して、窓を正面にした時、均衡を失って仰向けに倒れたのです。そして、後頭部を強打して、意識を失ってしまったのです。つまり、開いてある窓と、それから偏行運動とが、貴方の実に優れた結合《コンビネーション》だったのですね」

「莫迦な、何が僕の所以《せい》なもんか」

殿村は、狂気の様に喚き立てた。

「僕がやったとしたら、夢中遊行の最中です。或は、犯人が他にあるのかも知れません。先刻の事情を、そのまま云いますから、そんな偏見だけは止めて下さい」

「云い給え」

警部は、冷たく促した。

「実を云うと、ジアールなど嚥んではいなかったのです。それで、少し眠ったと思う頃、鋭い音響で眼を醒まされました。時計を見ると、恰度八時でした。暫く半覚《うつつ》の儘寝台の上に坐っていると、隣の室でウームと呻き声がするのです。扉を開けると、どうでしょう、猪股警部補が紅《あけ》に染って倒れているではありませんか。近寄って見ると、脈搏が正に絶《つ》きなんとしています。私は思わず茫然となって立ち竦んでしまいました」

「所が、そのうち何時《いつ》の間にか、自室に戻ったと見えて、私は、自分の寝台の側に、佇んでいるのに気が付いたのですが、不図妙な手触りを、蒲団《マット》の上に覚えると、全身総毛立つ様な悪寒を感じました。私は拳銃に触れたのです」

「すると、突嗟に閃めいたものが、午後八時――いつも、夢遊病の起る時刻と云う事でした。が、然し、外はいまだに明るいのです。それは、全身の血が、一時に下る様な思いでした。所が、恐怖はそれのみでは尽きません。何だか、暗闇が怖くなって来たので、電燈を点けると、思わず眼を覆いたい様な現象が時計に現われているのです。つい何分か前に八時だったのが、今度見ると、四時を少し廻った許りなのです」

「私は遂々《とうとう》、悲惨な転落を覚悟しなければなりませんでした。仮令《たとい》、犯人に擬せられたにした所で、従来の時間内に起っていれば、多数の証言が、或は私を救うかも知れません。けれども、四時間の差は到底運命です。恐らく、私を奈落の底に突き落してしまうでしょう」

「そんな訳で、ムラムラと自殺する気になったのですが、銃口を顳顬《こめかみ》に当てた刹那、銃声を聴いた純子がとび込んで来ました。それから、しようさせまいの争いが、不図した機みで、貴方が推定される様な、結果を生んでしまったのです」

「然し、拳銃を純子に持ち去られてしまうと、私も自殺の決意が鈍りました。それに、一度ならずの銃声にも、誰一人騒ぎ立てるものがないので、或はと思い、万事成行に任せる覚悟になったのです。だが警部さん、あの不思議な時計の動きは、一体どんな悪魔が作り出したのでしょう？」

水疱の様な油汗を、額に浮べて、殿村は必死の弁明に努めたが、警部は長い黙考の後に口を開いた。

「いや、それだけは、如何にも事実でしょう――時計の指針が変ったと言うのだけはね。と云って、錯覚でも神業でもありません。単に、回転窓が水平に開いていて、君の室が、真暗だったから――と云うのみの事です。つまり、扉の正面にある向うの室の時計が、君の室の置時計に、不思議な一致を作って投影したに過ぎないのです。つまり、四時を指す指針の角度が、反対に映ったので、それが八時の様に見えたのですよ。然し、その刺戟が、君に殺意を起させる、直接の原因だったのですね」

「エッ、何を云うのです」

警部の推測は、切角摑もうとした殿村の藁を奪ってしまった。

「勿論、臆測だと云われるでしょうが、君には猪股を殺してよい動機がありますね。君のような、果報な境遇に生れ付いたものが、猪股のような、野育ち野人の怒罵に遇ったら、全く耐らなかったでしょう。ですから、動機に就いては、充分の同情を持っているのですよ」

「そんな訳で、君の心中には、幾つかの殺人方法が生れていた事でしょう。そして、計らずも、その一つを実行する機会を得たのです。君が仮睡から醒めると、隣室に跫音がしました。すぐ、一つの思い付きを用いて、それが猪股であり、窓の前にいるのを知ったのです」

「右の耳三半規管を欠いてた猪股に、隕鉄を利用するのには、正に絶好の機会と云わねばなりません。おまけに、時計を見ると八時なので、仮令殺人流星の仕掛が曝露したにしろ、罪を、夢遊病に転嫁する術もありましょう。そこで君は、煖爐の線輪《コイル》の上に、隕鉄を置いて熱を加え、その間に、書斎から拳銃を持って来たのです。そして、折からの汽笛を利用して扉を開き、猪股が振り向いた所を、発射したのでしたね」

「果して、万事筋書通りに運ばれましたが、兇行を終って室に戻り、電燈を点けて時計を見ると、君は実に、運命的な錯誤を冒していたのに気が付いたのです。その不可解な動きは、忽《たちま》ち君を懐疑の底に叩き込みました。ですから、解き悩んで茫《ぼう》っとしている所を、銃声を覚った純子に発見されて、挙句に自殺を決意せねばならなくなったのですよ」

殆んど、間然する所のない、警部の推論だった。殿村は、辛くも最後の気力を起して、

「それなら、回転窓は誰が開いたのです。それから、私が時計を見た時正四時だったのですから、同時刻に鳴る工廠の汽笛との間に、拳銃を取りに行く余裕がない訳でしょう」

「ハハハハハ、自分で知っている癖に!?　では、回転窓を水平にして、それに隣室の情景を映したのは誰です？　つまり、君は下から眺めて、猪股がいるのを知ったのです。それから、あの時計は、十分程進んでいるんですよ。所が、猪股の懐中時計は、天文台の証明書が附いている程の逸品なのですから、自分の時計以外は、決して見ない習慣になっています」

そう云って、警部は、憫笑する様な視線を殿村に送った。

「それにしても、殿村君、君は何故、もっと口径の大きな、拳銃を用意して置かなかったのです。そうしたら、尾形君に、ステッチン模様を発見される事もなかったでしょうがね」

三　裸女何を語るや

途端にいきまき出した殿村を、私服に連れ出させてしまうと、警部は、にこっと、尾形を見て、

「どうだね。これで、第二の鍵が、殿村の口から吐かれりゃ、あいつ完全に、紅駱駝の烙印を押されてしまう……」

「そうなるかねえ」

尾形は、妙にとぼけたような云い方をしたが、運ばれた紅茶を、グイと一息に飲み乾すと、

「所で小岩井君」

と、いきなり正面切って、坐り直した。

「いやに、改まってじゃないか」

「そうもなろうさ。君は、尾形に、紅駱駝云々を問題にしているが、考えなくったって、あの男が無関係だと云うことは、明らかじゃないか」

「何故だい？」

「ハハア、何故かと訊いたね。それじゃ、いよいよ箝口令解除のお許しが出たかな。では、云うが」

「フム」

「現に紅駱駝が、生死を賭している、シドッチの石——それ抑々《そもそも》、何処にありやだ。自分の邸の、煉瓦積の中にあるのを、何も好きこのんで、方々人殺しをして廻る必要はあるまい。これがもし、戸部林蔵の末裔とでも云うなら、理由は自《おのず》から他にあるがね」

「…………」

「そこで、僕の推《すい》しけらくだ。真実、殿村が紅駱駝だとすれば、それは、シドッチの石の隠し場所を思い違えているのだ。さっきも、ああして、鯉州老の言葉に驚いたくらいで、外見は、シドッチの石について、知っているとは思われない」

「フム」

「しかし、それがもし、巧みな偽装《カムフラージュ》だとすれば、当然、彼の口を割らせるものは、第二の鍵じゃない」

「と云うと」

「それはね、心理的に、彼の思い違いを、発見するにあるんだ」

「フム」

警部は、しばらく考えていたが、やがて顔を上げて、

「では、それはマアとしてだ。所で、今度の猪股事件について、君の感情を伺いたいものだが」

「あれか、あれはこの一言に尽きるね」

尾形は、やや傲然と肩を張って云った。

「無辜の者の、理由《いわれ》なくして苦しむのを、この尾形修平、いかでは黙視せんや——だ」

「なに」

「殿村四郎八は、この事件に限って、関係はない」

「では、どうしてだ」

警部は、喘ぐような呼吸を吐いて、尾形に椅子を近附けた。

「聴きたいか。それでは最初に僕の、夢中遊行についての仮説《セオリー》を聴いてくれ給え」

「よろしい、どうせ、君のこったから、独断《ドグマ》に過ぎんだろうが……」

「夢中遊行中の動作には、目的意志がある」

尾形は、やや物懶げな調子で云った。

「その意志と云うのは、覚醒時の意志なんだ。大体、それには明白な学説がないのでね。睡眠中の脳から起る、運動刺戟と云う概念だけは確かなんだが、さて、その主体が、何処にあるかと云うと、一寸《ちょっと》独断染みた解釈の様だけども、僕は、病者の筋肉の一団にあるのではないかと思うのだ。何時《いつ》でも、無意識中の刺戟に応える不思議な調節が、その中にあるのではないだろうか。そして、それが、一つの刺戟につれて、動いて行くのではないかと考えられるのだがね。つまり、病的なのは、高等機能に関係のない、運動神経の排列にあるのであって、現われる動作は、平素覚醒時に抱いている、健全な意志に依るものなんだ」

警部は、一度で驚いてしまった。何と云う奇矯な理論であろうか⁉ 彼は、更に訊ねた。

「すると殿村は、猪股殺害の意志を、あの時から抱いていたと云う事になるね」

「勿論そうなるんだろう。殿村君は、手を洗う動作をする代りに、拳銃を発射したのだ。文献には、もっと複雑な動作をした報告が現われているよ」

「では、夢中遊行の起る時刻に就いては、どう考えるね？」

「その点には、遺憾ながら定説がない。元来が、実験に困難な神経病なのだから、その時刻を、統計的に纏め上げると云う事は、殆んど不可能らしい。然し僕は、随時に起るのではないかと思うね。人間の脳組織なんて、高等なだけに規則的ではないと思う。だから殿村が、時計の指針の変化に依って、殺意を起したと云う君の説よりかも、これは御当人自身でも、疑問に考えている事だが、当時夢遊病が起って、その夢中に、猪股を殺害したと云う方が、事実に近い様な気がする。然し、その証明は、もう絶対に不可能だよ」

「でも、今まで、起ったものを統計したら、どうだろう」

「君には、マクベス夫人を頭の中から追い払う必要があるね」

尾形は、冷やかな嘲りを泛べた。

「毎夜一定の時刻に起き上って、手を洗う動作をしながら、歩き廻ると云うことは、沙翁の巧妙な劇作術で、科学的な論拠はない。その証拠が、此の邸の、雇人達の証言だ。殿村の夜間発作が、夜半十二時から、一時頃までの間に限られているとか、云っているそうだね」

「然し、そんな証言は、権威ある精神科医や、心理学者の眼が光っている、法廷では何の役にも立たないことだ。大体、その証言が、何から生れたと思うね？　まず、その時間の性質を吟味して見る事だ」

「その時分にはまだ、奥向の雇人達の中には、幾人か起きているものがあるだろう。また、下働きの連中にとると、十時が就寝だと云う話だから、一番睡眠の深い、寝入端の二、三時間を過ぎて、膀胱の拡張が、そろそろ覚醒を刺戟して来る時刻なのだ」

「つまり、その刻限頃が、殿村の不気味な姿を、一番多く見る機会を与えられるのと、それに夜半と云う条件も手伝って、そう云う証言が生れるのだと思うよ。幾らも、宵の口や他の時刻に起った事もあっただろう。けれども、そう云う時のは、際立って奇妙な動作を行わないので、自然眼に付かなかったのだろうからね」

そう云ってから、尾形は、その驚くべき奇抜な説に結論を付けた。

「つまり、僕の説を綜合するとだね。夢遊病は、他の病的無意識状態とは異って、厳密な意味で云う精神妄弱状態ではないと思うのだ。その点で、リープマンが、観念妄用症《アイデアトリーアプラキシヤ》と云った定義を排斥するな。あの説の中心になっている高等神経には、何等の故障もないのだからね。因果関係は、心にあるのではなく、奇妙な、反応作用をする筋肉にあるのだよ。また、その無意識状態と云うのも、夢遊病者のみが持つ、第二の肉体を指して云うのだ。だから、僕が司法官なら、夢遊病者の裁きには、世界中の判決に新例を作るよ。まず何より、直接刑量の事を考えるね」

「すると、君の説の結論は、一体どうなるんだね」

警部が、呆れたように云うと、

「とにかく、君とちがって、僕は、殿村が犯人とは信ぜられん」

「フム、それで」

「だから、殿村を救い出す道は、ただ一つしかない訳だ。夢遊病などに、重点を置いてはいけない。それより一歩進んで、あの男が此の扉から、一歩も出なかったと云う事を証明するのだよ」

そして尾形は、目前の扉を凝然《じつ》と見詰めている。瞬間警部は、微かに慄毛立《おぞけだ》つ様なも

のを感じたが、

「冗談じゃないぜ」

と、でもそう云って、警部はゴクンと唾を嚥み込んだ。

「出ないと云う意味は、拳銃を持った下手人としてだ。あの室には、もう一人何者かが侵入した形跡が残っているのだよ。僕は此処へ来て、君に遇う前に、女中の一人に、今日、置時計のある棚を掃除したかどうか訊ねてみた。すると、その女中は、案外頭脳《あたま》の良い女でね。すぐ憶い出して呉れたよ。午頃、棚から時計にかけて、濡れた布巾で拭いたと云うのだ」

「濡れた布巾⁉」

「そうだよ。それが乾いていたら、僕の発見は生れん」

尾形は、誇る色もなく、テキパキと云い続けた。

「所で、あの置時計に、兇行現場の室にある、時計の文字盤が映ったと云った。然し君は、それを奇体な、偶然の出来事として看過すかね。いや僕は、それに、何か作為的のものを直感したのだ。それで、僥倖な何物かを、摑もうとして焦ったのだ。どうだろう、あの時計には、動かした形跡が現われている。しかも、濡れた布巾で拭いた後の、僅々四時間のうちに起っているのだ。無論、そう云う仕掛があったために、隣室の時計の指針が邪しまな影となって映ったのだよ」

「すると、それは？」

「と云って、極些細な現象なんだがね。置時計の下には、絨緞とゴブランとで、交織《まぜおり》になった敷物が敷かれてあるだろう。そして、あの当時、置時計の底にある、四つのエボナイトのいぼが、ゴブラン織の桝形の上に載っていたのだ。置時計の底にある、四つのエボナイトのいぼが、ゴブラン織の桝形の上に載っていたのだ。所が、それを仔細に見ると、可成りの数の絨緞の細毛が、四つのいぼの下に落ちているのだ。さて、これが、どう云う行為の結論になるだろう。僕の、そう云う発見があったために、あの置時計を動かした、邪悪な人物の存在が明白に判った。つまり、エボナイトのいぼの上を――半強迫心理でだね、手袋をつけていても、特徴を知られる様な痕跡を残すまいとして丹念に拭いたのだよ。サア小岩井君、これだけの材料で思い出して呉れ給え。君が小学校の理科の実験で何をしたか？」

警部の胸元に、ドキンと衝き上げたものがあった。正に形勢逆転だったのである。

「なるほど」

「エボナイトの棒を鹿皮で擦って、よく女の子の髪毛《かみ》を吸い付けたものだったがね。それが、この事件では、絨緞の細毛だったと云うことが分るだろう」

「ああ」

警部は、ソッと嘆息して、脆くも、自説の崩壊を知ったのであった。

「それでは、犯人を、誰だと君は思うね」

「そりゃ、分らん」

尾形は、ケロッとした顔で、云い放った。

「所で小岩井君、君は、今来るとき、蛭岡刑事を見たかね」

「なに、蛭岡太郎⁉」

「そうだ。君がいつも、後継ぎが出来たと、自慢している、あの男だ。所が、邸《やしき》の者の話によると、事件の前後から、蛭岡の姿が消えてしまってると云うんだ」

「フム」

「そこで僕は、猪股に続く、赤錨閣第三の事件が、予期されるんだがね」

「す、すると君は」

警部は、可笑しいほど吃って、

「蛭岡が、この邸の、何処かに殺されている――と」

「さしずめ、そうと考えるより外に、推定の持って行きようがないじゃないか。と思うと、僕は、この邸にいるのが、だんだん怖ろしくなって来たよ」

「フム」

「紅駱駝の、あの怖ろしい力を、何かにつけ、しみじみと思われて来るんだ」

「…………」

「第一、風以外には出入りの出来ぬ、密室が切り破られている。それに、白昼警官が殺されるし、その方法も、実に深刻克明を極めているんだ。そこへ持って来て、あの鷹のような、蛭岡刑事の姿が見えない」

「…………」

「僕は、そう云った連鎖の中に動いている、一つの得体の知れない力を、直感しているんだ。これはどうあっても、紅駱駝以外の仕事じゃない。あいつを除いて、誰が、この尾形修平を引き摺り廻わすことが出来ると思うかい」

警部の顔には、次第に、唯ならぬ暗影が拡がって往った。

「ああ、蛭岡も殺されたのか。可哀想に、あの男は、両親が正霊教のために死んで、よく僕に、くどくど泣き事を云ったもんだが。今度は、自分が、正霊教に満更縁がないでもない、紅駱駝のために殺されてしまうなんて……。よし、これから蛭岡を捜そう。たとえ、どんな姿になっていようと、僕等には、それをするだけの義務がある！」

と、小岩井警部が、眦《まなじり》を決して立ち上った時に、扉を開いて、一人の老婆と小間使風の娘が、オズオズと入って来た。

「ああ、誰だ君は、何しに」

「実は、何で御座いますよ。ハイ、私は、七里くめと申しまして、雑用を勤めて居りますで」

その老婆は、幾度も腰をかがめて、警部に云うのだった。

「では、何の用だね」

「それが、旦那様の、御苦艱を見ますとな。何ともはや、居ても立ってもいられぬ気が致しますで。関係《かかわ》り合いになってはと、口を抑えて居りました事を、実は、申し上げに参りましたのです。ハイ」

「と云うと、何を」

「それが旦那、さっき私は、櫟《くぬぎ》の旦那を見かけましたんですがね」

「なに、櫟犀五郎⁉」

警部は、その一言に、思わず立ち上ってしまった。

「本当か、婆さん」

「何で、私が、嘘を云いますか。ともかく、お聴き取り下さいまし」

と、老婆は、示された椅子にかけると、語りはじめた。

「四時の汽笛が鳴り終って、少し経った時分ですから、もう薄暗くなって居りました。その時私は風呂加減を見て居りましたんですが、不図《ふと》何の気なしに窓の方を見ますと、サアどうでしょうか、窓硝子の左端に、櫟の旦那の横顔が、ひょいと現われたのです。そして、別段此方《こっち》を見るでもなく、その儘スウッと右端へ消えてしまったじゃありませんか。此りゃ可怪《おか》しいぞ――そうなったら、私の癇がとても見逃しっこありゃしません。何しろ風呂場と云っても、雇人用の風呂場の事で、その周囲は、便所や何かで、邸中で一番汚い所なんですから、元々あんな御客様が、お出でになる気遣いはないし、また今日、あの方がお出でになったと云う話も聴きませんので、ハテ何処へ行くのだろうと、窓掛の蔭から凝然と見て居りました。そうしますと櫟の旦那は、砂利道を伝わって通用門の所まで行って、そこで此方をひょいと振り返ったのです。其処には、側に二本の高い門燈がありますので、その明りでハッキリと、見る事が出来ました。お髭の具合から、お服装《みなり》までもなあ。それから、櫟の旦那は、石垣を伝わって、フイと外へ出てしまったのですよ」

「所で、君の云う雇人用の風呂場と云うのは、一体何処にあるんだね」

「サア、どう云いましたら」

と婆さんが、説明の仕方に当惑しているのを、側《かたわ》らの小間使が引き取って、

「それは、建物を正面から見まして、左袖の恰度中央辺に御座います。ですから、左横の通用門から真正面に当る位置にあるんで御座いますの」

「だけど、お婆さん、君が櫟を見たと云うのは、何かの見間違いじゃないかね」

尾形は、半ば微笑みながら云った。

「旦那、此の眼でがすよ」婆さんは、眼を剝いて憤慨した。

「年齢は六十八でも、若い者より針の目が利きますんでさア」

「それでは、櫟の服装を覚えているだろう?」

「何時も、旦那様や皆さんがお召しになっている、あの気狂染みた……」

と、婆さんは云いかけて、周章《あわ》てて口を押えた。

「例の真青な、外套と帽子とじゃ御座いません。全く普通のお服装で」

「ウム」

それを聴くと、尾形は低い呻き声を立てた。そして、口の中で呟く様に云った。

「それが真実なら、全く怖ろしいことだ」

するると、側にいた小間使――それは、登美ではなく、もう一人いる、幸江と云う娘だったが、老婆の話が終ると、遠慮深げに、口を切った。

「私、申し上げても差支え御座いませんでしょうか」

「ああ、いいとも、それで君のは」

「マア、何と申し上げたら、宜しいのでしょうか、全く今日ほど、このお邸が、薄気味悪く思われたことは御座いません」

「どう云う訳でだね」

「それは、今のおくめさんの、話にも御座います通り、全く今日は、どうしたって訳なんでしょう。いろんな方が、それも、このお邸にはお馴染の方が、こっそり、何処からお入りになったものか、この中を彷徨《うろつ》いていらっしゃるんですもの」

「なに」

「実は、私、牧の旦那様をお見かけ申したので御座います」

「なに、牧博士だ⁉」

警部は、呆気にとられて、紅い林檎のような、幸江の頬を見詰めていた。

ああ、牧医学博士――正霊教の実権者である彼は、いま、妻の頼子の苦窮を知らず、関西を旅しているではないか。

「君、そりゃ確かに、見間違いだ。牧博士は、いま東京にはいないのだからね」

「で御座いましても、私、真実に見ましたものを隠せませんわ」

幸江は、臆せずに、キッパリと云い放った。

「では、君が見て、そうと信じた所を、残らず話してくれ給え」

尾形が、側らから口を添えると、

「それでは、こちらへいらっして頂きます。私、一々現場で御話し致しませんでは、到底、お聴きになっても、取り止めないばかりかと存じますので」

と、彼女が案内して行ったのは、猪股が殺された室の裏側であった。

その室は、中央に引き合い扉のある、二室続きの部屋で、幸江が、問題にしているのは、向って右手の一つであった。

そこには、引き合い扉の真正面に、大きな鏡が一つあって、その前方、斜め左の壁には、二百号ほどの額縁が掛っていた。それは、梅木虎三郎の大作で、一人の裸女が、ケバケバしい画室の中で、正面を切っている、姿体《ポーズ》であった。

そして、その壁続きに扉が一つあって、そこから鉤の手になって、廊下が現場の室の前を通るのだった。

幸江はまず、前方の室に入って、引き合い扉から、鏡を眺める位置を占め、語りはじめた。

「ちょうど、四時少し前のことで御座いましたが、この室に参りますと、刑事の蛭岡さんが、お茶を済ましてお居でになりました。所が、不図何の気なしに、向うの室の鏡を見ますと、そこには、いま八住さんがかかってお出でになる……」

「八住純子が、どうしたと云うね」

「ハイ、脚気で、左足がちょっとお悪いので御座います。あの方が、かかってお出でになる、牧様の御主人……」

「フム」

「あのお方の姿が、鏡に映っているので御座います。私は、思わずアッと声を立てましたところ、蛭岡さんも、同時に立ち上りました」

「それで」

「そうしますと、鏡の中からスウッと姿が消えて、同時に扉の閉まる音がし、コトコトと廊下を歩いて行く跫音がいたしました。蛭岡さんも、暫く立ち竦んでいたようで御座いましたが、すぐ私にお振り向きになって、今日、牧博士はいつの間に来たのだと仰言いますから、いいえ、お出でになった事は、ついぞ伺いませんでしたと答えますと、そうかと云って、その儘廊下へお出でになりました。それから、間もないんで御座いますよ――この騒ぎは」

「君、それはたしかに、間違いないね。で、君は、最近この邸へ来たのかい」

「ハイ、つい半月ほど前で御座いますが」

「そうか」

そう云って、尾形は暫く考えていたが、やがて、元気よく立ち上った。

「分ったぞ小岩井君、この二人の云う事は、いかにも真実なんだ」

「と云うと、牧博士が関西に行くと云ったのは偽りか」

「いやいやどうして、博士は今頃、正霊教の本部で、金勘定でもしているだろうよ」

「…………」

警部は、呆気にとられて、尾形の顔を見詰めた。

「つまり、その矛盾撞着が、殿村四郎八を救い上げるんだ。マア小岩井君、僕の云うのを、悠《ゆっ》くり聴き給え」

尾形は、莨をとり出して、プウと烟を吐いてから、

「実を云うと、牧博士は真実関西にいるんだし、この邸に現われたのも、嘘じゃない。しかし、一人の人間が、同時に異った場所に姿を現わすなんて、そんな莫迦げた魔法も、又有り得る道理はない。すると、最初にこの邸の方を、まず吟味して掛らなけりゃならん」

と云って、尾形は、博士が出たと云う扉を開いて、暗い廊下から、斜めに光りを送った。すると、どうした事か、アッと驚きの声が、一同の口から洩れた。

実に、正面の鏡には、幸江の言の如く、牧博士が現われたからであった。

「どうだい小岩井君、しかし、これは牧博士の幽霊じゃない。所謂彩色幽霊《ペンチメント》と云うやつだ。それは、油絵の上絵具に、透いて来る性質のものを使った場合、悪くすると、すぐにもそれが透いて来て、塗り隠してある下絵が現われて来るのを云うのだ」

「なに、彩色幽霊!?」

「そうだよ。あの絵は、最初に牧博士そっくりの、髭のある人物を描いたのだが、後でそれを塗り潰して、見た通りの裸姫にしてしまったのだ。だから、絵具の関係で、すぐ彩色幽霊が現われて、それが、横からの光線で一層はっきり見えたと云う訳だ」

「フム」

「それで、博士のお化けの説明は、これ位にして、さて、その彩色幽霊が、因《もと》でいかなる悲劇が起されたかと云うと、それは、この幸江と云う人の実見談にもあるのじゃないか」

「と云うと」

「いまこの人は、扉が閉まると、姿が消えて、廊下を行く跫音がしたと云ったね。それはつまり、扉を閉めたものがあって、光線が遮断されたからだ。所で君は、その人物を、一体誰だと思うね」

「………」

「それが、猪股だ。しかし蛭岡は、それを怨み重なる牧博士と信じて、ムラムラと殺意が起った。しかも、つい先刻、殿村とのいきさつを知っているのだから、何とかして、殿村に転化しようとしたのが、あの殺人方法だ。そして、猪股の跡を追い、薄闇が禍いともなって、可哀想に、あの鬼が射殺されてしまったのだよ」

「なるほど」

警部は太い吐息をついて、

「それは、よく分った。しかし、先刻婆さんが、櫟と云ったのは……」

それを聴くと尾形は、側に積んであった音楽新論を、パラパラとめくっていたが、やがて、その中から櫟の写真を見付け出した。

「ではこの手品を、とくと見て貰おう。此処にあるのは、櫟の写真だよ。これに、どうだね。こうやって、まず眼鏡をとる。それから、髭を白く塗り潰す。ああ小岩井君、これはどう見ても、櫟とは思われんじゃないか」

「アッ蛭岡!?」

警部は、魂消《たまげ》たように叫んだ。

「つまりさ蛭岡は、自分と櫟との酷似をよく知っていたんだ。そして早速の変装で付け髭と眼鏡だけで、櫟に化けてしまった。だから、あの婆さんの見た櫟は、普通の服装だったと云うだろう。所が小岩井君、僕は蛭岡の逃走で、もう一つ、新しい悲劇が起りそうに思われてならないんだ」

「何故だね」

「と云うのは、蛭岡が、上野発五時七分の汽車で、櫟が宇都宮へ行くのを知っているからだよ。とにかく、もう十時になっては、どうにも仕様がない、マア一つ君宇都宮署にでも電話をかけて見給え」

それから、長距離電話の返事を待つ間に、二人は、騎西駒子が殺された室に行った。すると、尾形は、急に興味を覚えたかのように、例の寝台をしげしげと見入りはじめた。

昨夜の血痕は、まだそのままであるけれども、それに尾形の眼を引いた、二つのものがあった。

一つは、レースの附いた天蓋を支えている、支柱の先が、メデュサの首になっていることで、もう一つは、前の框《かまち》に、首のない鷹の彫刻があると云うことだった。

そこへ、宇都宮署からの回答が齎《もたら》された。

「今晩、櫟は宇都宮の演奏会へ行かなかったそうです。なお念のため上野駅に問い合わせましたところ、真青な外套を着た一人が宇都宮行の切符を買ったとか云う話でした」

「そうか」

二人は、一言も云わず、ただ、悲劇のなかれかしと、祈るのみであった。

所がその夜のうちに櫟の横死が確実になった。

と云うのは、大利根の鉄橋に、蛭岡の名刺入れが落ちていて、なお線路の上に轢断された二つの足首が残っていたとの事である。

それで愈々《いよいよ》、蛭岡の犯行が確実となり、翌払暁、いよいよ櫟の家を襲った。

所が、扉を破壊している間に、蛭岡は万事を悟り、静かに遺書して、服毒したのであった。

それによると、鉄橋近くで、櫟が便所に入ったのを幸い、用意したクロロホルムを嗅がせて、昏倒した櫟を、鉄橋の上に投げ出した。そして、服装を取り換えた蛭岡は、まんまと櫟になり済まして帰宅したのであった。

こうして、猪股警部補事件は、意外にも劇的な結末を見るに至ったのであるが、その際、蛭岡の屍体を前にしながら、ふと櫟の机を捜ったとき、

「アッ」

と云う驚駭の叫びが、警部の口から洩れた。

「どうしたんだ、小岩井君」

尾形が走りよると、警部は無言のままで、机の中の何ものか見詰めている。

それを見たとき、流石《さすが》の尾形も、全身の血が凍るような思いだった。

そこにある、一通の謄本に、抑々《そもそも》、何事が認められてあったか——。

実に、櫟犀五郎こそ、戸部林蔵のたった一人の孫に当るのだった。

こうして、明治初年当時、あの事件の関係者の裔が、悉く《ことごと》明らかになって、紅駱駝事件は、あるいは櫟犀五郎の死と共に終ったのではないかと思われた。

所が、翌日の夕方、尾形と警部の許へ、同文の速達が配達された。開いてみると、

——櫟は、紅駱駝に非ず。紅駱駝は、今なお斯くの如く、健在なり。

第五篇　桃花木《マホガニイ》の貞操帯

一　心の不思議

七時二十五分発の小山行の下りがホームの人影を、大波の様に掠《さら》ってしまった。町の歳暮売出しのシャギリや、転轍機の軋みが聴える程に、静かな大宮駅だった。

上りの急行が着く迄に、まだ八分からあるので、尾形は、外套の襟を立ててホームの待合室で夕刊に目を通していた。

毛穴から霜柱が立ちそうな寒い晩だった。闇空には星が一つ、その、直ぐ真下に当る、私設電車のトタン屋根の上から、投光器の蒼白い光が、つい鼻先にある軌条にまで届いていた。

尾形には、それ等が凡《すべ》て、寒い凍えるそのもののように思われた。

間もなく半哩許《ばか》り先を、列車が驀進するらしい音響が、丁度熊ん蜂の唸り声みたいに、ジインと聴えて来た。

尾形は、夕刊を抛り出して立ち上り、汽罐車が停止する辺りに見当を付けて、上屋を離れ、標示板の所迄歩いて行った。

最後に、衝き上げる様な震動を起して、彼の眼の前で停まった汽罐車は、熱風の様な蒸気を、尾形の鼻口に吹き付けた。

彼は、乳白色の幕が、次第に薄れ行く隙間を透して、特徴のある禿頭を二等車の窓際で発見した。

「セルボニー先生」

尾形は、窓硝子をコツコツ叩いて、大声で叫んだ。

すると、硝子越に、海豹《あざらし》に彷彿とした、人の好さそうな笑顔が泛んで、牡牛の様な、大きな胴体がのそりと立ち上った。

「おお尾形君」

何時《いつ》でも、山高帽の筋が、額に赤い線を引いている異国の老学者は、昇降口から半身を乗り出して手を差し伸べた。

「先生、食堂車へ行きましょう」

尾形は、相手の手を握ったまま、踏段を上った。

尾形は、給仕に暖かい飲物を命じて、早速用件を切り出した。

「先生、王子の殿村邸を御存知でしょう。あの邸の前住者について、まだ正確な記憶がおありですか」

「あるともあるとも」

セルボニーは、哮《ほ》える様な声を立てた。

「だが、今時なんでモープレだい」

「実は、彼処《あそこ》で、有名な騎西駒子が刺殺されたのでそれに是非とも必要なのです。まず、デムーランとあの邸の建築者モープレとの関係から伺いましょうか」

「ああ、デムーランかね。あの人も、矢張りわしの友人じゃったよ」

セルボニーは、ドロンと窪んだ眼を、懐かしそうに瞬いてから、語り出した。

「一口に言えば、デムーランとモープレとは対敵関係にあったのじゃ。スザンヌ、コローを巡る恋愛合戦で、お互いは、決闘する迄に逆上《のぼ》せ切って居ったよ。しかし、その結果は、やはり金力じゃ。遂々《とうとう》貧乏人のモープレの敗北に終って、おまけにコロー家の出入りまで差し止められたので、モープレはナントに居溜らなくなり、巴里へと逐電してしまったよ」

「それが、どんな理由で、日本に来る様になったのですか?」

「それじゃ。第一がデムーランの渡日、次が、あの赤錨閣の建築でな。どうしても、モープレが必要になったので、わし等が巴里中を探し廻った挙句、モンマルトルの屋根裏で、図ぶ六になっている彼奴を見付け出したものさ。そしてモープレの、お袋にも手伝って貰ってな。漸く口説き落して、気が進まぬのを無理矢理日本へ先発させたのじゃった。何時《いつ》の世にも悩ましいのは、生きてゆく業じゃ。モープレは、老母《としより》一人抱えている所へ、収入を失い、あまつさえ、自棄酒《やけざけ》を煽り続けていたのだから、そうでもせん事には、肝心なお袋が餓死してしまうでな。一切の感情を殺して、どんな屈辱でも敢えて忍ばにゃならぬ、実に切ない世話場じゃったよ。で、それから可哀想なモープレは、マルセーユを出帆する時、わしに斯う囁いて、仏蘭西から離れて行ったよ。——俺は自分の感情を、日本に残す建築に依って表現するのだと——さ。そうして、出来上ったのが、あの赤錨閣じゃ」

「なるほど」

尾形は、セルボニー氏の話を聴きながら何か思案気に頷いていた。

「その次に、今度は舞台が、日本に廻るじゃ」

セルボニー氏は、口や咽喉を湿して続けた。

「それから二月ばかりの後、わしも、文部省の招聘で、日本へ渡ったのじゃったが、日本へ来てみると驚いた。モープレめ別人の様になってしもうて、カブリエルの事なんぞ、他人事の様に噯《おくび》にも出さぬ。そりゃ、こんからケロリとして居るんじゃ。そして、赤錨閣の中に、自分の居室などを作ってデムーランやカブリエルと、一所に住むんだなどと、言い居る。それに工学部の講義にも、真面目に出掛けるから、これは宜《よ》い塩梅じゃと、わしも秘かに喜んで居った。所が妙な事には、カブリエルが死ぬと同時に、まるでモープレは、魂の抜け殻みたいになってしもうた。それからは、学校の講義などには、碌々出ずに、大酒を飲んで花柳界を泳ぎ廻り、半年程放縦な生活を続けていたが、明治十九年一月になると、不意っと本国に帰ってしもうた。兄弟同様の儂《わし》にも、一言も断らずにじゃ。それから手紙で、消息を聴くだけで、四十年余りの間、一度もモープレの顔を見ずじゃ。そして一昨年、下院の議席で、ブリアンの外交演説を聴きながら、斃れてしもうたよ」

「所で、モープレの日常の言動の中で、何か注目に価するものがなかったのでしょうか」

「ないなア」

と、一旦傾《かし》ぎかけたセルボニー氏の頸が、次の瞬間にはピョコンと立ち直った。

「唯、モープレが、本国に帰ってから四十年間、わしに書信《たより》を寄越す度毎に、デムーラン家に何か変り事がなかったかと、欠かさずそればかり訊ね居ったよ」

「なるほど」

尾形の胸にドキリと一つ衝き上げる様な動悸がした。

「それから、今度は別の話ですが」

尾形は、衣袋《ポケット》から一枚の紙片を取り出して、セルボニー氏に手渡してから、次に質問を持ち出した。

「この彫刻が、殿村家にある、寝台に附いていたのですが」

「何んじゃ!!」

首無し鷹の、図模様《デザイン》を見たセルボニー氏の口からは、思いも依らぬ、驚愕の叫びが迸り出た。

「それでは、エスランの寝台じゃ。しかし、斯んな飛んでもない不吉な代物が、どうして海を越えた殿村家にあるのじゃろ」

「モープレが、里昂《リヨン》の公売場で買って、日本へ送ったものだそうです。多分、若い二人の、新床になる予定だったのでしょう。して、不吉だと仰言る理由は？」

「それは、斯うなのじゃ」

セルボニー氏は、息を詰めている、相手の顔を凝視しながら、語り出した。

「事の起りは一七九四年、恰度、普、墺、露の三国聯盟が、革命人民政府と火花を散らして居った年じゃ。当時、兵学校の砲術教官を勤めていた砲兵少佐レーモン・エスランが、ストラスブルグにある砲塁の守備を命ぜられて出陣した。その間際に、婚約者のマルガレート・デュフローに与えたのが、新たに作られたあの寝台じゃった。首のない鷹の模様は、エスラン家の紋章ではなくて、ハプスブルグ家の鷹の首を、ちょん切ると云《あ》う意味なのじゃ。所が、休暇で帰郷した、エスランの従卒が、五日と経たぬうちに、周章《わ》てふためいて戦線に飛び帰って来た。そして意外な報せをエスランの耳に齎せた。従卒が郷里に着いたその翌朝、エスランが出征前に贈った寝台の上で、マルガレートとエスランの同僚であるラグラン少佐とが二人共しどけない寝衣姿で死んでいるのを発見されたのじゃ。マルガレートが無惨にも絞殺され、ラグランは、拳銃で顳顬《こめかみ》を射抜いて斃れて居った。ラグランの胸から腕にかけて、マルガレートの吐瀉物で醜く汚されていたので、ラグランが最初にマルガレートを絞め殺し、そして自分は、拳銃で自殺を遂げたに相違なかったのじゃ」

その時、列車の車輪から、囂々《ごうごう》たる音響が起って、荒川の鉄橋を、赤羽めがけて徐走し始めた。

赤羽へ着けば、セルボニー氏の出迎え連を予期しなくてはならぬので、尾形は気が気ではなく、性急《せわ》しそうに眼瞬《またた》きして先を促した。

「これが、あの寝台が吸った、最初の血じゃったよ。で、それからじゃ。エスランは、何人も夫人を取り換え居った。そして、最後に娶った、カテリーヌ・ボーンマルシューと云う未亡人が、此れもまた夫の出征中にじゃ。第二の犠牲者として、寝台の生餌《いきえ》に捧げられたのじゃ。マルガレートの事件以来、不吉な存在として、エスランが一向に使わなかった寝台の上で、密夫のサガロフと云う剣投げ芸人のために、短剣で心臓を貫かれたのが、カテリーヌの最後じゃ。しかし、その報せが、戦場に届いた前の日に、レーモン・エスランはアウステルリッツに於ける、奈翁《ナポレオン》の栄誉のため、砲架の上で血を流してしもうた。それから主を失った寝台は、仏蘭西の各処を放浪し歩いて、幾度か吸血鬼の様に血を吸い廻った挙句、遂々行衛が判らず仕舞いになったのじゃ。そして、それを今、君の口から聴いたので、始めて日本の殿村家にあるのを知ったのじゃよ」と、語り終えるとセルボニー氏は、飲物の最終の滴《したたり》迄、一気に嚥み乾した。

「けれども、果してモープレは、そうした事実を知っていたのでしょうか」

尾形が訊いた。

「恐らく、知らんじゃろうとは思うがね。あの男は、そんな故実めいた事には、一向趣味のない男でな」

「それから、レーモン・エスランは、何故、そう何度も、配偶者を取り換えたのでしょうか」

「性的器官に欠陥があったと言われて居るんじゃ。そう云う点にかけては、ノルマンディの女は、特別本能的じゃからな。だから無理ではないて、マルガレートもカテリーヌも……」

セルボニー氏は、此の一くさりだけを仏蘭西語で言って、車内が割れ返るばかりの笑い声を立てた。

その時、列車は信号所を過ぎて、静かに赤羽の構内を滑って行った。

尾形は、立ち上って、セルボニー氏の掌を握り締めて言った。

「色々有難う御座いました。セルボニー先生良い、耶蘇降誕祭《クリスマス》をお迎え下さい」

その夜は、枯葉の落ち尽した梓を揺すって、一晩中風が荒れ狂っていた。雲のない明るい月夜だった。

昼間の無理が手伝って発熱した尾形は鋭い神経の末端で、何度となく渡り鳥の声を聴いた。そして睡られぬまま、寝床の上を転々としていたのである。

その翌日――十二月二十日、前日の予定通り、尾形は牧博士を訪れた。

博士は六十近いにも拘らず、黒い艶々とした、見事な独逸風の髭を蓄えていた。それが、精力的にキリッと引き緊まっていて、贅肉のない、寧《むし》ろ陰険な標悍さを思わせる容貌だった。

中年迄は、病理学の大家として、一個の学究を誇っていた博士が、不図した動機で、友人の病院を継承してからと云うものは、まるで人間が変ったと云われるほど理財に専念する様になってしまった。現在では、押しも押されもせぬ第一人者として、企業としての医術を代表する成功者であった。のみならず、正霊教徒間に於ける、博士の地位と声望は、全国に渉って、教会の所在地には、必ず一個の病院を設立せしめるのだが、その、圧倒的な攻勢資本は、忽ちにして、他の弱小病院の市場を掠奪してしまうのだった。

午前中の外来を終えると、両国の牧病院は、滅切《めっき》り人影が杜絶えて、時偶、浮腫《むく》んだ皮膚をした中年の婦人が、気懶《けだる》そうな足取りで出入する位なものであった。

尾形が受付に名刺を差し出して、来意を述べている内に、階段を、ドヤドヤ降りて来た一群があった。

「アッ、尾形さんですか」

そう言って、服装の渋い好みが、人柄にピタリと嵌っている三十がらみの男が、群の中から抜け出して来た。

それが、尾形の遠縁に当る、浅鍋と云う若い検事だった。背後に残った、人品のよくない連中は、一斉に帽子を脱って、尾形に丁重な挨拶をした。

「何か、この病院に事件かね」

　尾形が、いけぞんざいな口調で訊いた。

「実はね、此処の婦長が、堕胎幇助をやったのです。知名な連中、関係が多いので、新聞記事を差し止めてありますが」

「すると、君みたいな、若い人にとっては役徳って訳だね」

　それにつれて、背後にいる連中は、ドッと無遠慮な笑い声を立てた。若い検事は、てれ気味に顔を赧《あか》らめて口吃《くちごも》った。

「全く厄介な引っ掛りですよ。所で尾形さん、あなたは、どんな御用で？」

「ちょっと、天文同好会の用件で、院長に遇うのだがね。では、失礼しよう」

　軽く目礼して、尾形は階段を上って行った。そして、通されたのは院長診察室だった。

「ああ、恰度宜《よ》い所だった。実はあんたに会いたいと考えていた矢先で」

　尾形の顔を見ると、牧博士の方が憂い顔に言い出した。

「非度く、気掛りな事があるのですが、ね。と云って矢鱈《やたら》な人間に言おうものなら、却って頼子に、悪い解釈をされはせんかと思ってな。わしも、迂闊には言い出せんのですよ。実は尾形さん、頼子の書斎の中に、薬物鞄《メディシンケース》が置いてあるのです。内容《なかみ》がモルヒネからアコニット丁幾《チンキ》の類まで、まあ大概のものは網羅されているのです。ですから、若《も》しや偶然にでも、頼子が見付け出しでもしようものなら……。と、考えたが最後、居ても立ってもいられんと云うのが、現在です」

「では、それが何処にあるのでしょう」

「たしか、本棚の一番下の列にある、合本類の蔭に、隠して置いたと思いましたが」

「たしかと仰言ったには、ちょっと妙な響がありますな」

「それが何しろ、わしが、此の病院を継承する、少し前の話だから」

　博士が慌てて弁解した。

「もうそろそろ、記憶が薄らいでも、よい時分でしょうよ。それからは、病院の方が急がしくはなるし、そうしたものにも、一向必要を感じなくなったので、今度の事件が起る迄は、てんで念頭になかった位です」

「すると、とやかく頼子先生の立場に、影響がないのでしたらそれは、公然と持ち出しても差支えないのですね」

　尾形が、特に念を押した。

「無論、差支えありません。その辺、臨機の処置はお任せするとして、一つ、御骨折願いたいものですな。御覧の通り、頼子との交通を、遮断されとるんですから、わしから取りに行く訳には行かん、それかと云って、物が物だけに、一刻も猶予が出来んような気もする……」

「よろしい。明日中にお届けしましょう」

　尾形は、キッパリと言い切った。

「有難う」

と軽く頭を下げてから、

「所で、尾形さん」

と言って、博士は改まった口調になった。

「一体、此の事件は、何時迄続くんでしょうな」

「まだ、見当は、何一つついてはいないのです。ですから、時日の永い事は、御覚悟でないと」

尾形は、事件の難渋な内容を仄めかしてから、用件を切り出した。

「実は、今日その事で、お伺いしたのですよ」

「何なりと」

洋机《デスク》についた、肱を離して、博士が言った。

「殿村家の秘書をしている、八住純子と云う婦人を御存知でしょう。あの人の症状を、詳細に伺いたいのですが」

「ああ、八住純子⁉」

博士は瞬間当惑したらしい表情を泛べた。そして、言い難《に》くそうに、

「実は、血脚気なのだが」

「血脚気⁉」

尾形は思わず唾を嚥んだ。

「患者の秘密を、人に洩らす事は、医師の道徳に反《そむ》く訳だが、どうも致し方ない。あの

婦人が半年許り帰省していたのは、実の所、分娩が目的だったのです」

　博士が暗然とした気味で言った。

「なるほど……、所で先生、私が特にお聴きしたいのは、あの婦人の歩行の程度なんですが」

　そう言って尾形は、汗ばんだ両掌を握り締めた。

「まず、静かに歩く程度でしょうかな。それ以上の運動は、求める方が無理だと思うが」

「所で甚だ率直過ぎたお訊ねの様ですが」

　尾形の声には、自分でも不思議に思う位力が罩《こ》もっていた。

「事に依ったら、実際の症状が、先生の診断より、ずうっと軽いのではないでしょうか」

「何を云うんです⁉」

　博士は、驚いて相手の顔を見た。

「患者の実際の症状が、僕の診断より軽いのは願ってもない事だが」

「どうか、お気になさらないで……」

「いや決して気にはせんが」

　博士は、顔色を柔げて言った。

「それより、もっと具体的な要点を並べたらどうです」

「例えば、幅一米突許りの所を、あの人は跨げますかな」

「一米突⁉　さア」

博士の唇に、泛びかけた微笑の影が、スウッと引っ込んで、

「これは、恐ろしく難問だな。大体、脚気の様な自家中毒の病気には、外部からの診断よりも、当人の経験を問う方が正確なのです。僕が見た所では、多分不可能だろうと思うけれども、それかと云って必ずしも、そうと断言する事も許されんでしょう」

そう言ってから、今度は博士の方から訊ねた。

「所で、尾形さん、あんたは今、跨ぐと云う事を云ったが、それは一体何《ど》っちの足を云うのです」

「左足ですが」

「そうですか、左足だとすると」

突然、牧博士の調子が高まった。

「わしは断言してもよいと思う‼　最初あの婦人を診察した時、左足のアキレスに疼痛を訴えるのでX線にかけると腱に故障がある。で、当人に訊くと、女学校当時走幅跳の練習中に、アキレスを切った事があると云うのです。つまり、その治療で、腱が完全に癒合していなかったので、今になって再発したと云う訳ですよ。あれは、再手術を要しますな」

「すると、結局の所は？」

尾形は、失望の色を湛えて、最後の駄目を押した。

「その足で、踏み切って、一米突ばかりの所を跨げるとしたら」

博士が、面白そうに笑った。

「わしは、生理学を、初歩からやり直さにゃならんて」

「時に、あれは、産婦人科のどこに必要なのです？」

突然、尾形がそう言って、横手にある硝子戸棚を指差した。

うず高く堆積した罫紙の上に、澄んだ唸り声を発する、測拍計《メトロノーム》が載っていた。

その瞬間、博士の顔が、だしぬけに白っぽく弛んだ様に思われた。が、すぐに、

「ああ、あの測拍計ですか。あれは、明治の初年に、音楽取調所の教頭だった、リューダー教授の遺物ですよ。わしは、あの形が好ましいので……何となく、翼の除《と》れた和蘭風車と云った感じがするでしょう」

「所で、前の話ですが」

尾形は、再び話題を旧《もと》に戻した。

「素人でも、鎮痛剤の注射は出来るものでしょうか。鳥渡《ちょつと》した薬物と、生理学の智識があって、十分か十五分の、鎮痛を目的にしたコカイン位な所が……」

「まず、出来んと云った方が、正しいでしょう。鎮痛の効果を、歩行に障碍を来さない程度に制限するのでしたら、やはり専門家でなければねえ」

「それから、これもまた、ひどく無躾なお訊ねなのですが」

尾形が丁重な口調で訊いた。

「あの晩、九時から十時迄の間に、頼子先生から電話がありましたね。いや確かに、あった筈です。もしお差支えなければ、その内容をお洩らし下さいませんでしょうか」

「いや、言っても、一向に差支えない事です。しかし、あの事件には、別に関係ないのですから、君は失望するでしょうね」

博士は、鳥渡不快な表情をしたが、それでも、無造作に答えた。

「あの晩、わしが此の室で、来信の整理をして居ると、頼子が、少し遅くなるからと、電話で言って来たのです。その時、止せばよかったのだが、その昼間、新場橋の署長がやって来ましてな。婦長を明日、堕胎幇助の嫌疑で挙げるから、病院の信用のため、それ以前に解雇したらどうか、と忠告してくれたのです。それを話して、早速解雇するかと云うと、頼子はいきなりわしに喰って掛って、彼此《かれこれ》三十分近くも、電話口に喰い下られてしまったのです。その婦長と云うのは、頼子の親友の、山越夫人が寄越した人間なので、その辺の思惑から、刑が決定する迄待てと頼子が主張するのです。で、つまり、する、してはならんの経緯《いきさつ》が、あの長電話になってしまったのですよ」

そう言い終って牧博士は、尾形が腰を浮かしかけたのを見て、声をかけた。

「わしの答が、あなたの想像を破壊するばかりで、お気の毒でした」

「いいえ、間違った考えを、訂正して頂いただけでも結構です」

尾形は、帽子を取り上げて、子供の様な御辞儀を、ピョコンと一つしてから、

「医療上の奇蹟を求めて、それに失敗しても、まだ心の不思議と云うやつが残っています。それに成功出来れば、頼子先生の行く先が、どの道ハッキリする事でしょう」

と意味あり気な言葉を残して、院長室を出て行った。

二　測拍計《メトロノーム》で……

そして、それから間もなく尾形は警視庁に姿を現わした。

「アッ尾形君か⁉」

叩《ノック》もせずに、乱暴に扉をこづいて入って来たのが尾形だったので、警部は呶鳴り付けようとした、気配を引っ込めた。

「相変らず、警視庁って所は、溝みたいだね。其処に、君が坐っていると、尚更汚なく見えるよ」

半分冗談交りながら、それでも尾形は、側にあった書類をとって尻に当がい、洋机の端に腰を落した。

「時に、堕胎幇助をやった、牧病院の看護婦長を知ってるだろう。あれはまだ地下室にいるのかい」

尾形が最初に切り出した言葉だった。

「されたかも知れんが、マア鳥渡待ち給え」

警部は、呼鈴《ベル》を押して、入って来た警部補に聴くと、今夕六時、未決に収容される予定だと云うので、すぐ此処へ連れて来る様にと命じた。

間もなく入って来たのは、四十がらみの、如何にも婦長らしく、旧式の束髪に束ねた女だった。そして、気懶《けだる》そうな動作が、明らかに肉体の苦痛を訴えている。

「君の名は？」尾形が訊いた。

「久住つるで御座います」

婦長はそう言って、鼻《はな》洟を啜《すす》り上げた。地下室の冷酷な空気は、どんなに健康な人間でも、一応は参らせずに置かない。

婦長も、風邪を引いたと見えて、発熱で眼がうっとりと充血していた。

「君は、風邪を引いたね。だが、今夜からは未決だそうだから、少しは、楽が出来るだろう。とにかく掛け給え」

尾形は、いたわる様に言った。そして、腰を下した婦長に、

「所で、僕が君に訊ねたいのは、君の犯罪に関係した事ではないのだ。それだけに、君も心配せずに隠さず申し立てて貰いたいがね」

と顔を近付けて、何やら囁こうとしたが、途端に婦長の口から、プーンと溜らない悪臭を感じた。彼は不意に顔を外《そむ》けて、

「君、鳥渡中座してくれ給えな」

と、入口にいる、警部補に声を掛けた。

「実は、外《ほか》でもないのだが」

警部補が出てしまうと、尾形は普通の声音で言い始めた。

「君は院長室に、測拍計《メトロノーム》があるのを知ってるだろう。あれは、一体何に使うのだね」

「測拍計で御座いますか」

そう言って、婦長は躊躇した気味に顔を伏せた。

「さっさと正直に言い給え。今に君の保釈を斡旋してやるぜ」

警部が横から口を入れた。

「あれは主に、初産で極く気の弱い、そして、正規の分娩に差支えない条件を備えた方に、使うので御座います」

婦長が、やっと口を開いた。

「測拍計の音で、患者の精神を統一させて、それから牧先生が、暗示を与えますのです」

「すると、所謂無痛分娩法ってやつかい」

警部が言った。

「左様で御座います。御当人は無論の事、第一側《はた》が大変楽で御座いますから」

婦長はそう答えて、尾形の次の言葉を待った。

「施術の成功率は、どんな具合だね」

「ハイ、たしか十人に八人位の割で御座いましょう」

「なるほど、それでは本格の催眠術だね。普通の無痛分娩法では、そうはいかんよ」

と尾形は低い声で呟いてから、

「外《ほか》には、院長が別に、催眠術を施したことはないかね」

「唯一度、看護婦の非度《ひど》い月経痛を癒した事が御座いました」

「それから、今度は十七日の晩だが」

尾形は、だしぬけに質問の方向を変えた。

「あの晩の九時頃、君は病院にいたのかね」

「ハイ、恰度あの日が、当直で御座いましたので」

婦長は、指先で日を繰ってから答えた。

「すると、あの晩の院長の行動を、君に訊きたいのだがよく考えて明瞭《はっきり》した所を答えてくれ給え」

尾形は特別念を押して言った。

婦長は、それから暫くの間、観念を纏め上げるかの如く、視線を宙に馳せ考えていたが、やがて口を開いた。

「七時半に、回診のお伴をして、戻って来てから、二つ三つ御用を足して、私が院長室を出たのは、彼此《かれこれ》八時半を廻っていたでしょう。その時牧先生は、今夜は少し、自分の仕事をするから、九時少し過ぎたら、紅茶を持って来る様にと御言い付けになって、机の引き出しから、封筒を束ねたのをお出しになったと記憶して居ります」

此処で、婦長は言葉を切って、再び前の動作を繰り返した。

「それから、私は看護婦室に行って他愛のない雑談の仲間に入って居りました。あの晩は、珍らしく異変《かわりごと》のない夜で、手隙の看護婦は、大抵集って居りましたから、彼此七、八人は居ったと思います」

「看護婦室と、院長室との間は、どの位離れているね」

「十畳位の室を三つ置いた、その次なので御座います。その間の室は、三つとも器械を入れてありますし、向う側は廊下を置いて中庭になって居ります。それから、院長室の先は、渡り廊下ですが、お出になった事が御ありでしたら、それは御存知でいらっしゃいましょう」

「そうすると、その間、院長室の方で、何か物音を聴かなかったかね。確か聴えた筈だよ。雨の夜の病棟なら、針一本落しても、ダブルバスを蹶飛《けと》ばした位に響くからね。どんな音でもいいから、君の記憶に正確なのを言い給え」

そう言って、尾形は、灼きつく様な視線を、相手の顔に送った。

「でも、何しろ、若い女が十人近く集っている事ですから、いくら小声で話しても、やはり、その……」

婦長は婉曲に否定した。

「では、それから君はどうしたね」

「そのうち、不図気が付きますと、九時を四、五十分も過ぎて居りましたので、周章《あわ》てて紅茶を持って参りますと、牧先生は、恰度受話器を掛金に掛けた所で御座いました。

そして、紅茶は鳥渡唇をおつけになっただけで、それからすぐお帰りになりました」

「すると、その一時間余りの間、院長は唯一人で室の中にいた訳だね。それとも、誰か、院長室に行った者があるのかい。其処が、一番大切な所なんだから、よく考えてから、返事してくれ給え」

「多分御座いませんでしょう」

婦長は、考えもせず、無造作に答えた。

「来客があれば、当然呼鈴が鳴るでしょうし、医員の当直室からは、絶えず牌《パイ》の響が聴えて居りましたから」

「有難う。君のお陰で、大変要領を得たよ」

そして、尾形は、扉を開いて、廊下にいる警部補に声をかけ、

「君、この人の歯を磨かしてやるんだね。それから、未決に送る迄、救護室の寝台に寝かしてやってアスピリンと煙草位を当がってやり給え」

そうして、婦長を連れ去らせた。

警部は、念のために把手《ノッブ》を確かめてから、頗《すこぶ》る緊張して、尾形の側へ寄って来た。

「牧博士の行っている方法は、催眠術の極めて原始的な型式でね、諦聴法と云うやつだよ。単調な、そして律度的《リズミカル》な音響を聴かして、精神凝集《コンセントレーション》を行うのだ。しかし、施術にかけて、博士は非常に優れた腕を持っているらしいね」

尾形は、そう呟く様に言いながら、腕を後に組んで窓の方へ歩んで行った。

そして、随《つ》いて来た警部を、窓際で振り返った。

「所で、小岩井君、約束通り、今日の顚末を君に報告する事にしよう。純子の脚では、博士にどえらい反証を挙げられてしまったぜ」

それから、尾形は縷々と、アキレス腱の件りを、続いてセルボニー教授との会見の結果を、警部に話し始めた。尾形が、純子の左足を問題にしたのは、いつか劇場危難の夜、紅駱駝の左足が、幾分びっこを引いているのに、気が付いたからだった。

長い時間を経てそれが終ると、

「此れで遂々《とうとう》、あの左足に、説明が付かなくなってしまったよ。そうなると、櫟《くぬぎ》が殺された以上、この事件は情ない結論をせんければならんのだ」

しかし、尾形は、非度く悲観した言葉を吐きながらも、何時《いつ》ものような蒼く尖った顔をしてはいなかった。

警部は、暗い海の底から、ポッツリと浮び上ってくる泡みたいなものを想像しながら、次のように言った。

「ねえ、尾形君、優れた催眠術の施術者になると、一定の時間を隔てて暗示を実現させる事が出来るとか云うがね。僕はそうして起される、新しい催眠状態に、不思議なほど期待が持てるんだ。その間はどんな暗示を受けても、絶対に無批判だそうじゃないか」

「それにはねえ。無比《ユニーク》な術者、犬の様に訓練された被術者――と斯う、二つの条件が揃ったらだよ」

そう言って、尾形は、やや改まった面持で警部の顔を見て、

「どうも君は、頼子夫人と牧博士との関係を、妙な妄想で、附会《こじつ》けたがっているらしいね」

「そうなんだ。そして、自分でもそれは愚問だと思っているが」

警部が、力のない声で言った。

「大体、神懸りの会の、日取りが決定したのは、十五日の事だろう。それから、牧博士は、十七日の朝関西から帰ってきたのだから、その日の朝早く、邸を出た頼子夫人とは、遂々会わず仕舞いなのだ。無論騎西駒子が出席する事など、夢更知ろう道理がないと来てる。そうすると、此の事件に、牧博士の存在を強いようとするには、どうしても、牧博士と頼子夫人とを、十五日以後に会わせなければならぬ。だから、念のために、牧博士の足取りを探って、それが失敗したら、僕は斯んな妄念を、断然頭の中から追放《おっぱら》ってしまう積りだよ」

「所が、そう考えてよい機会なら、それが、十七日の晩にあった筈だぜ」

尾形の声は、低いが、しかし、鋭かった。

「何んだって？」

警部は思わず唸った。

「犯罪の捜査には、想像力の欠乏と認識不足ってやつが、一番困った代物なんだ」

尾形は嘲り顔に、警部の顔を見返した。

「ねえ、小岩井君、牧夫妻が、永い期間のうちにだね。二人の間に、施術が継続されていたとしたらどうする。頼子夫人の鋭敏な感受性は、被術者として、最も完全な条件を具えてしまうと云って差支えないのだ。そうしたらだね。何も、顔と顔とが打衝《ぶつ》からないでも、施術は、容易に行われ得るじゃないか」

「と云うと」

「いいかい、小岩井君。牧博士の方法は、諦聴法なんだぜ。つまり、一定の律度《リズム》に依る、音響を聴かせて、催眠状態を誘発させるのだ。だとすれば、その音響を聴き、更に相手を、自分の前方に意識し得るとしたら、恐らく、博士の暗示に吸い寄せられてしまうだろう。そこで、問題をあの晩に移すのだ。頼子夫人は、騎西駒子が卒倒すると、間もなく博士に電話をかけた。そして、十五分余りも、電話室から出なかったのだ、一方の博士は、その時院長室で、何者にも妨げられなかったのだからね。博士の側にある、測拍《メトロノ》計《ーム》が振動を開始すると同時に、此の事件が、本筋に入ったのかも知れないぜ」

「ウム、なるほど、窒息しそうな話だ」

警部は、盲《めし》いた野獣の様に息を弾ませた。

チクタクと鳴る、測拍計の音――。

もしそれに、頼子夫人を、催眠に誘う律度があったとしたら、

「なるほど、騎西駒子さえいなければ、正霊教の一切が、博士の手に落ちる。また、もしかしたら、博士と騎西駒子との間に、シドッチの石の眼星がついていたのかも知れ

ん」

警部は、ふたたび、呻くように呟き続けた。

電話を利用して、催眠術をかける——今まで彼は、そうしたものが、すべて何もかも、小説上の技巧に過ぎないと考えていた所へ、これだった。

「けれども、君はいつもの伝で、こう云う素晴らしい仮説《セオリー》を、ただ黙って、眺めてばかりいるんじゃないだろうね」

「むろんともさ。僕はこれから、運を天にかけて、一大勝負をやるんだ」

「と云うと、その方法は？」

「僕は頼子夫人に、また睡って貰おうと云うのだよ」

「何を⁉」

小岩井は、驚いて眼を瞬った。

「ねえ君、催眠中の記憶と云う奴は、いくら暗示で忘れさせても、絶対の忘却と云う訳にはいかんのだ。次の催眠状態で、爪の垢程の事迄も、憶い出すものなんだよ」

尾形は、そう言ってから、

「時に、施術の心得のある者を、君は知っているかね」

「では、早速呼ぶ事にしよう。防疫課の書記で、日隈《ひのくま》と云う男が、相当やるそうだから」

やがて、警部が連れて来たのは、善良そうな、五十がらみの小男であった。

流石《さすが》に、瞳の底には鋭い光を湛えてはいたが、穴熊みたいな、鈍重そうな容貌と云い、時代がかった服装を見ても、いかさま古色蒼然、三十年勤続の判任官とでも云いたげな風態であった。

日隈は一々尤《もっと》もらしく頷きながら、尾形から概略《あらまし》の説明を聴き終ると、

「相手が牧頼子なら、私は容易《たやす》く、近附きになれますよ。何しろ、斯う見えても、戦前からのレコード・ファンですからな。しかし、それから先は……どうも？」

と、自信を欠いた憂鬱な表情が、次第に顔一杯に拡がって行った。

「とにかく、余程考えて掛らんといかんですね。監視の私服の積りで行っても、施術の気配を、相手に覚られたら、何もならんですからね。幾ら相手が、感受性の鋭敏な方でも、諦聴法では、無論駄目に決まっています」

「しかし、あなたが最善と信ずる方法で、是非今夜のうちにやって頂きたいのです」

尾形が強く主張した。

「それでは、一応牧邸へ案内して頂きましょうか」

日隈は、思い切った風で言った。

「何より、当人に顔を見知って貰う必要がありますし、現場へ行ったら、また何とか名案が浮ばないとも限りませんからね」

それから日隈は、牧邸と所轄署へ、警部から電話をかけて貰い、二人には晩の八時に牧邸で遇う約束をして、室を出て行った。

「ねえ、小岩井君、もし今夜失敗したら、この事件は、これきりで潔よく、頭の中から追い払ってしまうんだね」

尾形は、外套の袖に腕を通しながら言った。

「しかし、その反対に、思いも依らぬ事実が飛び出して来て、事件が一挙に解決しちまうかも知らんぜ」

警部は、何時《いつ》迄も執拗な期待を、言葉の端に現わしていた。

「骰《さい》子を振って、七と云う目が出たら、それは、失敗より、以上に悲惨な敗北なんだ」

尾形は、皮肉に言い返しはしたが、心持ち蒼白な顔色であった。

「自分の意志が、届かない所で、事件が解決するのだったら、僕は、思い切って弁護士なんか罷《や》めてしまうよ。存在理由を失って、尚且《なおかつ》ノホホンとしていられるほど、僕は非良心的ではない積りだ」

その夜は、冬季には珍らしく、雷鳴を交えた霰が降り出して、それが恰度霽《は》れ上った時分に、尾形と警部は牧邸に着いた。

頼子夫人に、自動車の音響を覚られないために、五町も手前で車を停めて、其処から歩いて来たのだった。

玄関脇の、小ぢんまりとした応接間に、日隈が一人、人待ち顔にポツネンとしていた。そして、一人の顔を見ると、いきなり声を掛けた。

「良い塩梅でしたよ、愚図愚図していたら、どうにもならなくなった所です。頼子夫人は明日にでも室を変えたいと言ってますからね」

「現在いる室に、そんな重要な役割があるのですか」

尾形は訊いた。

「それは、室の位置がです」

日隈が訂正した。

「監禁生活に入って以来、頼子夫人は、睡る時のほか書斎にいるのですが、其処は、窓の向う側が、鬱蒼《こんもり》とした庭になっていて、夜になると、樹立の隙間から、寛永寺の常夜燈がポッツリ一つ見えるのです。それに、窓に向いた洋机の上で、始終五線紙を弄《いじ》っているのですからね。万事、配置と云い、お誂《あつら》え向きに出来ているんです」

「すると」

「恐らく、成功は期待できないでしょうが、ともかく常夜燈の光で、凝視法をやろうと云うのです。ですから、前に、カーテンの蔭へ隠れて頂いて、私が何とか言って、睡眠観念を誘い出す言葉を言い始めたら、壁にあるスイッチを捻って頂くんですな」

そう言って、日隈は、衣袋《ポケット》から起倒型《タムブラー》のスイッチを取り出して、

「これなら、普通の横に捻るのと違って、大した音は立ちませんし、故意と弾条《スプリング》の極く弱いのを、撰んで買って置きました」

その時、邸内の何処かで、重い扉が閉まる様な鈍い音がすると、それに続いて、二つの跫音が、消え去る様に流れて行った。

「どうか、この隙に」

日隈は立ち上って、緊張した面持になった。

「屹度《きつと》風呂場へ行ったのでしょうから、その間に、スイッチを取り換えて、カーテンの蔭に隠れていて下さい」

其処は、落ち付いた、本格的な書斎であった。

調度の些細な点にまで、芸術家らしい、豊かな好みが滲み出しているのを、尾形は噛み締めんばかりに見て廻った。

その間に、警部は、言い付けられた仕事を終ってしまった。それは物の五分経つか経たぬかの間であった。

カーテンを捲くると、なるほど日隈が言った様に、真黒な冬木立の間から、鬼の目の様に赤い灯が一つ見えた。

何処かに、月があると見えて、星のない空が暈《ぼう》っと明るかった。

頼子夫人の位置から常夜燈がよく見える様に、カーテンを細目に開き、窓掛《ブラインド》を上げた。

それから二人は、冬眠した爬虫の夫婦そっくりの容《かたち》で、肩を衝き合わせたまま、凝《じ》っと固くなっていた。

頼子夫人が、腰を下したと見えて、椅子がギイと軋《きし》った時、日隈が、室の中に入って来たらしい。

それは、何分の後の事か、とにかく、まるで墓石の様に真暗な退屈が、相当長く続いてからの事であった。

「お邪魔して、お仕事に差支えないでしょうか」

と日隈の声がした。

「関《かま》いませんからどうぞ、……ですけど、どう考えても、あなたは、刑事さんの様に見えませんことね。あんな連中にとったら、音楽なんぞ、まるで天国の事件でしょうからね」

頼子夫人が、皮肉な口調で言った。

「ですが、それが生活だとしたら、寧ろ愍《あわれ》んで頂けるでしょう。全く僕みたいな人間は変り種なんですよ」

それから、レコードと音楽雑誌だけの智識しか持たない日隈が、それでも、頼子夫人を巧みに捌《さば》いて話題を近代音楽に持って行ったので、暫くのうちは頼子夫人が大嫌いなオネガアを攻撃する声が聴かれた。

が、一くさり終って、話が途切れると、それ迄は屈託なさそうに饒舌を振っていた日隈が、どうした訳か、ピタリと口を噤《つぐ》んでしまった。

そして、ややあって、彼の口から洩れ始めたのは、打って変った憂鬱な声音であった。

「今夜は、大変眠い晩ですね。先生、あなたは睡眠不足でいらっしゃるのでしょう。眼瞼《まぶた》が赤く腫れ上って、非度く重たそうに見えますよ」

「ええ、仕事が余り過ぎる所以《せい》でしょうよ。事件なんぞは、始めから気にも止めていないのですから」

頼子夫人の声も、海底で錨が擢れるかの様に、鈍く重たかった。

「それから、今夜適量だけのヴェロナールを頂けませんかしら」

「催眠剤なんぞ、お採りにならないでも、すぐに眠れそうじゃありませんか。なあに、すぐ眠れますよ」

その時、尾形の手が壁に伸びて、スイッチの把手《ハンドル》が垂直に下された。カーテンを透かして、滲んでくる、埃のような光線が、茫《ぼう》っと幽かな、残像となって残った。

「オヤ、停電でしょうかしら」

そう言った、頼子夫人の声がしただけで、それから何も、聴えなくなってしまった。

時々、喘鳴《あえぎ》に似た、物懶《ものう》い響がした。

それに交って、邸の何処かの方から、壁時計の秒刻の音が、かすかに痙《ひき》めくが如く、耳を打ち始めた。

尾形には、此の室全体が一個の内臓生活の様に思われた。

そして、漆黒の闇の中に、一種の鬼気とでも言いたいなにものか、滓《おり》のように堆高《うずたか》く積って行くのを意識していた。

三　死像拷問

そのうち、ガタリと椅子が摺れる音がして、静かな跫音が窓際へ近附いて来た。

「サア、お出になって下さい。うまく行きましたよ」

日隈の声がした。

カーテンを掻き退けると、窓から差し込んでくる光線が、蒼白い短冊形の縞を、床の上に落していた。その附近だけが、茫《ぼう》っと、薄ら光った闇になっているのである。

その光と、影との境に、硬直した頼子夫人の顔が正面を切って能面の様に無表情であった。

尾形は側に寄って、正面から凝《じっ》然と見据えた。

筋肉に、軽い強直が起っていて、空け切った眼は、更に瞬《また》こうとはせず、瞳孔は、意識が逃れ出た孔の様に、無気味に拡大していた。

のみならず、瞼が、醜く糜《び》爛《らん》していて、瘡《かさ》蓋《ぶた》が剝がれた跡から、澄んだ濃汁が、鼻筋の辺りにまで流れ出している。

一口に言い尽せば、それが、生きた彫像なのであった。

尾形は、夫人の袖を捲くり上げて、いきなり持っていた紙巻《たばこ》の火を、二の腕の辺りに押し付けた。

皮膚が焦げる、不快な臭気がして、火が消えた先端に、生毛が五、六本纏《まとわ》り付いてきた。その瞬間、ピリッと、痙攣めいたものを、感じたけれど、夫人には、さらに動いたらしい気配が見えない。

それを見て、警部は寒そうに身慄いした。

「はじめて下さい」

尾形が、低い声で言った。

日隈は、尤《もっと》もらしい顔付で、舌なめずりしてから、頼子夫人の正面に立ち塞がって、言い出した。

「十七日の晩、あなたは、催眠状態に入っていたのです。その時の記憶を、よく思い出して話して下さい」

頼子夫人の唇が、二、三度歪みかけた時、一同ハッとして片唾を嚥んだが、遂々言葉が出なかった。

日隈は同様の質問を再三繰り返してから、調子を上げて言った。

「では、あなたはあの晩、催眠状態に入っていなかったのですか」

「そうです」

はじめて聴いた頼子夫人の声は、全然抑揚を失っていて機械的だった。

日隈は、どうしますかと言いたげな顔をして、尾形を見た。

「それでは、条件をつけずに、十七日の晩の記憶を訊ねて下さい。それも、騎西駒子の枕辺を、離れてからの事が判れば、宜しいのですから」

尾形が、日隈の耳に口をつけて、囁いた。

そうして、日隈の質問につれて、頼子夫人の口から出た言葉は、二人を唖然たらしむるものであった。

何とそれは、二人を悪夢の様に怯《おび》やかし続けている、所謂、不可解至極なあれと、寸分も異ならなかったのである。

警部は泣かんばかりに落胆して、四辺を関《かま》わず太い吐息を洩らした。

「御苦労でした。日隈さん」

軽く頭を下げて、尾形は計画の全部が終ったのを知らせるのだった。

「では、頼子夫人を寝室へ連れて行って、その上で、催眠を解いてやって下さい。御如才ないでしょうが、是非にも気取られない様にね。そして、今夜の事は全部忘れる様に、暗示して置いて下さい」

日隈が、頼子夫人を抱える様にして、室から出てしまうと、警部は、両腕を狂わし気に動かしながら、室中を歩き廻った。

「一体、君、僕等は此れからどうすればよいのだ。あれも駄目、これも駄目」

「とにかく、電燈を点け給え」

尾形は叱る様に言った。

「未だ未だ此の室でする事がある！」

それから尾形は、素早い手附で、書棚の書物を片端から引き出しては、一々その背後を調べたのであったが、一渉り終ると、腑に落ちぬらしい皺を眉根に寄せて、呟いた。

「たしか、牧博士は此処にあると言ったのだがなア」

「何をだい？」警部が訊いた。

「主に、アルカロイドが入っている、薬物鞄《メディシンケース》だよ。モルヒネ、ストリキニーネ、コデイン、それからアコニット丁幾《チンキ》まであると云う話だ」

尾形が挙げる、薬名の一々に不安な憶測を感じながら、それでも、洋机の横手迄歩いて来た時だった。

警部は、思わず息を呑んで、眼を瞠《みは》った。

洋机の右袖の二つ目の抽斗《ひきだし》が、明け放しになっていて、其処から、ニッケルの閃きが、チカリと警部の瞳を刺したのであった。

「ちょっと、尾形君。此れじゃないか」

片膝をついて、警部が叫んだ。

「なるほど……所で、これは君が外したのかい」

合せ蓋の、片側が外れているのを指差して、尾形が訊いた。

「いや、前からだよ。それから、この抽斗もそうだ」

それを聴くなり、尾形は慌てて、薬物鞄の中を探り始めた。そして、一本の薬瓶を取り上げ、レッテルに目を通すと、まるで、身体の均衡《バランス》を失った様に蹌踉《よろめ》いた。彼は、片手を洋机の上に支えて、

「一体、何だね、それは」

警部が訊いた。

「硫酸アトロピンの溶液だ」

「で……」

「僕は、自分の考えが、飛んだ思い違いであって呉れればと、願っているところなんだ。さもないと頼子夫人はあの瞬きしない眼で、僕等の間抜けさ加減を、凝然《じっ》と見ていたかも知れないのだからね」

尾形は、思い出すのが怖ろしい様に、声を震わせた。

「エッ！」

警部が思わず、反射的に一歩踏み出した時、扉が開いて、日隈が入って来た。

尾形は早速、その方向に向き直って言った。

「時に、日隈さん、先刻僕が、スイッチを捻ってからですね。それから、完全に催眠状態に入るまで頼子夫人は一体どんな動作をしていましたか」

「そうですなア」

日隈は、だしぬけの質問に、面喰った容《かたち》であったが、

「暫く……と云っても五分位でしょうか。あの方は、左手で額を押えて、俯向いていられました。それから、顔を上げて、常夜燈の光を見詰め始めたのです」

「その時、多分右手が動いていた筈ですが」

「サア、気が付かない……と云うより、寧ろ見えなかったと言った方が適切かも知れませんな。何しろ、明るみから急に闇へ移ったので、暫くのうちは、残像が目先にチラつ

いて居りまして」

「なるほど、そうなると僕には、自分で自分の精神状態を疑いたい様な事が、想像されるのです」

　尾形は、沈痛な口調で言った。

「甚だ出過ぎた空想かも知れませんが、結果だけから見て、あなたの施術の効果に、疑念を抱く様になりましたよ。つまり、睡っている筈の頼子夫人が、醒めていた、と云いたいのですよ」

「何ですって」

　日隈は自分に対する非難を意識して、少しむっとした気味で相手を見た。

「施術は、完全に行われたじゃありませんか。第一、あなたは痛覚を試験なさったでしょう。それから瞼や瞳孔や身体の筋肉に迄、催眠現象が明白に現われているのを、現にお認めになった筈です」

「僕は思い切って、紙切刀《ペーパーナイフ》の尻かなんかで、皮膚へブッスリやればよかったのです。もう、今となっては、何もかも後の祭です。煙草の火では、直ぐに消えてしまうし、第一、絶対に、我慢出来ぬと云う、程度のものじゃありませんからね」

「しかし、どうも」

　日隈は、皮肉めいた苦笑をした。

「私には、あなたの仰言る事が、一向に解せませんな」

「では、僕の想像を率直に申し上げましょう。僕にはあの催眠状態が、当然の経路を経て起されたものでない様に思われるのです。言葉を換えて言えば、頼子夫人が、極めて技巧的な方法で、催眠現象を自分の肉体の上に現わした。そうして、僕等を欺いたのではないかと、云いたいのです。ですから、事に依ると頼子夫人は、僕等の計画を、事前に観破していたのかも知れませんよ」

尾形は熱っぽい早口で云った。そして、二人の顔を見比べながら、

「所で、僕等の眼の前には、そう想像しても差支えないだけの、材料が並んでるんです」

「それは？」

「日隈さん、貴方は今、電燈が消えてから、顔を伏せ気味にしていたと言われましたね。所が、此の洋机の、右袖の抽斗が明け放しになっていた。しかも、その中にある、片蓋の外れた薬物鞄のなかに、硫酸アトロピンがあったのです。君は、此の二つの事実を結び付けて、一体どんな想像をなさいますか」

尾形は、唇で寛《ゆるや》かに微笑みながら、眼を鋭く据えていた。

「そう考えるにしては、壜の口が濡れていませんね」

アトロピンの壜を取り上げて、種々と眺めすかしながら、日隈が言った。

「多分、側にある電気煖爐《ストーヴ》の所以《せい》でしょう。しかし、壜の口に、薬液の痕跡があるとかないとかと云う問題は、此の場合、絶対に必要な条件じゃありませんぜ。指紋だってそ

の通りです。尤もあるに越した事はないでしょうが」

それから、尾形は結論気味な調子で、

「所で、アトロピンが、眼科の局部痲痺薬なのを御存知でしょう。同時に、動眼神経を痲痺させるので瞳孔を散大させるんですよ。つまり、散瞳薬ですね。ですから、あの暗闇の五分間のうちに、果して右手が、絶対に動かなかったと言い得ましょうか。ねえ、注射——掌の中へスッポリ隠せる程の、小さな注射器ですぜ。それから、瞼の粘膜から、薬液を吸収させるとか……」

そう言って、尾形は鳥渡《ちょっと》言葉を切り、二人の顔を見た。

その何《いず》れにも、先刻尾形が感じたと同じ様な、驚怖の色が窺われる。やはり、死面《デスマスク》としか思われぬ頼子夫人の顔から、悪魔の様な狡智と、冷たい嘲笑とを意識したに相違なかった。

続いて、尾形は気力の失せた声で次の様に言った。

「とにかく、あの時、眼に現われた現象、それから痛覚の欠乏が、僕には到底信ぜられなくなってしまったのです。しかし、それかと云って、それには、肯定も否定も不可能なんです」

そうなると、誰一人声を出すものがなかった。

なかにも、警部は、尾形の病的な感覚に対して、忌々しい様な憎悪を感じていた。此の男の、それさえなかったなら、今頃は遂《とう》に、聴取書に誰かの拇印を捺させていたに違いない。それが、返す返すも、悔まれたのであった。

それから何と思ったか、警部は、洋机の中を、荒々しく掻き廻わし始めたが、最後の抽斗を、ピーンと音高く閉めると、

「注射器なんぞ、何処にもないぜ」

「事に依ったら、頼子夫人の身体についていやしませんか」

それにつれて、日隈が言った。

「しかし、そうであるにしても、此の室を離れたが最後、もう駄目です」

尾形は眼眦《めじり》で微かに嘲って言った。

「此の上、頼子夫人の身体に触るのは、避けなければなりません。とにかく、今はもう、覚醒した事になっているのですからね。もし、無暗な事をして、もう一度失敗すると、小岩井があの人の釈放を拒む理由がなくなります」

そう言ってから尾形は、薬物鞄の中から、アトロピンの壜を引き抜いて、それを自分の衣袋に収めそれから、薬物鞄を再び発見当時の位置に据えた。

そして、日隈に、

「所で、もう一つお願いがあるのですが」

と、丁寧に言った。

「甚だ勝手な申し分ですが、今夜は此の邸にお泊りになって下さい。そして明日の朝になって、頼子夫人がアトロピンのない薬物鞄を見て、一体どんな挙動に出るか、その結

果を小岩井に知らせて頂き度《た》いのです」

それから、日隈一人を残して、尾形と警部は牧邸を出たのであった。

「全く、よくよくの因縁だね。斯うも失敗ばかり続くなんて、僕には不思議に思われてならんよ」

車へ乗ると、いきなり警部が、愚痴っぽく呟いた。

「なに、失敗だって⁉　今夜の結果は、そんなマイナスじゃないと思うがね。僕は却って、頼子夫人とのシーソーゲームに、勝った様な気がするが、どうだろう。今迄は、極めて曖昧だったあの人の影が、今夜こそは朧脂の様に鮮かじゃないか。……けれども、小岩井君、それを凝視《みつめ》ながら、僕等は完全に行き詰ってしまったのだぜ」

と、尾形は、自棄的な笑声を立てた。

そして、警部を隅の方へ押しやって、自分だけは座席《クッション》の上で真ん円く横になり、真深に立てた、外套の襟の蔭に顔を埋めてしまった。不審に思って、警部が何か言葉を掛け様とすると、尾形は刺々《とげとげ》しい視線を浴せて、突慳貪《つっけんどん》に言った。

「お願いだから、小岩井君、今夜は僕に何も喋らんでくれ給え。大切な思索を中断されたくはないからね」

「思索って何を？」

「密室さ。あれと寝台との関係だよ」

警部が、駕籠町で下りたので、尾形の不思議な夢は、凍りついた月明りの川越街道を疾駆して行った。

その翌朝、十二月二十日――暁から始った烈風が、尾形の家の、破風《はふ》に叩き付けていた。

彼が、まだ寝台の温もりに、陶然としているころ、電話の鈴が鳴った。それは恰度《ちょうど》九時であった。

「今も、小岩井さんに、お電話したのですが、あなたにも、お話してくれと云いますので」

官吏臭い日隈の切口上が、電話器の彼方から聴えて来た。

「実は尾形さん、弱った事になりましてな。頼子夫人が、今朝室を変えてしまったのです。ですからあの薬物鞄は、遂々見ず仕舞いに終ってしまいました。此方《こっち》から持って行ったら、却《かえ》って妙なものが出来るだろうとも思いますね」

「そうですか。構いませんから、この話は、この儘打ち切って下さい。そして、あの薬物鞄を牧博士の所へ届けさせてくれませんか」

そう言って暫時沈思の体だったが、

「時に、今朝あなたの顔を見た時、頼子夫人は、どんな様子でしたか」

「昨夜の事なんぞ、一向頭にない様に、ケロリとしているのです。けれども、果してあの人は、真実知らなかったのでしょうか」

「その点は、無論判る事じゃありませんね。しかし、こんな事があったので、愈々《いよいよ》以って、あの人の妖婆的《ウイッチ》な色彩が濃くなって来ましたよ」

尾形は、心持ち声の調子を狂わせた。が、すぐ平調に戻って、

「とにかく、種々とお骨折でした。いずれ、お酬《むく》いする様に、尽力する積りですから」

と言って、電話を切った。

それから尾形は、仕度をして、殿村邸に赴いた。

邸に入ると、すぐ鍵を借りて、扉を固く鎖し、騎西駒子が死んだ室に閉じ籠った。そして、何時になっても出て来なかった。三時頃に、召使が莨《たばこ》と茶菓を持って行くと、煖爐も焚かない薄暗い室の中を、細っそりとした彼が、人魂の様にフラフラと歩いていた。

それから、四時少し前になると、室から出て牧邸に電話をかけて、

「事に依ると、今夜釈放されるかも知れんと、頼子夫人に伝えて呉れ給え」

と、監視の私服にそう言ってから、再び元の室に引っ込んでしまった。

夕方になって、警部が扉を開けると、闇の中に、尾形が銜《くわ》えている、紙巻の火が赤く泛《うか》んでいた。

「何をしてるんだ。尾形君」

そう言って、彼は、壁のスイッチの方に歩んで行った。

「密室が解けたのだよ」

明るくなった室の中で、尾形の顔が、朗かに笑っていた。

「が⁉」

色と云う凡ゆる色が、一瞬のうちに消え失せて、警部の顔は、紙の様になってしまった。

「所で、密室の解釈を説明する前に、君に是非頼みがある」

尾形は厳粛な口調で言い出した。

「君から刑事部長を説き伏せて、今夜頼子夫人を、此の邸へ寄越すよう取計ってくれ給え。断って置くが、絶対無条件でだよ。そして、今夜は未監視の儘で、放任して置くんだ」

「何だって⁉」

警部はのけぞらんばかり驚いた。

「それが是非、僕の最後の計画を実行するために、必要なんだ」

尾形が力強く言った。

「それで、もし刑事部長が、駄目だと言うのなら、僕は、無論手を引く積りだ、君も、此の事件を自殺にして、嫌疑者を釈放し給え。君だって、僕のために此処まで引き摺られて来たのだからね。今更犯人を製造する訳にも行かんだろう」

「とにかく、刑事部長に、電話をかけてみよう。だが、前例のない事だからなア」

打ちのめされた様に、拉《ひし》がれてしまった警部は、自信のない渋々した態度で室を出て行った。が、程なく、莞爾《にこにこ》しながら戻って来て、

「うまく行ったぜ、尾形君。刑事部長が、君の話ならよかろうと言うのだ。早速庁の方

へも、それから頼子夫人の方へも、その様に通じて置いたから」

「有難う。では、晩飯が済んでから、密室に就いて話す事にしよう」

それから、気が気でない警部を前にして、咀嚼に長時間を要する、長たらしい食事が終ると、警部は、此処ぞとばかりに詰めよった。

四　殺されたのは誰か

「すると、それを証明する方法は？」

「それは、昨夜セルボニーさんが僕に暗示してくれたよ」

尾形は、静かにそう言ってから、相手の顔を見て微笑んだ。

が、その途端扉を叩《ノック》するものがあったので、尾形が、開くと、一人の私服が入って来た。そして、頼子夫人を連れて来たと云う旨を、述べるのだった。

「それでは、頼子夫人には、斯《こ》んな具合に言ってくれ給え。——明日検事の実地検証旁《かたがた》の訊問があるので、身分柄人目を避けて、今夜のうちに連れて来たって。それで、呉々も注意して置くがね。今夜は、全然当人の自由に任して、君等は絶対に干渉せん事だ。万一、下手な警吏根性を出すと、それこそ、君達の身分問題だからね。いいかい」

尾形は、斯う荒っぽい言葉で念を押しながら、不図十数年前の自分を憶い出して、苦笑を禁じ得なかった。

私服はそれを聴くと、一種妙な表情で、警部の顔を窺うのであったが、警部が黙って頷いたので、その儘敬礼して室から、出て行った。

「とにかく、此方へ来給え」

私服が出てしまうと、尾形は垂れ幕を掻き分けて、警部を差し招いた。

そして、そこで、一昨夜セルボニー氏から、エスランの寝台がこれであると云って、

「恰度、大蘇芳年《たいそよしとし》と云った色彩だろう。けれども、それは厳粛な事実なんだぜ――寝台それ自身が、独立した吸血鬼であるって事は」

尾形の顔には、次第に血の色が上って来た。そして、唇を引き締めて次の様に言った。

「そして、それには矢張り、最初に生命の呼息《いぶき》を吹き込んだ、人物がいるんだ」

「それは？」

「レーモン・エスランだよ」

と言って、警部を寝台から退かせて、尾形は布団《マットレス》の端に両手をかけて持ち上げはじめた。

相当重量があると見えて、尾形一人では無理だった。

警部の手を借りて漸く縦にすると、カンバスの様にズックが張り詰めてある寝台の底を指差して、

「真ん中に、一段浮き上っている桟が見えるだろ。あの上に腰を下して、力一杯に押して見給え。すると恰度君の重量の二倍位になるんだから」

警部が尾形に言われた通り腰を据えると、

「それから、右の方のメデュサの首を見て！」

尾形が、続いて声を掛けた。

それに応じて、警部が、赤い力味を顔に現わし、力を籠めると、不思議な事には、支柱の先端にある、メデュサの首に、思いも依らぬ異状が現われたのであった。

怨み深かそうに喰い縛った唇が、僅か下顋の方に摺れて、その隙間から、白い粉が、淡くそして幽《かす》かに舞い下りてくる。

「小岩井君、ど、退《ど》くんだ、君」

いきなり、噛み付く様に叫んで警部の肩口を衝くと、殆んど同時に、尾形は慌てて鼻口を覆うた。

そして、腰を浮かしかけた。警部を引き摺る様にして外へ出ると、大きく何度も深呼吸をした。それでも、ぜいぜい呼吸を弾ませながら、言うのだった。

「これで、分ったろう。つまり、レイモン・エスランは、寝台に仕掛をして、姦夫姦婦の同衾中をこの毒薬で狂わせたのだ。一人の場合には、何等異状がない。所が、二人となると、メデュサの首が開くと云う仕掛だ」

「なるほど」

「一人以上の重量は、この寝台の御法度なんだ。しかし、もうこの毒粉の効果はないだろう。そこで小岩井君」

「何だね」

「実は、この仕掛に、もう一つ働かされているものがある。君は、僕の口から、密室の解釈を聴くつもりだったね」

「無論だとも」

「では、彼処の壁爐を見てくれ給え」

尾形の言葉に、不審に思った警部が、何の気なしに見ると、ああ何とした事か——。積み上げられた、煉瓦作りの中に、ポツリと一点、生々しい色が見えた。

「な、なんだ、これは」

彼は、狂気のようになって、駈け寄った。

「その一つだけが、新しいんだよ。いま、右の框《かまち》が退ったので、その拍子に、被《の》せた化粧が落ちたんだろう」

尾形でさえ、息を喘《あえ》いで、いよいよ事件の深奥のものに触れるのではないかと思われた。

「つまり、何者か、引き抜いた跡を、新しいので埋めたらしいね。これが、即ち紅殻駱駝さ。シドッチの石は、もう何者かの手に入っているだろう」

「ああ、此処にあったのか」

警部は、二百余年の秘密から、揺ぎあがる香気に魅せられて、うっとりと云った。

「さて、そうなると、この抜穴だが」

足許には、真四角に切られた闇が、冷々《ひえびえ》と覗いている。

「早速、調べるとして、君は、あの扉に、鍵を下してくれ給え」

警部は、云われた通りにしてから、尾形と連れ立って、内部へ下りた。

そこには、長い間道の間を、点々と続く、スリッパの跡があった。

「これだ！」

警部が、思わず叫ぶのを、尾形は、シーと制して、

「駄目駄目、こんなスリッパなら、この邸に何十足とあるだろうからね」

それから、跫音を殺して、永い永い間道の旅行が続けられた。

足許には、雪を踏みしだく様な感じで、埃の堆積が崩れ、それを透して、槲《かしわ》の冷たい感触が、頭の頂辺まで痲痺《しびれ》わたるのだった。スリッパの跡は、間道の中を往復している。しかも、以前から度々出入りしていたと見えて、薄く埃を冠っているのもあった。

壁には、何も痕跡がなく、所々、肩口辺で摺れた跡が、蚯蚓《みみず》腫れの様な形で残っていた。

十歩許《ばか》り進むと、尾形が言った。

「幾分外輪だけれど、歩行にも、これぞと云う特徴がない。それに、歩幅にも、狭いのと、広いのとがある。これじゃ、男か女か、容易に判断はつかんぜ」

間道は、右に折れ、左に折れ、殆んど記憶出来ぬ程の曲折を尽して、最後に左に曲ると、ささやかな階段に打衝《ぶつか》って、上った奥が、袋戸棚みたいな行詰りになっていた。

その奥には、一つの扉があって、そっと押してみたけれども、開かなかった。鍵が掛

っているらしい。

扉の先は、果して、何処であるか――。

二人の心は、焦慮に乱れて、警部のごときは、打ち破ろうとまでしたけれども、とにかく、一度戻って、策戦を立て直すことに決めた。

所が、その時、警部の靴に、カチリと当ったものがあった。

「アッ、何だ！」

彼は、矢庭に、光った冷たいものを拾い上げた。

「君、尾形君、懐中電燈を……」

所が、燈の中に現われたのは、一ケ古びた煉瓦の砕片《かけら》であった。

しかも、その辺には、いくつとなく散らばっていて、疑いなく、壁爐の中から抜き出したあれに相違なかった。

「とにかく、出てからにしようじゃないか。君は、その砕片を、全部纏めて包んでくれ給え」

それから、再び間道の旅行がはじまって、旧の室に戻ると――燈に曝らしたそれを見て、警部がアッと叫び声を立てた。

「こ、これだ、紅殻駱駝の……」

その色、古びたさび、まさしく、林蔵が紅殻を交ぜた、煉瓦に相違なかった。

「畜生、とうとう出し抜きやあがったな。尾形君、これで、紅殻駱駝のやつ、本望を達してしまったのだ。もう彼奴《きやつ》は、姿を現わさんだろうが、此方《こっち》はこれで、万事望みが尽きた……」

と、警部が、悲痛な歯がみをするところへ、何やらしていた、尾形が漸《ようや》く手を引いた。そして、警部にニタリと微笑みかけるのである。

「いやどうも、君の愁嘆場は、流石《さすが》に手に入ったもんだね。しかし、それは、又の機会にやって貰おうぜ」

「では」

「そうともさ。ともあれ、これを見てから、悲鳴を上げてくれ給え」

と、いつの間にやら、砕片をつぎ合わせて、警部の眼の前には、完全な煉瓦が出来上っていた。

「小岩井君、いかにも紅殻駱駝の煉瓦は、これさ。所が、これには、シドッチの石が、入ってはいなかったのだ」

「ああ、そうだったか……」

つぎ目の、間然するところのない、それを見て、警部はやっと、生色を取り戻した。

「所で今夜はこれから、乾坤一擲の大勝負をやろうと云うんだ。僕がなぜ、頼子夫人をこの家に連れて来たか——。小岩井君、紅殻駱駝を証明する機会が、今夜もう一度訪れてくるんだ」

「それは」

と叫んで、何気なく、視線を寝台の上に落した時だった。

何故か、警部は慌てて、踞《かが》み込み、拡大鏡を取り出したかと思うと、その場で、ピョコンと跳び上った。

「アッ。指紋！」

と叫んで、口を阿呆《ばか》の様に、空けひろげてしまったのである。

仕掛のある、中央の桟の、ずっと左寄りの所に、乳房頭状線のやや不明瞭な、右手の拇指紋が印されていた。

光線の加減で、脂肪が白く浮き上り、警部の位置から、漸くそれと認められたのであった。

「流石、警察界随一の、名射手と言われる君の眼だ。けれども、君が持っている、アルミニューム粉は駄目だぜ」

尾形が言った。

「布団で充分圧されてしまったのだから、鑑識課の手で、科学的に顕出させなければ駄目だ」

「ホウ、こりゃ極めて、最近の指紋らしいね。しかし、布団の下の桟に、指紋があるとは……」

漸く、警部が口を開いた時、垂れ幕の外側で、ガチャリと打衝合《かちあ》う音がした。召使が食器を下げに来たのらしい。

警部は慌てて声を落した。

「君は何故、鍵を外したのだい。僕等の会話は、彼処へ来たのに筒抜けだったぜ」

尾形はそれに答えようともせず、

「それより君は何故、最初この所を調べなかったのだね」

と、逆に問い返した。

「一応は、布団を捲くって、見るには見たのだがなあ」

警部が苦笑して言った。

「けれども、まさか、あんな所に？」

そして、それに続いて、

「何れにしても、犯人は、明日判るにきまってる」と揉手をしながらほくそ笑んだ。

それから二人は、指紋を消さぬ様に、両側に燐寸《マッチ》をかって布団を旧の位置に直してから、室を出て行った。

廊下に出ると警部は尾形の耳に、口を寄せて囁いた。

「鍵だけでは、危険だからね。今夜は、あの室に二人位張り番を置く積りだよ」

けれど、尾形は警部の腕を掴んで、無理矢理自分の自動車の中へ連れ込んだ。

そしてその儘、板橋、志村、練馬にかけて当途《あてど》もなく疾駆し始めた。

その間、警部が何を訊ねても尾形は唯ニヤニヤ笑うばかりであったが時計を見て十時過ぎたのを知ると再び旧の王子の町へ戻って来た。そして、最寄のガレージに車を預けて自動電話に飛び込んだ。

それが、五丁と隔ってない殿村邸にかけるのだから警部は呆れてしまった。

「尾形ですが、御主人に断う伝えて下さい」

電話口へ出た、召使らしいのに尾形が言った。

「実は、拝借した鍵を、御返しするのを忘れて持って来てしまったのです。それから、あの室の扉には鍵が下してないのですから、そのお積りで」

外へ出ると、警部が、顔色を変えて詰め寄った。

尾形は、それを軽く制して置いて、暗い横町へ曲ると、

「君には、鍵を下した様に見せて、その実掛けなかったのだよ」

と、さも可笑しそうに笑ってから、

「とにかく、歩きながら話そう」

と云って、殿村邸の方角へ歩き出した。

「僕が、扉の鍵を外したのも、そろそろ召使が、食器を片付けに来る、時刻だからね。実は、それを予期してやった仕事なんだ。それからまた、廊下へ出てから、鍵を下さなかったのも、僕が意識したこったよ。だから、殿村家のものは、もう何もかも、知ってしまったに違いないんだぜ」

「そうすると、あの指紋をどうして保護するんだ。君は真逆犯人を逃がそうと云うのじゃあるまいね」

警部は、満面に怒気を含んで、噛み付く様に叫んだ。

「指紋だって？」

冷たい嘲りに似た尾形の声だった。

そして、四、五歩歩いて、街燈の下迄来ると、衣袋《かくし》から何やら取り出して、警部に示した。

「君、これを見給え」

見た所、魚の浮嚢《うきぶくろ》みたいにブヨブヨしたものだった。

が、手に取り上げて見ると警部は、息を詰めて、苦しそうに唸った。

一面に白い粉を吹き、細かい亀裂が縦横に走り、そして、雁皮《がんぴ》の様に黄ばんで透明なのは、正しく右拇指をそっくり剝いだ所の、人間の皮膚に相違なかった。

「今日、此処へ来る途中で法医学教室の八木沢博士から借りて来たんだよ。種を明かせば、大粟柳運の親指なのだ。それに牛脂を薄く塗って押し付けたのが、あの拇指紋の正体なんだぜ」

続いて起ろうとする笑いを危くも噛み殺して、尾形は静かに歩き出した。家並を過ぎると、〆飾のざわめきが、流れの様に後方に過ぎて往った。両側は長いトタン塀だった。

尾形は、再び言い始めた。

「あれ程、周到な犯罪を、やり遂げた人物がまさかに、指紋を残すなんてヘマをやる気遣はないだろう。また、的の黒星を射当てる、君のその眼で、もし指紋が、最初からあったとして、それを見落したのだったら、それこそほんとうの奇蹟ものだよ。所で、君があの拇指紋を、無条件で承認したと同じ心理を、僕は犯人に強いてやろうと云うんだ。そして、今夜中に一切合切を清算してしまいたいのだ」

「すると」

「勝れた想像力を、持っていればいるほど、犯罪人として兎角陥り勝な錯誤を、僕は狙っているのだよ。つまり、言葉を換えて言うと、犯行後の異常な精神状態に起り勝な、一種の強迫観念とでも言うのだろうがね。だが、もっと平たく砕いて、説明する事にしよう――君は、布団の下を、前に一度調べた事があった。けれども、その時は指紋がなかった。それから、二、三日経過した今日、二度目に見ると、今度は其処に指紋があったのだ。そうすると、その指紋が、前に見たとき絶対になかったと、君は断言出来るかね。君は、少しも懐疑的な気持を起さず、割合単純に承認した心理を、僕は寧ろ当然だと思っている位だよ」

尾形は、ちょいちょい警部を流し目で見ながら、言葉を続けた。

「所で、あの場合、犯人は必ず手袋をして桟を押したに違いないのだが、後で、指紋があったなんて事を聴けば、明瞭《はっきり》した記憶があるに拘らず、其処に種々と憶測が生れてくるのだ。例えば、一例に過ぎないけれども、恐らく斯んな妄想が、今時分は頭の中を駈け廻っているだろうよ。ねえ小岩井君、犯行に掛ろうとする際は、異常な亢奮のために指先が非度く汗ばんでいると見て差支えないだろう。それから後に証拠となる繊維を残すまいとして皮手袋を使う。それも、犯人の素質が優秀なだけに異議はないだろう。そうすると、その二つを前提にして、斯んな場合が、多分有り得べきだろうと思うのだがね」

「それは?」

「それは斯うなんだよ——まず、汗ばんだ指で手袋の指頭の部分に触って、それから手袋を嵌めて、あの桟を押したとするんだね。そうすると附いている、汗なり脂肪なりがその儘の形で桟の上の埃を吸い取りはしないだろうか。一口に言えば指紋の影絵だよ」

「なるほど」

警部が、感じ入った様に呟いた。

「で、多分そんな様な懸念が最初《はじまり》となって、当人が、自分で自分の心を苛《さいな》みはじめると、益々取り止めのない妄想が重って行く。とどの詰り明白な記憶がある癖に、それを信じ了《おお》せなくなって、地獄の様な、不安の泥沼へ漬かってしまうのだ。だから、桟を押した人物は、今夜必ずあの指紋を消しに来るに違いないよ。強迫観念と云う奴は、始まったら最後、当人には到底、支配が出来る代物《しろもの》じゃないからね」

「すると、結局、君の目的は、犯人を誘《おび》き出そうとするんだね」

「そうなんだ」

尾形は大きく頷いて、

「いつかの庭師を買収しといたから、左手の通用口が開けてある筈だよ」

と言って立ち止った。

眼の前には、赤錨閣が真黒になって横たわっている。今しも、一つポッツリと点っていた茜色の燈が、消された所だった。

二人の姿は、その儘芝生の土堤を越え、吸い込まれる様に闇の中へ消え去った。

尾形と警部は、垂れ幕の内部《なか》で、寝台から遥か飛び離れた片隅に座を占めた。

其処は調度も何にもない空地になっていて、鳥渡垂れ幕を捲くれば、外側の室内が一目に見える。

尾形は、其処の床へ、寝台の覆布《シーツ》を敷いて、ゴロリと横になった。

「今夜は、僕も相当、自分の健康を犠牲にせんけりゃならんぜ、寒さと不眠とでね……」

尾形は、そう言って警部の手を取って自分の額に当がった。熱ばんだ額から、冷たい汗が、ドロッと油の様に、警部の掌に滴り落ちた。警部は、自分の外套を脱いで、尾形の上にかけ、自分は、靴を脱いだ素足のまま、両手を粗暴《やけ》に振りながら、歩き廻っていた。が、やがて、尾形の側に横になりアルマジロの様に丸くなってしまったのである。

その夜は、近年にない寒さだった。

水銀は零下遥かに降って、日盛の硝子がキシキシ慄える様に軋んでいた。眼を開くと、鋭い寒気が瞳の底にまで滲み透るのであった。

尾形はこの儘二人共、真黒な鞍みたいな恰好で凍結してしまうのではないかと考えながらともすると、無感覚になりそうな四肢を、絶えずバタバタと動かしていた。

眼を瞑って、神経をメスの様に研ぎすまして、そして、軽い咳嗽《せき》をしながら……。そのうち、熊ん蜂の唸り声みたいな電車の響が絶えてしまうと、凡ゆる音がパッタリと止んだ。

時々、建物がギイと無気味に軋ったり、夜風が、窓硝子を通り魔のように掃いて過ぎた。それ以外は、墓場の様な静けさであった。

惨めな褥《しとね》——何時《いつ》の間にか、尾形は狂った妻の幻影に心の手を差し伸べていた。まるで、沼気が弾ける様に、何処かの時計がボッンと鈍く一つ、一時を打つと、続いてオルゴールが古風なマヅルカを奏しはじめた。

その音は他界のそれのような沈んだ美しさで、音鋼《ねがね》を弾く幽暗な響が、寝台の上で非業の死を遂げた、麗人たちの霊を、今にも誘い出すかの如く思われた。

すると、その時、扉が、微かな音を立てて開かれた。

二人は、弾条《バネ》で弾かれた様に起き直った。

尾形が、帷幕《カーテン》の隙間から覗くと、闇に馴れた眼は、扉なりに切り抜かれた仄かな闇を背景にして、ハッキリと人影を認めた。

その人物は、静かに扉を閉め、摺り足で中央迄進んで来て、懐中電燈を点じた。そして、注意深く円い褐色の光を、四隅に送ってから、それを縦にしたので、顔全体が、舞台の面明りを浴びた様にカッと赭く照し出された。二人は思わず愕然として息を詰めた。それが実に、八住純子だったのである。

しかし、それから純子は、寝台の方には見向きもせず、その儘ツカツカと壁爐に向って歩んで行った。

右手で光を送りながら左手で、例の開く方の框《かまち》を押すのであった。と、忽《たちま》ち彼女の姿は、足許に開いた孔の中に吸い込まれて往った。

続いて、跡を追おうとした警部の二つの腕を握って、

「まだ時期が早いぜ。もう少し待ち給え」

と尾形が遮った。

「けれども純子は、どうして寝台の方には、来なかったのだろう」

警部は、何を扨置《さて》いてもと言った風に、呼吸をせいて訊ねた。

が、尾形は、鳥渡顔を顰《しか》めただけで、それには答えなかった。そして、暫く不機嫌そうに黙り込んでいたが、やがて顔を上げると言った。

「事に依ると、指紋があっても、純子が平然としていられる理由があるのかも知れんよ。そいつが、僕等の最後の仕事だ。少なくとも、純子があの晩、この室に来たことだけは、明らかになったのだから」

尾形は、立っているのが苦痛な迄に、惑乱しているらしく見えた。しかし、それから間もなく、時間の経過に耐え切れなくなったと見えて、

「行こう。小岩井君」

と言って、壁爐の方に進んで行く。

それから、再び間道の旅行がはじまって、漸くさっきの扉に辿りついた。

所が、何気なく、警部が引き手に手をかけると、それが、スウッと細目に開いた。

「アッ、開かる。尾形君、君、拳銃の用意をしてくれ給え」

聞えるか、聞えないか位の小声で、そう囁いてから、警部は扉を開きはじめた。

前方は、鼻を摘まれても分らない、漆黒の闇であった。

と、その時——。

一方踏み込んだ、警部の肩口に、ズシンと凭れかかって来たものがあった。

「アッ」

殆んど、それを反射的に押えた警部の口から、やがて、何とも云えぬ呻きの声が洩れた。

「早く、尾形君、燈を。屍体だ、屍体、こんな血が……」

終篇　紅駱駝氏の仮面

「アッ、純子だ！」

やがて、燈が向けられて、無残にも引き歪《ゆが》んだ、一つの顔が照し出された。

それが、殿村四郎八の秘書、跳ね《コケ》っ返り《ット》の八住純子であった。

胸部に、二個所ほどの刺傷があって、一つは、心臓の中央を貫いている。警部は、べットリとついた掌の血を見て、悪寒を催したような表情をした。

「まさかとは思っていたが……。事によったら、この女が紅駱駝ではないかとも思っていたんだが……。畜生、これで二度目じゃないか」

「ああ、いつかの、明石町の空屋かね」

「そうだ。あの時も、紅駱駝を土壇場まで追い込んだ。所が、いつもきまって、指の間から、スウッと逃げてしまいやがる。これでまた、五里霧中、闇黒界の迷路になりやがった！」

「やれやれ、また口を塞がれてしまったかい。この女が、追い詰めて追い詰めて、追い込んだ末の、最後の藁だったんだがなア」

尾形も流石《さすが》に、断念《あき》らめ兼ねると見えて、警部との間に、引っ切りない愚痴が交されていた。

「とにかく、この家が何処か分ったら、そうそう悲観するにも及ばんだろう」

尾形は、懐中電燈一つを頼りに、戸外へ飛び出した。

すると、閾《しきい》を跨いで、最初踏み出した足が、深くズブリと、霜柱の中に埋もれた。

野外を吹き抜ける風、ジーンと鼻の奥まで、滲み通るような寒さ。と、尾形の瞳は、何を見てか、凝《じ》っと一点に釘付けられてしまった。

それは、星が薄れ消えようとする、東天の端に、赤錨閣の建物が黒々と、蹲《うずく》まっていたからである。

遂に、そこは、殿村邸の構内ではなかった。あの間道は、蜒々と外部に抜けて、今まで、紅駱駝に利用されていたのだ――鯉州のあの時も、騎西駒子の死を、密室の謎で装ったのも。

しからば、間道の終る、この家は何か――間もなく尾形は、それを知ることが出来た。そこも、同じく、殿村家の所有地内であって、古い頃は、管理事務所に使われていたらしかった。

それから、家の周囲を調べて、尾形は足跡を追いはじめた。しかし、それは、二条の往復した靴跡のみであって、扁平な、海浜で使う砂靴《サンダル》のように思われた。これにもまた、性別の見分けさえ附かなかったのである。しかも、四、五間先には、小橋があって、それから先は砂利道で靴跡が消えていた。

戻ると、闇の中から、警部の呼吸が、荒々しく近寄って来た。

「尾形君、何だか、この壁に、ピンで突き刺した紙がある。早く、燈を向けてくれ給え」

尾形が、燈を向けると、その円い、赭い光の中に、紅駱駝の残した、走り書の文章が現われた。

――馬鹿警部殿、地声とは云え、もそっと、内しょ話の練習を積まれよ。君の声が、わが愛する人純子の生命を奪った！

「小岩井君、君がさっき、煉瓦の砕片を拾い上げた時だよ。あの時、扉一重の奥には、紅駱駝がいたんだ」

「そうだろう。そして、気付かれたのを知って、純子の口を、永久に塞いでしまったんだ。しかし、これで、紅駱駝の正体が、漸く男だと云うことが分ったよ」

「そうか。君は、そう思うのか」

尾形は、相手の解釈を、早断と云いたげな表情をしたが、それから、また間道を伝い、もとの殿村邸に戻ったのであった。

そして、殿村と頼子夫人の室を窺ったが、二人とも、淡い卓上燈《スタンド》の燈影の下で、スヤスヤ軽い寝息を立てていた。

もとの室に戻ると、疲労が一時に発して、二人とも口がきけなかった。

「小岩井君、僕は今後当分、君の援助は出来まいと思うよ。今夜一晩で、僕は、虚脱したみたいに疲れてしまったからね。第一、健康の関係もあるし、それに、此処暫《しばら》く、事件の姿を、頭の中から追っ払ってしまいたいのだ。で、これからは、僕を当にせず、一切君の自由にやってくれ給え」

そして、寝台に横になり、苦しそうな咳を始めるのだった。警部は、懸命に唇を噛んで、戯欷《しやく》り上げたいような感情を耐えていたが、どうにも、尾形を慰める言葉を、見付けることは出来なかった。

やがて、省線の始発が聴えて、一夜のすべてが終った。

二人が、残骸を引き摺り引き摺り、王子署に引き上げたのは、かれこれ五時過ぎであった。尾形は発熱と気懶《けだ》るさとですぐ、救護室の寝床に潜り込んだ。やがて、窓硝子に、明るい日光が差しはじめた頃、頼子夫人を、旧《もと》の自邸へ連れ戻すよう、警部が電話で命令しているのを現《うつつ》に聴いたのであった。

翌日から警部は、日に一度は、決まって尾形の宅を訪れた。

その都度、彼の健康を気遣いながらも、それとなく、他日の再起を、仄めかし気味に促すのだった。が、尾形は、事件に就いては、一事も口に出さないのみならず、却って、警部の訪問を厭わしいような素振を示した。

碌な受け答もせず、顎をドレッシング・ガウンの襟に埋め、深刻な表情をして黙り込んでいるので、いつも警部は、ホンの僅かいるだけで帰って行くのだった。

尾形の隠遁的な生活は、それからずうっと続いた。日増しに、書斎に閉じ込っている、時間が多くなって、蓬々《ほうほう》と、伸び放題の無精髯を剃るでもなく一日中、何やら思索に耽っていた。そして、夜になっても、電燈を点さない日が多かった。

所が、歳の瀬も押し迫った二十八日のこと。

その日、意外にも元気な彼を見て、警部はホッとしたように感じた。

「ねえ、小岩井君、この事件の解決は、もう殿村邸にはないのだよ。君に、その意味が分るかね。とにかく、僕の健康も、大分恢復したらしいんだ」

「すると、何か見当でも附いたのかね」

警部は、訊ねてみたが、尾形は、一向に理由を明かそうともせず、唯ニタニタ笑うばかりであった。しかし警部は、何となく好運な予感に唆《そそ》られるので、その一日は、陽気に喋って帰って行った。

所が、大晦日になると、尾形は珍らしく、銀座裏の事務所へ出掛けて行った。永い間遠ざかっていた大都市の雑音と、何時《いつ》になっても、古めかしく懐しい、年越の気分に触れたかったからであった。

除夜節《シルヴェスター》――一年が、寸秒後には終りを告げようとして、時計の針が将《まさ》に重なり合おうとしている。

尾形は、その時刻に、両肱を顳顬《こめかみ》に当がって、窓の外をぼんやり眺めていた。彼の事務所から、道路一つを隔てた銀座の本通りには、儀礼ぬきの陽気な除夜節——今や喧鬧《けんとう》の絶頂に達していた。

が、斯うした風景のなかで、彼の事務所の前は、墓場の様な静けさだった。

間もなく、窓掛《ブラインド》を下し、戸棚の中から古風な置洋燈《ランプ》を取りだして来た。油壺には、可成りな石油が残っていた。それから洋燈に火を点じ、スイッチを捻って、電燈を消した。油煙をあげて、燃えはじめた赭黒い油火は、室全体を、落着いた一色で包んでしまった。

その中で、顳顬に拳を当てた彼の顔が、仄《ほん》のりと、燻んだ象牙色に浮び上っている。

尾形は、何か思索に耽りたいとき、何時《いつ》も斯うやって、瞑想に入るのが常であった。

朝になって、管理人の老婆が、二階へ上ってくると、尾形の扉の隙間から、一面に煙が這い出している。驚いて扉を引き開けると、一晩で両眼を窪ませてしまった彼が、蒼白な顔をして歩み出て来た。それから、軽い朝食を採ってから、すぐ来る様にと、警部に電話を掛けた。

元旦で、役所を休んだ警部は、幸福な寝込みを起されて、吃驚した顔であたふたとやって来た。

「紅駱駝事件に、どうやら目鼻が、付きかけて来たらしいがね」

尾形は、警部の顔を見るなり、微笑んで云った。

洋燈は、遂《とう》の昔に消えて、室中は薄暗かった。警部は、入るとすぐ、窓掛を引き上げた。何時の間にか、小糠の様な霧雨が降りそぼっていて、雨脚が、戸外の風物を乳酪色に暈《ぼ》かしていた。

「すると、真相が判ったのだね」

「ウン、まずそんな処だろうね」

尾形は、砂糖を入れずに珈琲を一息に噉み乾した。

「所で小岩井君、今度の事件では、僕の定石を変更する事に決めたよ。僕の推理を君に説明する前にまず君の手で、僕が指定する犯人を逮捕して貰いたいのだ」

「エッ、犯人を逮捕する！」

警部は、驚いて相手の顔を見た。

「僕は今まで、君と僕との仕事に、劃然としたけじめをつけていた。僕が、推理を説明して、それで合点が往ったのなら兎に角、まだ碌々、頭に入らない先から、犯人に手を出す事は一切慎しんで貰っていた。所が、今度だけは、到底そうしちゃいられないのだ」

「なに、それほど急に迫っているのかね」

「そうだ。今夜を外しては、当分逮捕する機会がない。ともかく、これを見給え」

そう言って、尾形は、来たばかりの朝刊の一隅を指差した。

その初刷には、諸名士の元旦懐古談があって、その中に、最初の典獄岩島謹道氏の、「小菅の元旦」と云うのが載せられてあった。しかし、その内容には、かの鯉州の講釈以上のものはなかったのである。

「それでは、六時に、牧邸で遇う事にしよう。僕は、頼子夫人を、また殿村邸へ連れて行く積りだからね」

警部が帰ると、尾形は催眠剤を用いて、充分な睡眠を採った。

四時近くまで、グッスリ寝込んで、起き上ると、周章《あわ》てて身仕度をして事務所を出た。

恰度《ちょうど》その頃、雨が霽《は》れ上ったばかりで、水滴が、薄日をうけて、鮮かに耀《かがや》いていた。

所が、尾形の操縦した自動車が、牧邸に着いたのは、六時を余程廻ってからの事であった。

「遅くなって済まなかったね。鳥渡殿村邸へ寄って来たものだから」

尾形は、外套を脱ぎながら、小岩井警部に微笑みかけた。

「赤錨閣へ！　一体、何をしに」

「僕が、頭の中で考えたことを、この眼で見たかったからだよ。所で、頼子夫人に遇いたいのだが」

尾形は気性《きぜわ》急しそうに促した。

警部は、早速尾形を案内して、二階に上って行ったが、把手に手を掛けたところで、彼は異様な表情をした。

どうしたことか、その手を怯々《おずおず》と引っ込めて、ひどく惑乱したように尾形を見た。

「実は、今日此処へ来ても、まだあの人には、遇っていないのだ。いや出来る事なら、僕は一生、あの眼を見たくないと思っているよ」

「何故だい」

「何故って……、あの晩の頼子夫人の眼と、いま僕が、出遇おうとする眼が、ねえ君、もし……」

警部は、伏目になって、臆したような声を出した。

「ハハア、君は、もっと神経の図太い男だと、僕は思っていたがね」

嘲弄するような響を罩《こ》めて、尾形が相手の声を奪った。

「屹度《きっと》君は、扉を開いた瞬間に、当然打衝《うちあた》る頼子夫人の眼――そいつが、何より怖ろしいのだろう。

あの晩の、芸なし者ども――って、声のない嗤いを浴びせやしないかって」

そう言って、尾形はクスリと笑ったが、すぐ自分から把手を廻わして、静かに扉を開いた。

「マア、尾形さん！」

と、抑揚を欠いた弛緩《ゆる》んだ声が、表情も色もない白けた顔が、まず、尾形の耳を打ち、そして、瞳の中に泛《うか》び上った。

それが、思いもよらぬ訪問者を前にして、頼子夫人が表わした表情の全部だった。けれども、次の瞬間には、そうした態度が俄然変って、いつも見るような、社交的な所作《しぐさ》になってしまった。

明るい電燈の下で、久方振りに見る頼子夫人だったけれど、尾形は、一瞥しただけで、一週間の檻禁生活が、この芸術家の健康を非度く害《そこ》ねているのに気が附いた。鞏膜《しろめ》が、黄っぽく濁っていて、瞼の下の皺が、釣鐘形に重たく垂れ下っている。それは、運動不足で、猛烈な浮腫に冒されている、証拠であった。

案の状、頼子夫人は気懶《けだ》るそうに、歩みを運んで来た。まず尾形が、丁重に慰藉《いしゃ》の辞を述べると、

「マア、苦痛どころの話ですか」

と頼子夫人は、一端は痙《ひっ》つれた様に笑ったが、

「お蔭で、大変勉強が出来ますし、御覧の通り、こんなに肥ってしまいましたわ。これで、もう少し、運動を許して頂いたら、それこそ、至れり尽せりでしょうけれどねえ」

相変らず、重大な嫌疑者とは思われぬ、落着いた態度、しかも、障らぬ程度に皮肉と諧謔を、交え得るほど、彼女は余裕綽《しゃく》々《しゃく》たるものであった。

「それに、警部さんには、特別御親切にして頂きますので。実際、ほんとうに、皮肉でなしにですよ」

頼子夫人は聴えよがしに声を張り上げてから、

「所で、尾形さん今日お出でになった御用は？」

と、調子を落して、相手の顔を窺うのであった。

「それが先生」

突然、尾形は真剣な口調になって、

「いよいよ、この事件が解決されました。それに就いて、これから私共と一所に、殿村邸まで御足労願いたいのですが」

「何ですの？　また、殿村邸へ行くのですか！」

と、思わず不安気に問い返した彼女の唇には、続いて、異様な冷笑が泛び上って来た。

そして、静かに衣裳戸棚の方へ、歩いて行った。

それから、外套を着終った頼子夫人は、帽子を手にしたまま、室内の調度を、貪るような眼差で見廻わしはじめた。

それが済むと、窓掛《ブラインド》を引き上げて、戸外の闇の中へ視線を向けた。

この辺りは、永年火災の少なかった所以《せい》か、開化当時の面影が、まだ其処此処に残っていた。

質屋の黒板塀に添うた、長い路次の突き当りには、立花家と云う寄席があって、その掛行燈が、すぐ、右手の木立の間から見えた。

正面には、また蒼然とした洋館があって、いま時滅多にない、先の尖った煙突が5の字の形で立ち上っていた。

それらの凡《すべ》てが、下町生れの彼女に、幼時の懐想を強いるかの如くに感ぜられた。

「サア、お供いたしましょう」

間もなく、帽子を右手に持ち換えて、頼子夫人が言った。

それなり、唇を鎖して、一言も言わなくなってしまった。自動車に乗り込んでからも、態《わざ》と警部から、遠く離れた所に座を占めて、談話《はなし》の煩わしさを避けたい様子であった。警部は警部で、把手を握っている、尾形の盆の窪を見詰めながら、謎の様な彼の行動に、悩み厭《あ》ぐんでいた。

殿村邸の門前で、頼子夫人を下して、またもとの中仙道を疾駆しはじめた。

「オイ君、尾形君、一体僕を何処へ連れてゆこうと云うんだ」

「何でもいいから、黙って乗ってい給え。今夜は君、紅駱駝氏を引き合わせてやる」

やがて、浦和の町を走り過ぎたが、車は一向に、止まろうとはしない。

昼間なら、前秩父山塊や、武甲山の全容が、この辺から見廻わせるのだが、風の強い、満月の夜は、星を左右に払う梢しか見えなかった。

そうして、大宮の町を、前方近くに眺めたとき、不意にエンジンの響が止んだ。

残雪を、バリバリと砕いて、尾形が先に下りた。

「ねえ小岩井君、君、この建物を何だか知っているかね」

眼の前には馬蹄形をした、白堊色の建物があった。そして、背後は、大宮機関庫である。

「君は知るまいが、丸の内の鉄道博物館が、此処へ引っ越して来たのだよ」

「なに、鉄道博物館！」

「そうとも、彼処にあった門標を見れば分るよ。僕等は、内部へ入って、紅駱駝先生の御入来を待つのさ」

予《あらかじ》め、門衛に通じてあったと見えて、二人はすぐ、内部に入ることが出来た。

そこは、中央の広間で、天井は、円蓋《ドーム》形に作られている。やがて、門衛が帰ると、明りが消されて、何処からか、煙のように月明りが差し込んで来た。

そうして、尾形は息を詰め、隣室の扉の際で、じっと聴き耳を立てている。が、そうした姿勢は、すぐに疲労を感じると見えて、やがて、大きな伸びを一つした。

「いやに、待たせるじゃないか。さて、この辺で、一杯グイッとやるかな。酒でも、飲まなけりゃ、今に凍死してしまうぜ」

二人の、腰から半身は、痛覚を感じないまでに強張っていた。少しでも、壁から離れると——身体が、重心を失ったようにフラフラする。酢を飲むような、苦い顔をして二、三杯口にすると、急に、頭がクラクラとして壁に凭れてしまった。

やがて、酒精分《アルコオル》が全身に廻ったせいか、棘針のような、寒気が次第に解かれて行った。

——一体、尾形は、何のために、此処へ来たのか。彼は、今夜此処へ、紅駱駝が来ると云うが、それは、殿村か、頼子夫人か、どちらであろう。それとも、予期を裏切って、牧博士でも、あの偉容を現わすのではないかしら……。

警部の、カッカッと燃える頭の中では、そう云った、徒《いたず》らな考えのみが馳せめぐっていた。

彼は、息をのみ、眼を虚ろに瞠《みは》って、涯のない闇の中を見守っていた。

その中から、今にも怖ろしい、怪物が現われて来そうで、時折ヒュッと、虚空を掠める風にも、彼は心臓をときめかすのであった。

そうして、死の様な沈黙が続き、闇の中で、三十分以上も竦《すく》んでいる事は、もう到底、それ以上は耐えられれぬ苦痛だった。

そのうち、どこかで時計が八時を打った。

すると、その響が終ると同時に、ガタリと微かな物音がした。

と思うと、扉が細目に開いて、外光が、テープのような銀色の縞を、床の上に投げた。

そして、何者か、室内に入った気配がして、扉がバタンと鳴って閉まった。

それは、二人とも、同時に感じたことであったが、折からの闇が、その姿を気動以外に覚らせなかった。

続いて、摺る様な跫音がし、それが、隣室との扉に近附いて行った。間もなく、扉が開いて、闇から闇に呑まれてしまった。

しかし、隣室はやや明るく、窓掛の隙から、いくつも、縞形をした月光が落ちている。

そして、中央に置かれている、一台の汽罐車が見えた。

けれども、その人物は、四辺の気配を窺っていると見えて、汽罐車の蔭から、容易に姿を現わさなかった。

が、ややあってから、とうとう、黒い影が動き出して、視野の中に入って来た。

それは、素晴らしく背の高い女だった。

何から何まで、黒ずくめの装束で、鼻から上は、帽子の影に隠れている。僅かに、口の辺りが、魚の鱗みたいに光って見えた。

それから、その女は、汽罐車のぐるりを歩きはじめた。

警部は、渾身の精力を瞳に集め、女の人相を読み取ろうと努めた。が、肝腎な所で、きまって瞬《また》きのために、焦点が崩れてしまうのだった。

すると、間もなく女は立ち止まり、片足を車輪にかけて、伸び上ろうとした。

と、その時、室の電燈が一斉に点って、警部の眼は、一瞬その眩しさに、眩《くら》まされてしまった。

が、やがて、光の霧が薄らぐと、同時に、眼前の光景がはっきりと見えた。

車輪にかけた、片足もそのまま、女は微動もせず、拳銃を手に擬した、尾形修平と睨み合っている。

帽子の縁から、フワリと垂れた黒い薄紗《ヴエール》。

頼子夫人か、それにしては、丈が幾分高いようである。

誰か——そんな考えが、警部の頭をチラッと掠めたとき、はじめて、尾形の口から声が洩れた。

「いや、紅駱駝先生、貴方と、はじめてお眼にかかるのは、檻の中とは、意外でしたな。とにかく、その薄紗をちょいと外して、お顔を拝ませて下さい」

所が、その時、微かに薄紗が揺らいだかと思うと、意外にも、警部の耳を打ったのが、男の声であった。

女装？　それは誰か。

「尾形君、僕は青酸加里を持ってるんだ。君はその拳銃で、僕の両手を射抜くことが出来るかい」

その男は、スッカリ落着いて、やや自嘲気味な調子で云った。

「ああ、こっちにいるのが、例の講談浪曲警部殿だね。マア見給え。君の足が前に、三歩と出ぬ先にもう僕は、祖父の戸部林蔵の所に行っている」

「なに、戸部林蔵！　すると、櫟《くぬぎ》犀五郎の、君は何だ。兄弟か」

警部が、意外な言葉に、驚きを交えて、云い返したとき、薄紗がサッと外された。

瞬間、何とも云いようのない呻きが、警部の口から洩れた。

それは、意外にも、また、驚愕以上のものであった。

「アッ、蛭岡！」

「ではない、櫟犀五郎だよ。君の部下の蛭岡なら、僕を殺し損なって、死んじまったんだ。あの晩はね、ひどく空いた車で、高崎を出ると、僕と蛭岡の二人になってしまった。僕は、あいつがいるのも知らないで、うつらうつらと睡《ねむ》っていた。所へ、いきなり、何かで鼻孔が塞がれたような気がした」

「フム」

「ねえ警部君、あいつも、君に劣らぬ迂《うっ》かり御人でね。睡っている人間には、クロロホルムが、眼を醒ましてしまうのを知らないんだ。で、瞬間に、意識が明瞭《はっきり》とした。細目に開いてみると、上衣の裏に、蛭岡と云う名布《なぎれ》が見える。ああ、彼奴《きゃつ》か——それにしても可怪《おか》しいのは、もし僕を、捕縛するんだとしたら、こんな変な、真似をする気遣いはない。こりゃ、面白くなって来たぞ、しばらく、儘になって、成り行きを見てやれ。そう僕は、決心をして、グッタリとなって見せた……。その時、はじめて知ったことだがね。人間って奴は、やろうと思うと、呼吸でも、かなり永く耐《こら》えることが出来る」

「空口は、いい加減にして、先を云え」

　警部は、さっきから嘲弄に、耐《たま》らなくなったらしい。

「マア、怒らないで、警部君。蛭岡の死に限って、僕には、責任はない。あの男は、ひとりで相撲をとって、ひとりで倒れてしまったのだからねえ。そこで蛭岡は、僕を抱えるようにして、室から出た。どうやら、僕を投げ落して、上りの貨物か何かで、轢き殺してしまう積りらしい。すると、列車の前部が、大利根の鉄橋にかかって、囂々《ごうごう》と轟きはじめた。その時、流石《さすが》の僕も冷やりとしたね。此処で投げ落されるのかと思うと、生きた心持はなかった。所が」

「それで」

「好運さ。一番下の踏み段まで降りて、僕を投げ出そうとしたとき、運よく左手で、一本の鉄棒を摑むことが出来た。そして、右足をそっと踏ん張ったとき、蛭岡の手が離れた。しかし、僕は宙に一転して、車の下腹に、ぎゅっと獅噛《しが》み付いていた。そこは、暗くて何も見えやしない。おまけに、鉄橋の上だから、光と云ってはないのだし、暫く見ていた蛭岡も、さもしてやったりと云う風に、車室に入ってゆく。彼奴め、僕の服とすっかり取り換えて、髭を落してくれたり、眼鏡を外してくれたりしてたので、一方では、櫟犀五郎となり済ましたつもりなのが、此方にとると呪わしい紅駱駝氏のお陀仏さ。あいつが、櫟犀五郎となって、いつか捕まる時機があっても、この僕は、過去帳を黒々と消されて、朗かなもんだよ」

「では、鉄橋に残っていた、足首は君の仕業か」

「いかにも、お察しの通りさ。やがて、鉄橋を過ぎて、列車が曲《カーブ》に差しかかったとき、僕は、鈍った速力をこの時とばかり、地上に降りた。そして、往還に出ると、そこに、一人見すぼらしい男が、トボトボ夜の田舎道を歩いているのに出会《でくわ》した。聴けば、東京で職を失い、足尾にいる叔父を頼って行くとか云うので、どうせ生き甲斐のない人間なら、せめて斯うするのが功徳と思って」

「それで、殺っちまったのかね」

「そうだ。そして、そいつの身体を、鉄橋の上まで引き摺って行った。首と胴と二ケ所に重石をつけて、僕は橋の外れで眺めていた。すると、間もなく上りの貨物がやって来た。と先頭の機関車が、橋の中途まで行ったと思う頃に闇よりも、更に一際濃いまっ黒なものが、橋桁を離れた。僕は、微かに飛沫が上るのも見た。しかし、これがもし、自分だったらと思うと……」

「で、それから」

「それから、その夜のうちに、僕の姿は東京に現われた。まず、あの間道を抜けて、僕は純子の室で一夜を明かした。実は、あの女は、僕が殿村君に紹介したんでね。一度、僕の子供を流産したこともあったし、シドッチの石を捜そうと、自分から進んで、殿村家に入り込んでくれたんだ、しかしその愛する女も、僕は終りに殺さねばならなかった」

「それも、何もかも、君はシドッチの石を得たいばかりだったね」

純子の件《くだ》りに来て、暗然となった櫟を見て、尾形は透かさず言葉を挟んだ。

「そうだ、僕はその事を、垣野辺市松と云う老人から聴いたんだ。もう、その頃は九十を出ていた。養老院で慈善演奏をやったとき、そっと僕の側に来て、貴方は、戸部林蔵のお孫さんではないかと訊く。何でも、僕が生き写しだそうでね。それから、一伍始終の話を聴いた訳だが、あの時、立ち聴きしていたのは、今木野看守ばかりではなかった。もう一人、垣野辺と云う、その老人がいた。でも僕は、それ迄聴いても、当座は、何の感興も起らなかった」

「しかし」

「マア聴き給え。所が、そのうち僕の芸術生活に、怖ろしい危機がやって来た。と云うのは、指の関節に疾患が起って、やがては、チェロを弾けなくなると云うのだ。僕は、凡《あら》ゆる病院と云う病院を駈けめぐってみた。しかし、何処でも同じ言葉で、取りも直さず、僕にとると、死を宣告されたに等しいのだ。ねえ尾形君、チェロは僕の生命だ。それを、僕から引き去ったら、跡に一体何が残るだろう」

「なるほど、その気持は、僕にもよく分るよ」

「それで、はじめて、シドッチの石、祖父の復讐と云うことが念頭に泛んで来た。何故なら、チェリスト櫟犀五郎は、とうの昔に死んでしまったのだからね」

「すると、桃奴と騎西駒子を殺したのは、ただ林蔵の復仇と云うだけかね」

「いや、騎西駒子の方には、もう一つ理由がある。と云うのは、それ以前に僕は、それらしい煉瓦を、一つ探し当てたのだが、内部には何も入っていない。所へ、あの女が、殿村邸に来ると云うので、僕は心中、ハハアと直感したものがあった。そして、その夜間道を伝わって、殺《ねむ》らしてしまった。しかし、此処へ僕を誘《おび》き寄せたのは、たしか、君の詭計《トリック》だね」

「そうだ。僕が、岩島謹道さんの名をかたってあの記事を初刷に載せたんだ。ねえ櫟君、実に、君の祖父さんの戸部林蔵は、シドッチの石を、この汽罐車の鐘形汽室《スティーム・ドーム》に隠したんだよ」

「なに、この汽罐車の、鐘形汽室《スティーム・ドーム》に……」

警部は、吃驚して眼前のそれを振り仰いだ。

それは、日本に輸入された、最初の汽罐車で、二つある鐘形汽室が紅く塗られている。まさしく、当時の小菅監獄で、使われていたものに相違なかった。

「どうだね小岩井君。煙突の後に、鐘形をしたものが、二つ並んでいるだろう。おまけに、それが紅く塗られているんだ。これを戸部林蔵は、駱駝の背瘤に見立てて、咄嗟に、紅殻駱駝と云う、隠し言葉が吐かれたんだ。つまり、その解釈を、煉瓦の方に転じて、いつかの折に、再び取り出そうと考えていたんだ。アッ」

尾形は何を見たのか、ドドドドッと駈けよった。青酸加里をいつの間に含んだものか櫟犀五郎は、呻き声一つ立てず静かな眠りについてしまった。

「可哀想に、惜しい男を殺したもんだ。当分これで日本には、セロらしいセロが鳴らなくなってしまった……」

そう云って尾形は、何やら衣袋《ポケット》から取り出したが、その時、警部が息を喘《はず》ませて云った。

「では、早速、七十万円の石を拝ませて貰おうじゃないか」

「それがこれさ」

尾形は取り出した袋をサラサラと振ってみせた。

「なにこれ？　冗談じゃないぜ。この中にあるのは、粉じゃないか」

「そうなんだ。いかにも、粉だよ。僕は昨夜もうこれを取り出してしまったんだ。しかし、永い間、蒸気に曝されていたので、石質がこうもボロボロになってしまった。ねえ小岩井君、紅駱駝の事件はこの一文にもならない、粉をめぐって起ったのだよ」

そう云って尾形は、その粉を、櫟の屍体の上に振りかけてやった。

これが、紅駱駝事件の終幕——実に、皮肉な、最終の幕切れであった。

警部は、気抜けのしたような眼を、ぼんやりと瞠《みは》って眼の前に散り敷いてゆく、七十万円の塵を眺めていた。

幾多の謎を生み八人の生命を呑み尽して、しかも終りに、呆っ気ない正体を曝露した、石の果を。

●解説――

鬼才の原点となる長編探偵小説

山前　譲

一九三三（昭和八）年七月、「完全犯罪」を「新青年」に発表してデビューした小栗虫太郎は、翌一九三四年の四月から十二月にかけて、やはり「新青年」に『黒死館殺人事件』を連載して、一躍探偵小説界の寵児となる。いや、その年には「改造」、「週刊朝日」、「オール讀物」などにも短編を発表しているのだから、文壇の寵児となったと言ってもいいだろう。

その『黒死館殺人事件』が虫太郎の最初の著書として新潮社から刊行されたのは一九三五年五月だが、つづいて短編集の『白蟻』と『オフエリヤ殺し』を刊行、折からブームを迎えていた探偵小説界を大きく刺激した。そして四番目の著書として一九三六年二月に春秋社より刊行されたのが本書『紅殻駱駝の秘密』である。ただ、これが完全な新作でなかったことは、初刊本に付され、ここにも収録されている執筆当時を振り返ったエッセイで明らかにされていた。

虫太郎は印刷所を経営していた大正末期、探偵小説の創作に手を染め始めている。その頃書かれた作品として明らかになっているのは、この『紅殻駱駝の秘密』のほか、「或る検事の遺書」、「源内焼六術和尚」、「魔童子」だ。そのなかで当時発表されたのは「或る検事の遺書」だけ……回顧エッセイで伏せ字となっている作品である。一九二七年十月の「探偵趣味」に、新人創作集のひとつとして織田清七名義で発表された。「探偵趣味」は一九二五年九月に創刊された同人誌だが、読者の創作募集も行っていて、優秀な作品が随時掲載されていたのである。「或る検事の遺書」について投稿作品の選者だった水谷準は「投稿創作感想」で、〝織田清七君は、いろいろな意味で問題になるかと思う。少し古風で書き方の点では推選圏内ではないかも知れない。だがその手がたい地味な作風は、今後の精進如何によって充分の期待がかけられると思う〟と評していた。

じつは織田清七はなおも「探偵趣味」に作品を投じている。一九二七年十二月の水谷準「投稿創作感想」で織田清七「極楽」という作品が取り上げられていて、〝宛然乱歩だが、随分深いところまで這入って居る。たとえば障子から覗くところなど実によく書けている。ただ、結局の筋に少し無理はありはしないか？　親爺を殺すにしても、その理由と方法とは決して理想的な結合ではないような気がする。作者が親爺を古本屋にせねばならなかった理由に僕は反対の見解を持つものである。古本屋でない方が自然ではあるまいか。作者の暗く太い線はまだ荒けずりではあるが、やがて立派なものになる事を約束して憚らない〟と評しているからだ。

当時、虫太郎はもっと探偵小説を書いていたのかもしれない。ただ、探偵小説の最初のブームとなった大正末期から昭和初期においても、無名の新人の長編が刊行される状況にはなかった。『紅殻駱駝の秘密』は筐底に秘することになったのである。

そして「或る検事の遺書」から六年後、当時「新青年」の編集長であった準のもとに、「完全犯罪」が甲賀三郎の推挽によって届けられ、「探偵趣味」での〝約束〟は果たされた。しかし、どんな作家でもそうだろうが、創作に目ざめた頃に書いた作品には愛着があるだろう。虫太郎は『紅殻駱駝の秘密』で探偵作家として評価してもらいたかったようである。『白蟻』に付された三郎の一文にはこう書かれていたからだ。

大抵の人は最初に作品を送って来るのと同時に、手紙を呉れるが、小栗君とそれからもう一人だけは、先ず手紙を呉れて、作品を読んで呉れるかどうか問合して来た。その時は六百枚の長篇という事だったので、之は読むのも大変だし、よしいいものであっても、容易に発表の機会がないと思ったので、その旨書いて、もう少し短いものを見せて呉れと返事をした。そうして、長い方はそのままそっとして置くように、短い作品で認められた暁には、必ず世に出るからと書き添えるのを忘れなかった。然し、小栗君は後にその長篇をぶっ潰していくつかの短編を書いた。それが「ぷろふいる誌」に現われた「寿命帳」だそうである。惜しい事をしたと思う。といって、「寿命帳」がよくないという意味では決してない。大変いいものだが、あれが六百枚の長篇に纏っていたら尚よかったろうと思うのだ。

探偵小説界に通じた三郎の判断が虫太郎のデビューをセンセーショナルなものにした。その一方で、『紅殻駱駝の秘密』の刊行を促したと言えるだろう。ただ、そのトリックをすでに流用していたり、山下武「『紅殻駱駝の秘密』の作品的位置付け」(二〇〇〇)で指摘されていたように『黒死館殺人事件』のプロトタイプと言える作品だったせいか、『紅殻駱駝の秘密』の反響はあまりなかった。もっとも、アマチュア作家が初めて書いた長編に、自身のすべてを最大限に注入しようとするのは当たり前である。その意味で、虫太郎作品の原点としてこの作品のさらなる分析が必要だ。そして蛇足めいたことを付け加えるなら、紅殻駱駝の真の意味が判明するラストシーンでの、虫太郎の予見には驚かされるばかりである。これもまたその博学ゆえの結論だったのだろうか……。

(やままえ　ゆずる・推理小説研究家)

＊本書は『紅殻駱駝の秘密』（桃源社、一九七〇年五月刊）より表題作を文庫にしたものです（初刊は、春秋社、一九三六年二月刊）。著者が物故されていることと、作品発表時の時代状況を鑑み、表記などはそのままとしました。

紅殻駱駝《べにがらくだ》の秘《ひ》密《みつ》

二〇一八年 九 月一〇日 初版印刷
二〇一八年 九 月二〇日 初版発行

著 者 小《お》栗《ぐり》虫《むし》太《た》郎《ろう》
発行者 小野寺優
発行所 株式会社河出書房新社
〒一五一-〇〇五一
東京都渋谷区千駄ヶ谷二-三二-二
電話〇三-三四〇四-八六一一（編集）
〇三-三四〇四-一二〇一（営業）
http://www.kawade.co.jp/

ロゴ・表紙デザイン 粟津潔
本文フォーマット 佐々木暁
本文組版 株式会社創都
印刷・製本 中央精版印刷株式会社

Printed in Japan ISBN978-4-309-41634-2